Stephanie Bischoff

# Dolls

Kreaturen der Finsternis 1

Bibliographische Informationen der Deutschen Nationalbibliothek: Die Deutsche Nationalbibliothek
verzeichnet diese Publikation in der deutschen Nati-
onalbibliographie; detaillierte bibliografische Daten
sind im Internet über www.dnb.de abrufbar.

© 2015 Stephanie Bischoff

Herstellung und Verlag:
BoD – Books on Demand, Norderstedt

Umschlaggestaltung:
Iris Richter

ISBN:
978-3-7347-5410-4

Für Mama

# Prolog

Brockenhurst, 1834:

James schaute beunruhigt durch das kleine Loch in der Wand. Er hatte sich in einem der verborgenen Gänge von Wintersend Manor versteckt. Normalerweise benutzte sein Herr diese Gänge, um die Bediensteten zu kontrollieren oder um ungesehen von einem Flügel in einen anderen zu gelangen. Doch nun war es James, der seinen Herrn beobachtete. Er diente Lord Wintersend bereits seit einigen Jahren, doch langsam begann er an ihm und seiner Aufrichtigkeit zu zweifeln. Er musste wissen, ob tatsächlich noch ein Funken Mitleid in seinem Herrn steckte, oder ob seine Grausamkeit keine Grenzen kannte.

Lord Wintersend hatte sich in den Schatten der Galerie zurückgezogen und lauschte den Schlägen der Turmuhr. Er schmunzelte. Nun hatte er den perfekten Zeitpunkt gefunden, um seine Gäste zu empfangen. Eine Viertelstunde lang würde er die kleine Familie in der Eingangshalle noch belauschen. Dann würde er entscheiden, wer von ihnen es verdient hatte zu überleben. Lord Wintersend lehnte sich gegen eine Marmorsäule, schloss die Augen und lauschte den Geräuschen, die zu ihm hinaufdrangen.

Dieses Ritual kannte James bereits von den anderen Gästen, die sein Herr empfangen hatte. Doch an diesem Abend konnte selbst James in seinem Versteck die Konversation zwischen den Gästen ohne Probleme mit anhören.

„Wie lange müssen wir denn noch auf diesen feinen Lord warten? Wenn er nicht bald auftaucht, werden wir uns ohne sein Einverständnis einen Schlafplatz in den Stallungen suchen.", murrte eine junge männliche Stimme.

„Er glaubt wohl, er wäre etwas Besseres. Schau dir doch nur diese protzige Einrichtung an. Aber uns lässt er bei diesem Schneesturm in der kalten Eingangshalle warten. Wir sind noch nicht einmal gut genug für den Salon.", fuhr er fort. Doch nun bemerkte James, dass die Zunge des jungen Mannes vom Alkohol träge geworden war. Ein verächtliches Schnauben aus der Galerie bestätigte seine Befürchtungen, dass auch Lord Wintersend den Alkohol herausgehört hatte.

„Wenn er glaubt, ich sei arrogant, dann soll es so sein.", knurrte Lord Wintersend. Er drehte sich langsam um und schritt zur Treppe. James schnappte erschrocken nach Luft. Auf den Lippen seines Herrn lag ein Schmunzeln und seine Augen blitzen dunkel. Er kannte diesen Gesichtsausdruck. Er verhieß nichts

Gutes. James' Gedanken rasten, als er über eine Möglichkeit nachsachte, um Lord Wintersend von seinem Vorhaben abzubringen. Er wusste, was nun folgte. Er hatte aufgehört zu zählen, die oft er diese Prozedur schon miterlebt hatte. Doch nie während seiner Zeit auf Wintersend Manor hatte sein Herr Gnade walten lassen und noch nie hatte jemand diese Vorfälle erwähnt. Man verschwieg diese Vorfälle und dachte nicht mehr daran. James schüttelte entschlossen den Kopf. Bei dieser Familie würde dein Herr eine Ausnahme machen müssen. Wenn er seine Gäste sah, würde er wissen warum James diese Forderung stellte. Genau so würde er es ihm sagen. James verschloss das kleine Loch in der Wand wieder mit einem Stein und machte auf dem Absatz kehrt, um den Gang zu verlassen, als er gegen Lord Wintersend pralle.

„Guten Abend, James. Wenn Eure Dienerschaft die Güte hätte, sich bereit zu halten, wäre ich Euch sehr verbunden.", bat Lord Wintersend sarkastisch mit süffisanter Stimme. Er deutete sogar eine Verbeugung vor seinem Hausdiener an. James erbleichte vor Schreck.

„Gewiss Lord Wintersend. Doch Ihr wollt doch sicherlich nicht Familie Miller… Nun ja, Ihr wisst schon.", stotterte James, unfähig seine Gedanken in

Worte zu fassen. Seine Courage war wie verflogen.

„Wenn du mich so anschaust, komme ich nicht umhin gewisse Ähnlichkeiten mit einem Kaninchen festzustellen. Das Kaninchen hat mich scheinbar belauscht. Ich nehme an, dass es die Aussagen des jungen Mannes ebenfalls gehört hat. So etwas kann nicht ungestraft bleiben. Er wird leiden. Es sei denn, mein Lieblingskaninchen ist bereit, freiwillig seinen Platz einzunehmen.", fuhr Lord Wintersend fort und lächelte grausam. Dabei blitzen für einen kurzen Moment seine spitzen Eckzähne auf. James schluckte und zwang sich in die Augen seines Herrn zu blicken. Das rote Glühen bestätigte seine Vorahnung: Er hatte die Bestie geweckt. In diesem Fall konnte er keine Gnade von ihm erwarten. James brachte schließlich ein schwaches Kopfschütteln zustande und Lord Wintersend wandte sich von seinem Diener ab. Er spürte Mitternacht nahen und positionierte sich auf dem Treppenabsatz.

„Perfekt.", murmelte er, als er den Vollmond bemerkte, dessen Licht durch das runde Fenster auf die Treppe fiel.

„Guten Abend. Verzeihen Sie bitte, dass ich Sie habe warten lassen.", grüßte Lord Wintersend mit gelangweiltem Unterton, während er betont langsam und elegant die Treppe hinabstieg. Sein Blick fiel sofort auf den jungen Mann, der in durchnässten Kleidern auf einem Diwan platzgenommen hatte. Seine Arme waren vor der breiten Brust verschränkt und er betrachtete seinen Gastgeber mit säuerlicher Miene.

„Ich kann mich nicht daran erinnern, Ihnen einen Sitzplatz angeboten zu haben, Mr. Miller.", fuhr Lord Wintersend unbeirrt fort und bedeutete seinem Gast aufzustehen. Doch statt der Aufforderung nachzukommen, schüttelte der junge Mann nur seinen Kopf.

„Nein, das habt Ihr nicht, Sir. Doch ich hielt es nur für angebracht, nicht auf Eure Einladung zu warten. Ich, meine Frau und die Kinder haben einen langen Fußmarsch hinter uns. Denn die Postkutsche brachte uns nur bis Burley und wir mussten bis Brockenhurst laufen. Die Kinder und meine Frau sind sehr müde.", erklärte er spitz. Lord Wintersend entging nicht, dass sich sein Gast zu allererst selbst genannt hatte. Dennoch lächelte er nachsichtig und fragte höflich: „Da es bereits nach Mitternacht ist, nehme ich an, dass Sie hier sind, um mich um eine Unterkunft zu bitten." Mr. Miller nickte zustimmend.

„Angenommen, ich würde Ihrer Bitte nachkommen, wie gedenken Sie mir diese Gefälligkeit zu vergelten?"

„Wir haben Geld. Es ist nicht viel, aber wohlmöglich

genügt es Euch.", erwiderte Mrs Miller anstelle ihres Mannes. Lord Wintersend warf einen flüchtigen Blick in ihre Richtung. Doch was er sah, ließ ihn sein ursprüngliches Vorhaben vergessen. Während die Frau in ihrer Rocktasche nach einigen Münzen suchte, rasten seine Gedanken. Er ließ seinen Blick ein weiteres Mal zu ihr gleiten. Ihre Haare waren unter einer durchnässten Haube verborgen. Doch über den Tag hinweg hatten sich einige blonde Strähnen gelöst und fielen ihr nun über den gewölbten Bauch. Hinter ihrem geflickten Rock lugten zwei Augenpaare hervor. Das blaue Paar blickte ängstlich zu ihrer Mutter empor. Das grüne Paar musterte Lord Wintersend neugierig.

„Uns würde ein Platz in den Stallungen genügen.", erklärte Mrs Miller und riss ihn aus seinen Gedanken. Er wandte sich erneut dem jungen Mann zu.

„Glauben Sie, ich würde mir die Mühe machen für diese erbärmliche Anzahl an Münzen auch nur meine Hand auszustrecken?", fragte er herablassend und richtete sich vor Mr. Miller zu seiner vollen Größe auf.

„Wollt Ihr damit sagen, dass Ihr die Dreistigkeit besitzt, eine schwangere Frau abzuweisen? Ihr habt Ihren Zustand doch sicherlich bemerkt.", entgegnete sein Gast. Lord Wintersend hörte, wie Mrs Miller entsetzt nach Luft schnappte. Er lächelte unbemerkt.

„Nein, Mr. Miller. Ich sage damit nur, dass ich von Ihrer Frau kein Geld annehmen werde. Sie sollte es besser in eine neue Garderobe investieren oder für das ungeborene Kind ausgeben.", erklärte er.

„Es ist sehr freundlich von Euch, uns umsonst in Eurem Anwesen übernachten zu lassen.", erwiderte Mr. Miller und ward seiner Frau einen triumphalen Blick zu. Lord Wintersend schüttelte lachend den Kopf und antwortete mit arrogantem Unterton: „Das habe ich nie gesagt. Ich verlange kein Geld. Über den Preis werde ich Sie nur zu gegebener Zeit informieren. Er wartete die Zustimmung Mr. Millers ab, ehe er fortfuhr: „Für heute dürfen Sie hier übernachten. Vor dem Sonnenaufgang sind Sie wieder verschwunden. Erwarten Sie nichts Großartiges. Meine Dienerschaft hat sich bereits für die Nacht zurückgezogen. Ich werde niemanden für Ihr Wohlbefinden aufwecken lassen." Während er sprach winkte er James herbei. Er flüsterte ihm einige Anweisungen zu, doch sein Blick wanderte immer wieder zu Mrs Miller, die sich unbehaglich auf die Lippen biss. James fragte sich, was sein Herr wohl als Preis einfordern würde. Doch er wagte es nicht, ihn danach zu fragen. So nahm er schweigend seine Befehle entgegen.

„Ich werde Sie zu Ihrem Nachtlager im Westflügel führen, Mr. Miller. Ihre Frau und Töchter werden im Damenflügel untergebracht. Mein Hausdiener wird die forthin geleiten.", hörte er Lord Wintersend verkünden. James verbeugte sich in Richtung der Damen und wies sie an, ihm zu folgen. Der Damenflügel erstreckte sich weit in das Grundstück hinein und James teilte ihnen, wie befohlen, das letzte Zimmer im Gang des ersten Stocks zu.

„Ich wünsche Ihnen, Miss Rebecca und Miss Valerie eine ruhige Nacht, Mrs Miller.", grüßte er und verabschiedete sich. Eilig lief er zu Lord Wintersend's Lesezimmer. Doch auf dem Weg schaute er in der Küche vorbei und scheuchte die Dienstmädchen auf, die dort ihr Nachtmahl einnahmen. Sie sollten auf Geheiß von Lord Wintersend im ersten Stock des Damenflügels ein gehaltvolles Mahl für drei Personen servieren. Als er schließlich das Lesezimmer erreichte, lag sein Herr bereits mit einem Buch und einem Glas Wein auf dem Sofa vor dem Kamin. Noch ehe James auch nur ein Wort sagen konnte, antwortete Lord Wintersend ihm auf seine wichtigste Frage.

„Ich werde ihnen heute ihr Leben lassen. Schwangere Frauen und Kinder vaterlos zurückzulassen ist unter meiner Würde." James stieß erleichtert die

Luft aus. Er dankte Lord Wintersend und bemerkte, dass seine Augen nun wieder das gewohnte grün angenommen hatten.

„Aber wenn ich eines habe, James, dann ist es Zeit. Und meine Zeit wird kommen."

# Kapitel 01

16 Jahre später:

Mit dem Neumond erhielt auch der erste Frost Einzug in Heathwing Hall. Trotz der Kälte war das Fenster des Pförtnerhäuschens weit geöffnet. Der Pförtner selbst saß angespannt in der Stube und starrte auf die Zeiger der Kaminuhr.

„Sie kommen zu spät. Die Postkutsche wird ohne sie abfahren.", wiederholte er immer wieder während er zusah, wie sich die Zeiger unerbittlich der vollen Stunde näherten. Als er es in seinem Sessel nicht mehr aushielt, begann er vor dem Kamin auf und ab zu laufen. Das Feuer war bereits seit einer Stunde erloschen, doch er schien es nicht bemerkt zu haben. Er warf einen weiteren Blick auf die Uhr und rannte beinahe zum Fenster. Der Pförtner versuchte angestrengt einen Schatten oder eine Bewegung in der Dunkelheit auszumachen. Seine Finger trommelten dabei leise gegen den Sims. Endlich vernahm er ein leises Knirschen auf dem Kiesweg. Kurz darauf lösten sich zwei Gestalten aus der Dunkelheit. Sie passierten schweigsam das Tor und verschwanden wieder aus James' Blickfeld als sie sich in Richtung Holyhead aufmachten. Der Pförtner atmete erleichtert aus.

„Wenn sie sich beeilen, schaffen sie es noch rechtzeitig.", murmelte er und schloss das Fenster.

„Guten Abend, James.", grüßte eine hohe männliche Stimme. Der Pförtner fuhr erschrocken herum. An der Türschwelle stand ein junger Mann. Trotz seines geringen Alters hatte er bereits weißes Haar, das ihm bis auf die Schultern reichte. Mit seinem dunkelroten Gehrock, dem Zylinder und einem juwelenbesetzten Gehstock wirkte er in der kargen Einrichtung des Pförtnerhäuschens fehl am Platz. Ohne eine Antwort des Pförtners abzuwarten, trat er in die Stube und betrachtete voller Abscheu die abgenutzten Möbel. Naserümpfend ließ er sich auf dem äußersten Rand des Kaminsessels nieder und schlug elegant die Beine übereinander.

„Spare dir sämtliche freundlichen Worte, James. Ich möchte an diesem Ort nicht länger als nötig verweilen.", begann der junge Mann und strich mit langen Fingern eine imaginäre Fluse von seinem Gehstock. „Ich kam heute her, um sicherzustellen, dass sich Miss Valerie auf dem Weg nach Brockenhurst befindet.", erklärte er.

„Sie ist vor einigen Momenten gemeinsam mit ihrem Bruder John aufgebrochen, Lord Meridum.", berichtete James und deutete zur Bestätigung aus dem Fenster. Der junge Lord bedachte James mit einem herablassenden Blick.

„Ich habe es selbstverständlich ebenfalls beobachtet.", entgegnete er.

„Valerie sagt, dass ihr Vater verstorben sei. Entspricht das der Wahrheit?", fragte James nervös. Lord Meridum lachte kalt.

„Es hat dich eigentlich nicht zu interessieren, aber ich verrate es dir dennoch. Es stimmt, er ist gestorben. Genauer gesagt wurde er ermordet. Von mir.", erzählte er und erhob sich aus dem Sessel. James schluckte.

„Aber…", begann er, doch Lord Meridum stieß den Pförtner hart gegen die Wand.

„Alexander Miller's Tod war nur Mittel zum Zweck. Wenn Valerie zurückkehrt, wird sich das Blatt endlich wenden. Sie muss der Schlüssel sen. Warum sonst sollte Wintersend ein solches Aufsehen um ihr Leben machen? Es wird nicht mehr lange dauern, bis ich endlich bekomme was mir zusteht. Wintersend und seine Sippschaft haben lange genug mein Haus, mein Vermögen und meinen Titel für sich beansprucht. Doch Miss Valerie wird das nun netterweise ändern.", fuhr Lord Meridum fort und drückte James unbeirrt gegen die Wand.

„Ihr habt einen Plan?", fragte James, der mühsam nach Luft schnappte.

„Den habe ich. Und ich lasse nicht zu, dass ihn irgendjemand gefährdet.", knurrte er und zog einen Brief aus seiner Westentasche.

„'Liebe Valerie, ich konnte es dir leider nicht persönlich sagen. Die Wände hier haben Ohren und folgendes ich nicht für die falschen Leute bestimmt. Doch ich konnte dich nicht gehen lassen, ohne dich vorher zu warnen. In Brockenhurst lauern schreckliche Gefahren auf sich. Bleibe nicht dort und traue Niemandem!' Und so weiter und so weiter. Aber dir brauche ich den Inhalt ja nicht vorzulesen.", zitierte er und warf den Brief in die Kohlen des Kamins. James stieß einen erstickenden Laut aus, während er zusah wie sein eigener Brief an Valerie Feuer fing und zu Asche wurde. Lord Meridum zog einen Dolch aus seinem Gürtel. Die Rubine im Griff schimmerten im Licht einer Kerze und warfen ihr rotes Glühen auf die silberne Klinge.

„Eine Schönheit, nicht wahr? Alexander Miller war der Erste, der nähere Bekanntschaft mit meinem neuen Spielzeug schließen durfte. Wenn du dich nicht strikt an meine Anweisungen hältst, wirst du der Nächste sein.", zischte er und drückte den Dolch leicht an James' Hals. Der Pförtner gab einen zustimmenden Laut von sich.

„Ich sehe, du verstehst mich. Dann höre jetzt genau

zu. Du weißt, ich hasse es mich zu wiederholen. Ich kann es mir aktuell nicht leisten dich umzubringen. Denn Wintersend glaubt dich immer noch in seinen Diensten zu haben und ahnt nicht, dass du im Grunde auf seinem Anwesen für mich recherchierst. Daher wirst du sofort aufbrechen und ihm erzählen, dass Valerie auf dem Weg nach Brockenhurst ist. Er muss es unbedingt von dir erfahren. Er wird sich etwas überlegen, um sie auch dort weiterhin zu beschützen. Finde heraus, wie er das anstellen wird.", befahl Lord Meridum. James nickte vorsichtig, um sich nicht an der Klinge des Dolches zu verletzen.

„Gut. Wenn du Erfolg hast und Wintersend Manor wieder mir gehört, lasse ich dir eventuell sein Leben." Er ließ von James ab und steckte den Dolch zurück in seinen Gürtel.

„Wird Valerie diesen Plan überleben?", fragte James und verbarg seine zitternden Hände hinter seinem Rücken.

„Nein.", antwortete Lord Meridum und schickte sich an, das Pförtnerhäuschen zu verlassen.

„Da fällt mir noch eine unangenehme Sache ein. Dieses Hausmädchen, ich glaube ihr Name war Anne, stand in meinen Diensten und hat mir deinen Brief an Valerie überreicht. Mit Valerie's Abreise war sie nicht mehr von Nutzen. Es wäre möglich, dass du auf dem Weg in die Stadt über ihre Leiche stolperst. Entsorge sie." Lord Meridum nickte dem Pförtner kurz zu, ehe er das Häuschen endgültig verließ. Nur langsam begriff James, war gerade vorgefallen war. Gedankenverloren griff er nach seinem Koffer und begann die wenigen Habseligkeiten einzupacken, die er über die Jahre angesammelt hatte. Ein paar Skizzen und Briefe landeten gerade auf seiner Sommergarderobe, als es zaghaft an der Tür klopfte. Davor wartete eine junge Frau, deren rötlichen Haare sich aus ihrem strengen Zopf gelöst hatten. Ihre Wangen waren gerötet und ihr Atem ging stoßweise.

„Sind sie schon weg?", fragte sie keuchend. James nickte und trat beiseite, um sie einzulassen.

„Sie sind vor ein paar Minuten aufgebrochen.", antwortete James und bot seinem Gast eine Tasse Tee an.

„Meine Schwiegermutter hat mich nicht früher gehen lassen. Sie meinte, ich müsse noch viel über die Führung eines ordentlichen Haushaltes lernen. Ist es nicht schlimm genug, dass mein Mann mir nicht gestattet auf die Beerdigung meines Vaters zu gehen, weil ihm die Reise zu anstrengend erscheint? Und jetzt konnte ich mich nicht einmal von meinen Geschwistern verabschieden.", seufzte sie traurig. James tätschelte ihr unbeholfen die Schulter.

„Ich bin sicher, dass du sie eines Tages wiedersehen wirst, Rebecca.", wagte er einen Versuch sie zu trösten.

„Also ist es wahr? Valerie wird in Brockenhurst bleiben? Was sagt John dazu?", fragte sie aufgebracht. James zuckte entschuldigend mit den Schultern.

„Ich kenne seine Meinung zu dem Thema nicht. Aber er hat sie offensichtlich zurück nach Hause begleitet.", antwortete er ehrlich. Rebecca schnaubte verärgert. Doch dann bemerkte sie die Unordnung in der Wohnung.

„Du gehst ebenfalls fort?", fragte sie, als ihr Blick auf den halb gepackten Koffer fiel.

„So ist es. Eine dringende Angelegenheit zwingt mich noch heute abzureisen.", erklärte er händeringend.

„Alle verlassen mich. Erst meine Geschwister. Jetzt mein bester Freund. Bald habe ich hier niemanden mehr, dem ich mich vollauf anvertrauen kann.", murmelte sie betrübt.

„Du hast doch nun deinen Mann. Und Valerie wird dir sicherlich bald schreiben oder dich besuchen kommen. Du kennst sie doch.", erwiderte James. Rebecca nickte und stellte ihre Teetasse beiseite.

„Dann werde ich doch nicht länger aufhalten. Versprich mir, dass du mir gelegentlich schreiben wirst.", bat sie und umarmte den Pförtner zum Abschied.

„Bist du sicher, dass Anne von diesem Pub gesprochen hat?", fragte John. Das kleine Eckhaus wirkte auf Valerie's Bruder wenig einladend. Die Vorhänge waren zugezogen und kein Laut drang zu den Geschwistern hinaus. Eine einsame Laterne baumelte über dem Eingang im Wind.

„Das muss es sein.", antwortete Valerie und deutete auf ein Holzschild neben der Tür. Im Schein der Laterne blitzen der blutrote Schriftzug „The Devil's Dwelling" und eine hässliche Teufelsfratze mit einem Dreizack auf.

„Es schein geschlossen zu sein. Suchen wir uns eine andere Bleibe. Wir sollten unseren Onkel Andrew fragen.", brummte John, als er an der Tür rüttelte. In diesem Moment öffnete sich die Kirchentür am anderen Ende der Straße und unzählige Menschen strömten hinaus. John blickte stirnrunzelnd zu seiner Schwester. Es war bereits nach Mitternacht. Um diese Uhrzeit wurden in der Pfründe von Heathwing Hall keine Gottesdienste abgehalten. Doch Valerie zuckte nur mit den Achseln.

„John und Valerie Miller. Ich habe euch fast gar nicht wiedererkannt. Ihr seid groß geworden.", rief eine rundliche Frau mit grauem Dutt über die Straße und eile mit ausgebreiteten Armen aus die Geschwister zu. Sie schloss zunächst John und anschließend Valerie in ihre Arme.

„Ich kann es noch gar nicht richtig glauben.", sagte sie kopfschüttelnd während sie Valerie im Schein der Laterne musterte.

„Bedränge die Kinder doch nicht. Vermutlich wissen sie überhaupt nicht mehr, wer du bist.", brummte ein älterer Mann hinter ihnen.

„Verzeiht. Mein Name ist Madame Dusange, aber jeder hier nennt mich einfach nur Clementine. Das gilt auch für euch. Dieser Brummbär dort ist mein Gatte, Arthur Dusange. Uns gehört das Dwellings.", erklärte sie, während Mr. Dusange einen Schlüsselbund aus der Westentasche zog und die Tür schwungvoll öffnete. Clementine beeilte sich die Lampen zu entzünden und ein Feuer im Kamin zu entfachen. Mr. Dusange geleitete die Geschwister zu zwei bequemen Sesseln am Kamin und schenkte ihnen einen Pint Leger ein. Während sie an ihrem Bier nippte, blickte sich Valerie verstohlen im Pub um. Der wuchtige Tresen nahm einen großen Teil des Raumes ein. Der restliche Platz wurde von langen Tischen beansprucht, auf denen jeweils acht Stühle gestapelt waren. Die Wand neben dem Kamin war mit zahlrei-

chen Erinnerungsstücken dekoriert. Portraitzeich-
nungen und Skizzen reihen sich neben kleinen Sträu-
ßen getrockneter Blumen, Briefen und Ansteckna-
deln aneinander. Selbst eine weiße und eine braune
Haarlocke konnte Valerie zwischen zwei Radierun-
gen erkennen. Während sie die Portraits näher betrachtete hörte sie ihren Bruder fragen: „Wie ist
Ihnen der seltsame Name The Devil's Dwelling eingefallen? Ich muss zugeben, dass er auch mich immer
noch abschreckend wirkt."

„Dieser Name ist schrecklich. Man sagt, der Pub
wurde nach einem Gast benannt, der hier sehr häufig
eingekehrt ist. Er wurde von vielen für den Teufel
höchstpersönlich gehalten. Als er ein Verhältnis mit
der Magd einging und der Wirt sie daraufhin entließ,
nahm das Unglück seinen Lauf. Denn seither bleibt
keine Magd länger als ein paar Monate. Einige liefen
fort, andere kamen auf rätselhafte Weise um ihr Leben. Doch die meisten verschwanden spurlos. Erst
vor einigen Wochen hat uns wieder eine weitere
Magd verlassen. Niemand hat sie seitdem gesehen.",
erzählte Clementine, die mit vier Schalen dampfenden Eintopfs aus der Küche kam.

„Das ist natürlich reiner Aberglaube. Als Clementine
und ich nach Brockenhurst kamen war der Pub über
die Stadtgrenzen hinaus bekannt. Warum hätte ich

den Namen also ändern sollen?", fügte Mr. Dusange hinzu. Clementine nickte bekräftigend, doch ihr Lächeln wirkte aufgesetzt.

„Das waren genug Schauergeschichten für heute. Nach eurer langen Reise müsst ihr müde sein. Ich zeige euch gleich die Zimmer.", lenkte Clementine ein. Valerie und John folgen der Wirtin eine schmale Treppe hinauf in den ersten Stock. In ihrem Zimmer angekommen ließ sich Valerie auf das kleine Bett sinken. Clementine hatte ihr bereits eine Schüssel Wasser und eine Kerze gebracht. Sie wünschte ihr noch eine ruhige Nacht, ehe sie in den zweiten Stock hinaufstieg. Kaum war die Wirtin verschwunden klopfte es leise an der Tür und John trat ein.

„Hast du gehört, was sie gesagt hat? Viele der Mägde sind spurlos verschwunden.", flüsterte sie. John seufzte und setzte sich neben seine Schwester.

„Und hast du Mr. Dusange gehört? Es ist alles reiner Aberglaube.", entgegnete er.

„Aber es könnte möglich sein. Ich glaube fest daran, dass unsere Mutter noch lebt. Sie ist nur verschwunden, wie all die Mägde auch. Nach all den Jahren hätte man doch sonst irgendwas gefunden.", erwiderte Valerie hoffnungsvoll. John verwarf sein Argument und schüttelte nur den Kopf. Er hatte sich mit seiner Schwester schon viel zu häufig über dieses

Thema gestritten. Auch wenn er es nicht zugeben wollte, so hoffte er in seinem Herzen, dass Valerie Recht behalten sollte. Doch seine Vernunft sprach dagegen.

„Du lässt dich nicht davon abbringen, oder? Du willst sie unbedingt finden.", fragte er schließlich.

„Das werde ich. Daher habe ich auch beschlossen in Brockenhurst zu bleiben. Vielleicht erlaubt Mr. Dusange, dass ich im Pub arbeiten darf. Oder Onkel Andrew hat einen Platz für uns beide in der Bäckerei. Es gibt vermutlich genug für drei zu tun.", bekräftigte Valerie. Die Geschwister unterhielten sich noch eine Weile über Valerie's Vorhaben, ehe John sich ebenfalls ins sein Zimmer zurückzog.

Am nächsten Morgen wurde sie früh von Clementine geweckt. Valerie hatte kaum ein Auge zugemacht. Ihre Gedanken waren immer wieder zu der Geschichte zurückgekehrt, die Clementine ihnen am Vorabend erzählt hatte.

„Alles Gute.", wünschte die Wirtin, als sie mit John das Wirtshaus verließ und zur Kirche hinüber ging. Vor dem Gotteshaus wartete ein älterer Mann. Seine Arme waren vor der Brust verschränkt und er blickte grimmig drein.

„Sind Sie Mr. Andrew Miller?", erkundigte sich John.

„Wer will das denn wissen?", blaffte er unfreundlich

zurück. Eine starke Alkoholfahne wehte zu den Geschwistern hinüber. John stellte seine Schwester und sich vor und Andrew zog die Stirn in Falten, als müsse er angestrengt über etwas nachdenken.

„Waren es nicht mal drei Kinder? Was ist denn mit der dritten passiert? Hat sie auch das Zeitliche gesegnet?" erwiderte er. Valerie keuchte, entsetzt über die Dreistigkeit ihres Onkels, auf. Doch noch ehe sie oder John antworten konnten, zuckte Andrew gelangweilt mit den Schultern.

„Ist mir eigentlich auch gleichgültig. Ein Bald weniger, um das ich mich kümmern muss. Mein Bruder will, dass ich seinen Sohn zum Bäcker ausbilde, damit er eines Tages den Betrieb übernehmen kann. Das Rohmaterial ist allerdings nicht sehr vielversprechend.", knurrte er missmutig, während er prüfend John's Oberarme abtastete.

„Ein hübsches Gesicht wäre für den Verkauf gut geeignet. Deines nicht. Da Alexander nie erwähnt hat, was mit dir geschehen soll, habe ich keinerlei Verpflichtungen mich auch noch um dich kümmern zu müssen.", sagte er zu Valerie, nachdem er sie gründlich gemustert hatte. Valerie nahm sich vor, noch heute bei Clementine für die Stelle als Magd vorzusprechen.

„Sie scheinen Ihren Bruder nicht sonderlich zu vermissen, Mr. Miller.", hörten sie jemanden sagen. Valerie's Blick richtete sich auf einen alten Pfarrer, der aus der Kirche getreten war. Sein weißes Haar war kurz und sein runzeliges Gesicht lag halb unter einem langen Bart verborgen. Er ging gebückt und schritt langsam auf die kleine Gruppe zu.

„Wir standen uns nicht sehr nah.", gab Andrew kurz angebunden zurück und ging dem Pfarrer entgegen. Valerie und John taten es ihm gleich.

„Da fragt man sich doch, wie die beiden es geschafft haben, über so viele Jahre hinweg einen gemeinsamen Betrieb zu führen.", flüsterte der Pfarrer, als die Geschwister ihn erreicht hatten.

„Mein Name ist Vater Philipp, ich bin der Priester dieser Pfründe.", stellte er sich ihnen vor. Er geleitete die Geschwister in die Kirche.

„Ihr müsst ein wenig Nachsicht mit eurem Onkel haben. Obwohl er sagt, dass ihn der Tod seines Bruders nicht sonderlich mitnimmt, so ist doch der Alkohol seitdem sein liebster Weggefährte. Immerhin darin waren sich euer Vater und Onkel einig.", erklärte er ruhig.

„Unser Vater war kein Trinker.", wiedersprach John heftig.

„Ach kein? Du kannst es ja auch gut beurteilen,

Junge. Schließlich hast du die letzten neun Jahre jeden Tag mit ihm in der Backstube verbracht und ihn nachts aus dem Dwellings in dein Bett schleifen müssen. Ach nein, das war ja ich. Hat er euch wenigstens in der Zeit, die ihr in Heathwing Hall wart auch nur einmal geschrieben? Sieh es ein. Dein Vater hat es nie verkraftet, dass seine Frau gestorben ist.", rief Andrew zu ihnen hinüber.

„Ist sie das?", murmelte Vater Philipp gerade laut genug, dass John und Valerie ihn hören konnten Valerie warf einen vielsagenden Blick zu ihrem Bruder. Doch ehe er den Priester darauf ansprechen konnte, bat er: „Reden wir doch bitte nicht schlecht über einen Toten so kurz vor der Totenlesung. Ich denke, dass Niemand sonst erwartet wird. Wir können beginnen."

Während des Gottesdienstes hörte Valerie kaum auf die Worte des Priesters, sondern dachte über Andrew's Worte nach. Es stimmte, dass ihr Vater ihnen in den neun Jahren, die sie auf Heathwing Hall verbracht hatten, nicht einmal geschrieben oder sich erkundigt hatte, wie es ihnen bei ihren Verwandten erging. Selbstverständlich hatten John, Rebecca und Valerie ihm häufig geschrieben. Valerie hatte angenommen, dass ihr Vater nur zu beschäftigt war, um zu antworten. Doch Andrew's Aussage ließ sie ihre Vermutung anzweifeln.

Am Nachmittag kehrten John und Valerie in das Dwellings zurück. Clementine hantierte in der Küche herum, während Mr. Dusange vor dem Kamin über das Tagesgeschehen in London las. John schickte sich an in sein Gästezimmer zu gehen, um seinen Koffer zu holen. Andrew hatte darauf bestanden, dass John, sollte er das Erbe seines Vaters antreten wollen, noch am selben Tag in die Wohnung über der Bäckerei einzog. Am morgigen Tag wollte er mit der Lehre beginnen.

„Das musst du nicht tun.", flüsterte Valerie ihrem Bruder tu. Sie hatte Andrew eine Zeit lang während des Gottesdienstes beobachtet und konnte sich keinen unsympathischeren Menschen vorstellen.

„Unser Vater hat mir die Bäckerei vererbt. Mir allein. Ich möchte lieber den Rest meines Lebens dort verbringen als in Heathwing Hall beim Ausmisten der Pferdeställe.", gab er stolz zurück. Mr. Dusange sah von seiner Zeitung auf, grummelte einen Gruß und schickte John hinauf zum Kofferpacken.

„Es ist allein seine Entscheidung. Wenn er mit eurem Onkel abreiten möchte, dann musst du ihn ziehen lassen. Doch die wichtigere Frage, die du dir stellen solltest lautet: Wie sieht deine Zukunft aus? Es klang nicht danach, als gäbe es in der Bäckerei auch einen Platz für dich.", mischte sich Clementine ein. Die Wirtin hatte ihre Unterhaltung gehört und war in den Schankraum gekommen, noch mit einer halb geschälten Kartoffel in der einen und einem Schälmesser in der anderen Hand. Valerie wiederholte, was Andrew vor dem Gottesdienst zu ihr gesagt hatte. Clementine zog überrascht eine Augenbraue in die Höhe.

„Andrew war nie ein Freund der Feinfühligkeit, aber nie ein Lügner. Man sagt sich, dass du gerne eine Weile in Brockenhurst bleiben möchtest und dass deine Mutter der Grund wäre. Es trifft sich, dass wir eine neue Magd brauchen. Wenn du dir für die Arbeit nicht zu schade bist, kannst du die Stelle gerne haben.", bot Clementine ihr an und hielt Valerie ihre Hand hin. Erfreut schlug sie ein.

„Ich werde mein Bestes geben. In Heathwing Hall habe ich einen Teil der Zeit aus Dienstmädchen verbracht. Doch in der Küche habe ich nie gearbeitet und das Servieren oblag den Butlern.", erklärte Valerie. Clementine lachte vergnügt.

„Du vergisst, dass unsere Gäste aus einfachen Arbeitern und Geschäftsleuten bestehen. Ein Lord oder eine Lady kommen eher seltener vorbei.", scherzte sie mit einem Augenzwinkern. Valerie stimmte in ihr

Lachen mit ein. Doch als sie sich ein Tablett griff, wurde Clementine wieder ernst.

„Du wirst heute gewiss nicht mit der Arbeit beginnen. Ruhe dich erst einmal aus und lebe dich hier ein. Als Magd gehört dir die Dachkammer. Sieh sie dir an und richte dich dort ein. Mehr erlaube ich nicht." Valerie tat wie ihr geheißen und stieg die Treppe bis in das Dachgeschoss hinauf. Auf halbem Weg machte sie bei den Gästezimmern halt und erzählte John von den Neuigkeiten, der zufrieden nickte. Das Dachgeschoss war zu Valerie's Erstaunen sehr geräumig. Ein Teil des Zimmers war durch Holzlatten abgetrennt. Dahinter verbargen sich ein Waschtisch, eine kleine Kommode und der Nachttopf. Der größere Bereich war mit einem Schreibtisch, einem Stuhl und einem Bett ausgestattet, das unter einem kleinen Dachfenster stand und das restliche Tageslicht auf einen abgetretenen Teppich warf. Die Einrichtung war einfach, doch Valerie hatte sich auf Heathwing Hall ein halb so großes Zimmer mit einem weiteren Dienstmädchen namens Anne geteilt. Sie nahm sich vor Anne bald zu schreiben, doch zunächst musste sie einen Brief an ihre Schwester Rebecca verfassen. In ihrem Koffer lagen noch einige Bögen Briefpapier aus Holyhead und eine Schreibfeder, die sie in ihrer Kindheit von ihrem Lehrer Mr. Henry bekommen hatte.

Zumindest hatten sie ihn als Kinder immer Mr. Henry genannt. Erst später hatte Valerie herausgefunden, dass sein eigentlicher Name Henry Smith war und er als Stallbursche auf einem Anwesen arbeitete. Sie setzte sich an den Schreibtisch und schrieb einige Zeilen an Rebecca. Es war seltsam die Erlebnisse des Tages für ihre Schwester zu Papier zu bringen. Noch vor wenigen Wochen hatten sie jede freie Minute gemeinsam verbracht und sich über alles unterhalten können. Doch seitdem Rebecca geheiratet hatte, kam sie Valerie kaum noch besuchen und nun waren sie über dreihundert Meilen voneinander entfernt. Als sie ihren Brief schließlich mit einen Gruß an Rebeccas Ehemann, Mr. George Harisson, beendet hatte, verstaute sie die Feder wieder in ihrer Schatulle. Dort bewahrte sie all ihre kostbaren Besitztümer auf: zahlreiche Briefe, den Kamm ihrer Mutter und ein Notizbuch lagen bei der Schreibfeder. In der Zwischenzeit war draußen die Nacht heraufgezogen und im Pub herrschte reges Treiben. Da Valerie noch nicht schlafen konnte, blickte sie eine Weile aus dem Fenster. Es ging zum verwinkelten Hof des Pubs hinaus, in dem einige leere Fässer und ein Karren lagerten. Der Vollmond warf sein helles Licht auf die engen und nassen Gassen, in denen sich noch vereinzelt Arbeiter, Dienstmädchen, Laufburschen und leichte Mädchen herumtrieben. Hier und da wurde ein Wohnraum in den kleinen Häusern durch ein Kaminfeuer oder das Licht einer Kerze erhellt. In der Ferne konnte Valerie ein Gebäude ausmachen, das durch ein Stück Wald vom restlichen Dorf abgeschnitten war. Es schien zahlreiche Fenster zu haben, denn Valerie sah viele Lichtpunkte aufleuchten.

„Kommst du zurecht? Ich habe dir eine Kleinigkeit zum Abendessen mitgebracht.", fragte Clementine von der Tür aus und stellte ein Tablett auf dem Tisch ab. Es duftete herrlich nach frisch gebratenem Fleisch und Kartoffelstampf. Valerie bemerkte erst jetzt, wie hungrig sie war. Seit dem Frühstück hatte sie keinen Bissen mehr zu sich genommen. Sie bedankte sich und machte sich über das Essen her.

„Und hast du etwas Skandalöses beobachten können? Etwas, über das man die nächsten Wochen tratschen kann?", fragte Clementine, als sie selbst einen Blick aus dem Fenster warf und versuchte etwas Spannendes in der Gasse zu entdecken. Valerie verneinte lachend, da Clementine zu klein war, um aus dem Fenster zu blicken und Immer wieder zu kleinen Sprüngen ansetzte um etwas zu sehen. Sie fragte die Wirtin nach dem Gebäude, dass sie vorhin entdeckt hatte.

„Das ist Wintersend Manor. Es ist der Wohnsitz von

Lord Wintersend und seinen Schwestern. Das Gebäude ist wunderschön. Doch es wäre besser, wenn du dich davon fernhältst. Lord Wintersend ist ein wundersamer Kauz.", erklärte sie. Aus dem Erdgeschoss ertönte lautstarkes Rufen nach der Wirtin.

„Ich muss wieder hinunter. Die Gäste warten.", entschuldigte sie sich und lief eilig die schmale Treppe hinab. Nachdem Valerie aufgegessen und das schmutzige Geschirr in der Küche gespült hatte, scheuchte Clementine wie wieder in die Dachkammer. Mit der Sperrstunde wurde es ruhiger im Pub und Valerie fiel kurz darauf in einen unruhigen Schlaf. Sie träumte denselben Traum, der sie seit fast neun Jahren verfolgte:

Es war Dezember und jeder in Brockenhurst war in Aufruhr, denn auf Wintersend Manor sollte es in wenigen Tagen einen prachtvollen Ball geben. Das halbe Dorf schien eingeladen worden zu sein. Rebecca und Valerie standen auf einem Stuhl am Fenster der Bäckerei und drückten ihre Nasen gegen die Scheiben, um besser hinausschauen zu können. Es war bereits dunkel, doch die Menschen trieben sich noch geschäftig auf den Straßen umher, um letzte Vorbereitungen zu treffen.

„Kommt Mr. Henry heute?", fragte John hoffnungsvoll und blickte auf die Standuhr.

„Ich weiß es nicht. Aber ich nehme an, dass er sehr mit den Vorbereitungen für den Ball beschäftigt ist.", antwortete ihre Mutter. Sie saß am Kamin und nähte ein neues Hemd für ihren Mann.

„Ist Vater auch beschäftigt? Geht er deshalb immer so lange aus?", fragte John weiter. Ihre Mutter lachte, doch es klang nicht fröhlich. Ehe sie antworten konnte, klopfte es an der Tür und ein junger Mann trat ein. Er war in einen tiefschwarzen Umhang gehüllt und seine Kapuze war tief in sein Gesicht gezogen.

„Es ist soweit, Magdalena.", verkündete er und streckte seine behandschuhte Hand aus. Valerie's Mutter blickte unschlüssig von den Mann zu ihren Kindern.

„Ich kann sie nicht zurücklassen. Sie sind noch zu jung. Sie werden es nicht verstehen. In zehn Jahren vielleicht.", widersprach sie fehlend. Doch der Mann schüttelte seinen Kopf.

„So war es versprochen.", erwiderte er und griff nach Magdalena's Hand. Scheinbar mühelos hob er sie auf seine Arme und trug sie zur Tür hinaus. Valerie lief ihnen nach, doch die waren bereits in der Menschenmenge verschwunden. Schnell lief sie zurück in die Stube.

„Wann kommt Mama wieder?", fragte John mit großen Augen. Es vergingen einige Stunden, bis Alexander hereingetorkelt kam. Als er seine drei Kinder zusammengekauert vor dem erloschenen Kamin vorfand, war er schlagartig wieder nüchtern. Er rüttelte die Kinder wach und wies sie an, ihre Sachen zu packen. Noch in derselben Nacht verließen John, Rebecca und Valerie ohne eine weitere Erklärung und nur mit einem Brief an den Bruder ihrer Mutter in den Händen ihre Heimat.

Als Valerie am nächsten Morgen erwachte, seufzte sie. Neun Jahre nach dieser Nacht hatte sie immer noch keine Erklärung dafür bekommen, warum sie mit ihren Geschwistern fortgeschickt wurde oder eine Antwort auf die Frage erfahren, was mit ihrer Mutter passiert war. Das Schlimmste war, dass die Stimme desjenigen, den die all das fragen konnte, nun für immer verstummt war.

Eine Woche später erlaubte Clementine Valerie im Pub auszuhelfen. Die ersten Tage verbrachte sie in der Küche und halt der Wirtin bei den Vorbereitungen. Clementine fasste langsam Vertrauen und erzählte ihr gelegentlich einige Anekdoten aus ihrer Kindheit in Frankreich.

„Als ich in deinem Alter war, bekamen unsere Nachbarn Besuch aus England. Ein vornehmer Herr war das. Ich spielte mit meinen jüngeren Geschwistern am Wegesrand, als ich die Kutsche vorbeifahren sah. Ich versuchte einen Blick hinein zu werden, aber ich konnte niemanden sehen. Deshalb bin ich am Abend zu meinen Nachbarn geschlichen und habe sie durch das Fenster beobachtet. Ach Valerie, ich war sofort in diesen fremden Mann verliebt. Das war natürlich töricht und ich verbiete dir auf der Stelle so etwas zu tun, aber damals wusste ich es nicht besser. Er schien mich durch das Fenster bemerkt zu haben, denn plötzlich lächelte er mich an und zwinkerte mir zu. Da hat mein Herz einen Satz gemacht und ich bin weggerannt. Am nächsten Morgen dachte ich natürlich, dass ich mir alles nur eingebildet hatte. Aber am Abend stand er vor meiner Tür und bat mich, ihm zum Abendessen zu unseren Nachbarn zu begleiten. Die nächsten zwei Monate fühlte ich mich wie im Himmel. Er überhäufte mich mit Komplimenten, Geschenken und kleinen Aufmerksamkeiten. Jung und ahnungslos wie ich war, fiel ich auf seine Art herein. Eines Abends erzählte er mir, dass er sich bald eine Frau suchen müsse, um sein Erbe antreten zu können. Ich glaubte natürlich, dass ich diejenige war, die er zur Gattin haben wollte. Deshalb folgte ich ihm nach England. Doch als ich hier ankam, musste ich erkennen, dass alles nur ein fauler Schwindel war. Das Schlimmste war, dass ich bereits ein Kind von ihm erwartete und er mich dennoch verstieß.", erzählte sie und wischte sich mit dem Ärmel möglichst unauffällig die Augen. Valerie tat so, als hätte sie nichts bemerkt.

„Jetzt haben die Damen aber genug geplaudert. Gleich kommen die ersten Gäste.", brummte Mr. Dusange vom Kamin aus und klimperte mit den Schlüsseln.

„Ich habe beschlossen, dass es Zeit wird, dass du wieder mehr Gesellschaft hast, als die meinige und von Herrn Brummbär dort drüben. Deshalb darfst du ab heute im Ausschank helfen.", verkündete Clementine, die sich wieder gefasst hatte und Valerie liebevoll aus der Küche hinter den Tresen schob. Sie erklärte ihr kurz ihre wichtigsten Aufgaben für die nächsten Wochen. Sie würde das genutzte Geschirr abräumen und sich mit den Gästen unterhalten. Es klang nicht sehr kompliziert und Valerie musste feststellen, dass es das auch nicht war. Einige der älteren Gäste erkannten sie noch von früher und erinnerten sich gerne an die Zeit, in der Valerie noch neben dem Verkaufstisch in der Bäckerei gesessen und die Kunden mit einigen Liedern und Versen unterhalten hatte.

„Miss Valerie Miller?", fragte eine Stimme über alle anderen hinweg. Valerie suchte den Sprecher und fand ihn in der Ecke, die am weitesten vom Kamin entfernt war. Die meisten Gäste drängten sich bei dem kalten Wetter um die warmen Flammen, doch dieser Gast schien sich nicht darum zu scheren, mit anderen zu plaudern oder einige Volkslieder anzustimmen. Valerie wollte zu ihm gehen, doch Clementine's Hand schoss hinter dem Tresen hervor und packte ihren Arm.

„Geh nicht.", zischte sie.

„Aber Clementine. Ich bin durstig. Du willst mir doch nicht meinen Ale verwehren?", rief der Gast der Wirtin zu. Clementine funkelte ihn an und knallte einen Becher Ale heftiger als nötig auf Valerie's Tablett.

„Pass auf sich auf. Der ist ein Scharlatan.", knurrte sie und ließ den Gast dabei nicht aus den Augen.

„Ach, die gute alte Clementine. Immer misstrauisch einem armen Apotheker gegenüber, der ihr mal ein falsches Mittel verabreicht hat.", scherzte er, als Valerie ihm seinen Becher reichte.

„Sie kennen mich, Sir? Verzeihen Sie, aber ihr Gesicht kommt mir gänzlich unbekannt vor.", entschuldigte sie sich und musterte den Gast. Sie war sich sicher, an dieses Gesicht mit den hohen Wangenknochen, der schmalen Nase, dem spitzen Kinn und vor allem den strahlend blauen Augen hätte sie sich erinnert.

„Verzeihen Sie mein forsches Vorgehen. Ich war ein guter Freund ihre Vaters. Er hat mir viel von Ihnen erzählt. Mein Beileid zu Ihrem Verlust.", wünschte er und prostete ihr zu, stellte den Becher jedoch unberührt wieder ab.

„Danke.", murmelte sie.

„Wenn ich etwas für Sie tun kann, lassen Sie es mich wissen. Sie können jederzeit in meine Apotheke kommen.", bot er an. Valerie dankte ihm erneut und beobachtete, wie ihr Gegenüber langsam seine schlanken Finger um den Rand des Bechers kreisen ließ.

„Entschuldigen Sie bitte, wenn ich Sie direkt darauf anspreche. Alexander hat mir immer wieder von Ihren Briefen an Ihn berichtet. Sie haben in jedem einzelnen nach Ihrer Mutter Magdalena gefragt. Sie glauben, dass sie noch am Leben ist und haben Ihren Aufenthalt hier in Brockenhurst nun verlängert, um nachzuforschen?", zählte er auf. Obwohl er die Antwort schon zu kennen schien, formulierte er seine Aussage als Frage.

„Das stimmt. Es beschämt mich zu erfahren, dass Sie so viel über meinen Vater wissen und ich nicht.

Wenn Sie ihn so gut kannten, können Sie mir sagen, warum er nie auf unsere Briefe geantwortet hat?", fragte sie zurück.

„Er wollte Ihnen eine Enttäuschung ersparen. Sie schienen in Heathwing Hall glücklich zu sein. Oder waren es zumindest in den ersten Jahren. Das hat Ihrem Vater vollauf genügt."

„Eine Enttäuschung?", wiederholte Valerie entsetzt.

„Sie hofften so sehr, dass Magdalena noch am Leben ist. Diese Illusion wollte er nicht zerstören.", erklärte er schultern zuckend.

„Sie lebt nicht mehr?", fragte Valerie nervös. Sie erntete nur ein weiteres Schulterzucken als Antwort.

„Finden Sie es heraus. Alexander hat stets Ihre gute Auffassungsgabe gelobt." Nach einer kurzen Pause fügte er hinzu: „Sie wissen vermutlich noch nicht viel über das Leben und die Leute hier. Der Friedhofwächter ist ein strenger Mensch. Er lässt niemanden ziellos über den Friedhof streifen. Allerdings schläft er während deiner Nachtschicht gerne ein." Er blickte prüfend zu Valerie um zu sehen, ob sie ihn verstanden hatte. Sie musste schlucken.

„Große Aufgaben verlangen große Opfer.", kommentierte er und stand auf.

„Sir, Sie kennen meinen Namen. Dürfte ich Ihren auch erfahren?", bat Valerie höflich. Der Gast wandte sich zu ihr um, ergriff ihre Hand und hauchte einen leichten Kuss auf ihren Handrücken.

„William Meridum.", stellte er sich vor.

„In einer Viertelstunde beginnt die Sperrstunde.", rief Mr. Dusange. Die Gäste murrten missmutig. Der Wirt klopfte laut auf den Tresen und Mr. Meridum fischte in der Tasche seines Gehrockes nach einigen Pence, die er auf den Tisch neben seinen unberührten Becher Ale warf. Er nickte Valerie vielsagend zu und verließ den Pub mit allen weiteren Gästen.

„Für deinen ersten Tag hast du genug gearbeitet. Geh ruhig schon auf dein Zimmer. Ich kümmere mich um den Rest.", sagte Clementine, nachdem Valerie das benutzte Geschirr in die Küche getragen hatte. In ihrer Dachkammer angekommen wartete sie darauf, dass Clementine und Mr. Dusange zu Bett gegangen und eingeschlafen waren. Erst als sich die nächtliche Stille über den Pub gesenkt hatte, schlich Valerie in den Schankraum hinunter und durch die Küche zum Hintereingang. Leise öffnete sie die Tür und schlüpfte in den Hof. Vorsichtig lugte sie um die Ecke, doch niemand war zu dieser Zeit noch in dem Gässchen unterwegs. Valerie zog die Kapuze ihres Mantels tiefer in ihr Gesicht, ehe sie sich auf den Weg zum Friedhof machte. Zuvor hatte sie abgelegte Kleidung von John angezogen und schlich nun in ausgebeulten Männerhosen und einem Hemd, dass an den Ärmeln zu lang war zu der Rückseite der Kirche. Wie Mr. Meridum es versprochen hatte, war der Friedhofswächter auf seinem Posten eingeschlafen. Eine halbvolle Flasche Ale stand noch neben ihm. Das Tor zum Friedhof war unverschlossen. Langsam öffnete Valerie das ächzende Tor, den Wachmann immer im Blick. Doch der regte sich nicht. Endlich war das Tor weit genug geöffnet, damit Valerie hindurchschlüpfen konnte. Ein breiter Weg führte bis zu der Rückseite der Kirche hinauf. Vom Hauptweg führten zahllose kleine Pfade zu den langen Reihen endloser Gräber. Sie nahm die Laterne fester in die Hand und begann die Reihen abzulaufen. An jedem Grabstein und jeder Gruft hielt sie inne und versuchte den Namen zu entziffern. Viele der Innschriften waren verwittert oder von Moos überwuchert. So kam sie nur langsam voran. Doch um sicherzugehen, dass Mr. Meridum Unrecht hatte, musste sie jedes einzelne Grab inspizieren. Als sie das Ende einer Reihe von Gräbern erreicht hatte, entdeckte sie zwei Familiengrüfte. Sie standen sich gegenüber, nur von einem schmalen Pfad getrennt. Die eine Krypta war pechschwarz, die andere leuchtete schneeweiß im kargen Licht des zunehmenden Mondes. Um die Säulen der schwarzen

Krypta wandten sich Rosen aus schwarzem Marmor empor, die sich schließlich über dem Dach ergossen. Mit der Laterne leuchtete sie über die Inschrift.

„Lord Wintersend" stand dort in großen goldenen Lettern. Ihr gegenüber strahlte die weiße Gruft. Auf ihrem Dach hielten drei marmorne Engel mit goldenen Flügeln Wache und bemitleideten die Toten unter ihnen.

„Lord Meridum?", flüsterte Valerie, als sie die Inschrift sah. Mr. Meridum hatte auf sie keinen vermögenden Eindruck gemacht. Außerdem freundete sich ein Lord wohl kaum mit einem Bäcker an. Sie verschob den Gedanken und setzte ihren Weg fort. Ein leichter Wind kam auf und blies eisige Luft um ihre Beine. Valerie suchte eine Weile weiter. Bei jedem Grabstein, den sie passierte, fragte sie sich, ob sie froh darüber sein sollte den Namen Magdalena Miller nicht gelesen zu haben, oder ob sie sich mehr wünschte endlich Gewissheit über das Schicksal ihrer Mutter zu haben. Die Turmuhr der benachbarten Kirche schlug zur vollen Stunde. Valerie erschrak bei dem plötzlichen Lärm, den die Glocken erzeugten. Mittlerweile war es bitterkalt geworden und Nebel stieg von dem nassen Boden auf. Irgendwo in der Ferne krächzte ein Rabe. Valerie entfuhr ein ängstlicher Laut.

„Nein.", schalt sie sich, „Du wirst dich nicht ablenken lassen. Geister, Hexen oder Untote gibt es nicht. Du wirst weitergehen und feststellen, dass Mr. Meridum Unrecht hatte." Immer wieder sagte sich Valerie diese Zeilen wie ein Mantra selbst vor. Plötzlich hörte sie ein helles Lachen in der Ferne. Ein greller Aufschrei folgte, dann war alles wieder ruhig.

„Sie ist hier nicht begraben. Sie ist nicht tot.", raunte eine angenehm tiefe Stimme in ihr Ohr. Valerie schrie vor Schreck auf und stolperte einige Schritte rückwärts. Sie verfing sich in der Wurzel eines Baumes, die über den Weg wucherte. Sie stürzte zu Boden und schürfte sich beim Aufprall sie Handflächen auf. Die Laterne ging neben ihr splitternd zu Bruch. Doch für einen kurzen Moment leuchtete das flackernde Licht in das Gesicht des Mannes und Valerie erkannte ein Paar grüner Augen. Panisch robbte sie rückwärts, doch der Sprecher verlangsamte seinen Schritt nicht. Seine Schuhe platschten laut in dem schlammigen Boden. Einige tiefhängende Äste verfingen sich in Valerie's Haarband. Sie riss es achtlos heraus und warf es beiseite. Doch mittlerweile war der Mann kaum mehr fünf Schritte entfernt. Valerie kroch weiter zurück, bis sie gegen einen kalten Grabstein in ihrem Rücken stieß. Sie war gefangen. Als der Mann auf ihrer Höhe angekommen war, kniete er sich nieder. Valerie wandte das Gesicht ab. Der Fremde streckte ruckartig seine Hand aus und packte ihren Arm.

„Du musst von hier verschwinden. Magdalena wirst du hier nicht finden, vertraue mir. Und jetzt geh, sonst wirst du hier bald liegen.", raunte er ihr eindringlich zu. Er stand auf und zog Valerie beinahe schon ruppig hoch. Er brachte sie zurück zum Friedhofstor. Selbst ohne eine Laterne strauchelte er nicht einmal oder zögerte bei seinen Schritten.

„Verschwinde von hier. Es ist in Brockenhurst nicht sicher für dich.", flüsterte er noch, ehe er wieder mit der Dunkelheit verschmolzen war. Noch ehe sich Valerie rühren konnte, fiel das Tor geräuschlos ins Schloss.

## Kapitel 02

Grüne Augen waren das Erste woran Valerie am nächsten Morgen denken konnte. Immer wieder ging sie in Gedanken die Geschehnisse der gestrigen Nacht durch.

„Sie ist hier nicht begraben. Sie ist nicht tot.", wiederholte sie die Worte des Mannes flüsternd. Abrupt setzte sie sich auf. Sie zog ihren Koffer unter dem Bett hervor und nahm eine Schatulle heraus. Kurzum schüttete sie den Inhalt über ihrem Bett aus. Viele sorgsam zusammengefaltete Papierbögen landeten knisternd auf der Decke. Sie entfaltete das oberste Papier. Es war schon vergilbt und die Kanten ausgefranst, so als wenn das Blatt häufig gelesen und wieder zusammengefaltet worden wäre. Sie strich leicht über die geschwungenen Lettern und las die Nachricht ein weiteres Mal durch.

Liebe Valerie,

leider komme ich erst heute dazu, deinen Brief zu beantworten. Deine Nachricht hat mich überrascht, doch ich hoffe du und deine Geschwister seid wohlauf und habt die überstürzte Abreise gut überstanden.

Ich habe kurz mit deinem Vater sprechen können. Leider ist er momentan sehr beschäftigt und kann euch nicht selbst schreiben. Doch ich soll die besten Grüße ausrichten. Er hat mir nicht anvertraut, warum er euch Kinder eurer Heimat entrissen und fortgeschickt hat. Doch da Magdalena nicht anwesend war, muss ich annehmen dass sie der Beweggrund für sein Handeln war.

Leider muss ich dir mitteilen, dass sie bis zum heutigen Tag nicht wieder in der Bäckerei oder an einem anderen Ort in Brockenhurst gesehen worden ist.

Ich werde, wenn es meine Zeit und die Arbeit in den Stallungen es zulassen, in den umliegenden Dörfern und Städten Erkundungen über ihren Verbleib einholen. Bis dahin muss ich dich um mehr Geduld bitten.

Ich verbleibe in der Hoffnung, dass du dich in Heathwing Hall gut eingelebt hast.

Henry

P.S.: Bitte richte meine besten Grüße an Rebecca und John aus.

Valerie faltete den Brief seufzend wieder zusammen. Dies waren die einzig positiven Nachrichten, die Henry ihr je gesandt hatte. Alle anderen Briefe hatten sie stets um mehr Geduld gebeten. Doch sie war sich sicher, dass Henry ihr gestern auf dem Friedhof begegnet war. Warum hatte er ihr dann nicht geschrieben, dass ihre Mutter noch lebte? Sie erkannte keinen Sinn dahinter. Während sie darüber nachdachte, Henry eine Nachricht zu schicken, klopfte es an der Tür. John stürmte ungefragt herein und suchte mit wirrem Blick den Raum ab. Erst als er seine Schwester entdeckte wurde er etwas ruhiger.

„Was ist denn mit dir geschehen?", fragte Valerie, als sie erkannte, in welcher Verfassung ihr Bruder war.

„Der Friedhofswächter ist tot. Und das hier habe ich ganz in der Nähe seiner Leiche gefunden." Er schrie sie beinahe an und streckte die Hand aus. In seiner geballten Faust lag ein zerrissenes rotes Haarband. Valerie schlug entsetzt die Hand vor den Mund. Sofort dachte sie an den Schrei, den sie gestern Nacht gehört hatte. Und das hohe Lachen. Der Mann, den sie für Henry hielt und der wenige Augenblicke später auf sie zukam, war er der Mörder? Doch warum hatte er sie dann weggezerrt?

„Geht es dir gut? Du bist ganz blass.", fragte Clementine, die John nachgelaufen war und die Neuigkeiten hören wollte. Sie fühlte an Valerie's Stirn die Temperatur, konnte aber kein Fieber feststellen.

„Es geht schon wieder.", murmelte sie leicht benommen.

„Wie kommt dein Haarband auf den Friedhof neben diese Leiche?", fragte John aufgelöst. Kleinlaut erzählte sie ihrem Bruder von ihrem nächtlichen Ausflug. Doch was er hörte, ließ ihn nur noch unruhiger werden. Selbst in Valerie's Ohren klang die Unternehmung nun übereilt.

„Du hast was getan?", schrie er sie an und sah aus, als würde er am liebsten die komplette Einrichtung ihres Zimmers mit seinen bloßen Fäusten zu Kleinholz verarbeiten.

„Ich musste es herausfinden. Und wenn Henry die Wahrheit gesagt hat, dann...", begann sie sich zu rechtfertigen, doch John schnitt ihr das Wort ab.

„Und wenn dieser fremde Mann, von dem du glaubst er sei Henry, den Wärter umgebracht hat? Du hast die Leichte nicht gesehen, Valerie. Es war entsetzlich."

„Warum hast du sie überhaupt gesehen?", blaffte Valerie sauer zurück. Sie hatte gehofft, dass John ihren Einsatz mehr schätzen würde, auch wenn er ihn nicht guthieß.

„Es wurden einige kräftige Männer benötigt, um den Sarg zu tragen. Der Karren des Sargmachers war gebrochen. Andrew und ich haben ihm geholfen den Sarg zum Friedhof zu bringen. Dort lag die Leiche noch im Matsch. Oder vielmehr mussten die einzelnen Körperteile noch zusammengesucht werden. Als ich in der Nähe dein Haarband gefunden habe, wusste ich nicht, was ich darüber denken sollte und bin sofort hergekommen.", erklärte er.

„Das klingt grauenhaft. Setz dich erst einmal hin. Sonst fällst du mir noch in Ohnmacht.", rief Clementine und drückte John auf Valerie's Stuhl. Sie lief eilig in die Küche hinab und kam kurz darauf mit zwei dampfenden Tassen Tee zurück.

„Hier, das wird dich beruhigen.", sagte sie und reichte John und Valerie je einen Becher. John hustete, als er merkte, dass Clementine einen Schuss Rum unter den Tee gerührt hatte.

„Ich sollte jetzt gehen. Wir müssen den Sarg noch abtransportieren. Andrew wird schnell aufbrausend, wenn er merkt, dass ich verschwunden bin.", sagte er und verabschiedete sich. Clementine geleitete ihn zur Tür und begann anschließend mit Valerie die Vorkehrungen für den Abend zu treffen. Doch nach einer Geschichte aus Clementine's Jugend war heute niemand aufgelegt.

Den gesamten Tag über wurde im Pub über nichts anderes gesprochen, als über den Friedhofswächter. Die Nachricht über seinen Tod verbreitete sich wie ein Lauffeuer im Dorf. Es wurden Mutmaßungen über die Todesursache aufgestellt, doch in Valerie's Ohren klang eine Theorie haarsträubender als die nächste. Eine ältere Same, die sich ihr als Mrs Johnson und Mutter des besten Fleischers im Umkreis von fünfzig Meilen vorstellte, flüsterte ihr verschwörerisch ins Ohr.

„Ich sage dir, dass sich Mr. Brenner, das war der Name des Friedhofwächters, das Leben genommen hat. Denn erst gestern habe ich ihn in der Apotheke getroffen. Ich muss Mr. Meridum bei der nächsten Gelegenheit fragen, was er Mr. Brenner verkauft hat. Ich wette mit dir um ein Pint, dass es Gift war. Vielleicht war Mr. Brenner sehr krank." Kaum hatte sie ihre Vermutung geäußert, flog die Tür krachend aus und Andrew kam mit John im Schlepptau herein.

„Ah, Mr. Miller und Neffe. Sie waren doch heute Morgen dabei. Erzählen Sie und doch bitte, was Sie gesehen haben und lassen Sie nichts aus.", kreischte Mrs Johnson aufgeregt. Valerie wurde übel von ihrer Sensationsgier. Mrs Johnson schien es nichts auszumachen, dass ein Mensch sein Leben verloren hatte. Stille bereitete sich im Pub aus. Jeder wartete darauf, dass Andrew etwas sagen würde. Die Gäste, die am weitesten von ihm entfernt saßen standen auf und rückten näher heran, um etwas hören zu können. Mr. Dusange bot Andrew sogar seinen Sessel an. Er machte es sich gemütlich und trank gemächlich einige Schlucke Bier, ehe er zu erzählen begann. Er berichtete über jede Kleinigkeit, die er gesehen hatte.

„Komm Valerie. Du siehst nicht gut aus. Gehe ein wenig nach oben und ruhe dich aus.", bot Clementine an und brachte sie in die Dachkammer. Dort angekommen verfrachtete sie Valerie ins Bett und deckte sie liebevoll zu. Sie rückte den Stuhl neben das Kopfende und stellte eine Schüssel mit Brühe darauf ab. „Du hast eine anstrengende Zeit hinter dir. Es war vermutlich nicht einfach Heathwing Hall zu verlassen und hier wieder neu anzufangen. Und dann musst du zu Beginn nicht nur mit den alten Erinnerungen an Magdalena klarkommen, sondern auch noch diesen schrecklichen Tag erleben. Ruh dich aus und morgen früh, werde ich dir erzählen, warum heute alle so aus dem Häuschen sind.", versprach sie.
„Keine Wiederrede. Für heute hast du genug geholfen. Lege dich jetzt schlafen. Das ist ein Befehl.", fuhr sie zwinkernd fort und drohte ihr mit dem Kochlöffel, als Valerie wiedersprechen sollte. Nachdem die Wirtin die Dachkammer verlassen hatte, setzte sich Valerie auf und ging ein paar Schritte im Raum umher. Fünf Schritte vom Bett zur Tür und weitere fünf zurück. Als sie am Fenster ankam, warf sie einen kurzen Blick hinaus. Sie wollte sich gerade abwenden, als sie

im Augenwinkel jemanden auf der Straße erblickte. Es waren zwei Personen, die den schmalen Weg entlang schlichen. Beide sahen immer wieder argwöhnisch zurück. Im Schein einer Laterne konnte Valerie erkennen, dass die größere Person wie ein Gentleman gekleidet war und einen Spazierstock in den behandschuhten Händen hielt. Die Person neben ihm war kleiner und zierlicher. Ihre langen blonden Haare wellten sich offen bis z ihren Hüften und flossen über das feine Spitzenkleid. Mehr trug sie trotz der Kälte nicht. Vor einer blaugestrichenen Tür bleiben sie stehen und vergewisserten sich, dass ihnen niemand gefolgt war, ehe sie eintraten.

Das Haus gegenüber des Dwellings war unbewohnt und so hatte es Vater Philipp vor etlichen Jahren zu einer Aufbahrungsstätte für die Toten umfunktioniert. Als Erkennungszeichen hatte er die Tür in einem dunklen blau streichen lassen. Die Stube hatte er neu kalken lassen, ansonsten war alles unverändert geblieben. Inmitten der ehemaligen Stube stand nun der Sarg des Friedhofswächters und ein gutes Duzend Kerzen leuchteten auf einer Anhöhe. Niemand war vorbeigekommen, um Blumen abzulegen. Eine alte Frau hielt die Totenwache, als die zwei Personen eintraten.

„Guten Abend Lord Wintersend. Was verschafft uns

die Ehre?", fragte sie, als sie von ihrer Handarbeit aufsah und ihr Gegenüber erkannte.

„Geben Sie und einen Augenblick allein mit Mr. Brenner. Sie haben doch sicherlich heute noch nichts gegessen Mrs Dunningham. Gehen Sie ins Dwellings und gönnen Sie sich eine große Portion von Clementine's Eintopf. Man sagt er schmecke vorzüglich.", bat er und steckte der alten Frau ein paar Pfund zu.

„Habt Dank, Lord Wintersend.", rief sie aus, legte ihr Strickzeug nieder und ging gestützt von einem Gehstock zum Pub.

„Hatte er Familie?", fragte die Frau. Ihr Begleiter verneinte.

„Niemand wird ihn vermissen. Dennoch war er als Ziel geschickt gewählt.", erklärte er.

„Als Ziel? Du meinst es war William's Werk?", fragte sie. Wortlos stieß Lord Wintersend den Sargdeckel beiseite. Die Frau stieß einen erschrockenen Schrei aus und vergrub ihr Gesicht in ihren Händen. Doch das Bild, was sie gesehen hatte, ging ihr nicht mehr aus dem Kopf. Der Oberkörper der Leiche hing in Fetzen und tiefe Wunden klafften in seinem Bauch. Seine Arme und Beine waren zum Teil abgerissen und achtlos in den Sarg geschmissen worden.

„Warum hat er das getan?", fragte sie angewidert. Lord Wintersend verschloss den Sarg wieder, ehe er antwortete.

„William's Gedanken kann man nicht verstehen. Aber er plant etwas. James hat es mir bestätigt. Er sagte ebenfalls, dass sein Plan mit Valerie zu tun hat."

„Kann ich sie sehen?", fragte sie sofort.

„Nein Magdalena. Es geht nicht. Nicht jetzt. Sie weiß noch nichts. Manchmal ist es besser unwissend zu bleiben. In diesem Fall ist es vermutlich lebensrettend."

„Aber wir müssen etwas unternehmen. Er darf meine Tochter nicht in die Finger bekommen und sie zu einer Puppe in seinem perversen Machtspielen machen.", forderte sie heftig. Lord Wintersend nickte.

„Ich weiß. Doch solange wir nicht sagen können, was er vorhat und wie wir es verhindern können, müssen wir den Dingen ihren Lauf lassen.", erklärte er, während er eine Kerze anzündete.

„Wir werden es als einen Tierangriff darstellen müssen. Kein normaler Mensch wäre zu solch einem Akt fähig.", fuhr er fort.

„Was will er bloß damit erreichen? Warum musste Mr. Brenner aus diese Weise sterben?", fragte Magdalena betrübt. Früher hatte sie Mr. Brenner häufig auf dem Marktplatz getroffen. Damals war er noch ein lebensfroher Mensch, dem vor allem stets der Schalk im Nacken saß.

„Er will es wie das Werk eines blutrünstigen Monsters aussehen lassen. Wie das einer Bestie."

Am nächsten Tag erzählte Clementine Valerie von Mrs Johnson. Die schrullige alte Dame hatte all ihre Gatten und neun ihrer zehn Kinder überlebt. Nun war sie mit einer winzigen Rente auf sich allein gestellt. Sie sehnte sich nach Tratsch und Neuigkeiten, über die sie sich mit den anderen Gästen unterhalten konnte.

„Leider", erklärte Clementine, „passiert in Brockenhurst nicht viel. Junge Leute, die für Tratsch in ihren Liebesangelegenheiten oder einer geheimen Verlobung sorgen könnten gibt es hier so gut wie nicht. Die einzigen Neuigkeiten kommen aus den großen Städten wie London und betreffen Familie, deren Namen man zwar schon mal gehört hat, aber die hier niemand persönlich kennt. Da war so ein grausamer Fund wie ein gefundenes Fressen für sie." Valerie nickte ernst. In Heathwing Hall hatte sie früher oft mit den jüngeren Kindern der Herrschaften spielen dürften. Die älteren Mädchen, Samantha und Lucy, zerrissen sich währenddessen nur zu gern ihre Münder über jegliche Vorfälle im Haus oder im nagegelegenen Holyhead. Zu ihrer Freude gab es in dem großen Herrenhaus sehr viele Zwischenfälle, sodass ihnen nie langweilig wurde. Valerie stellte sich vor, wie Samantha und Lucy reagiert hätten, wenn sie einmal kein Thema zum Tratsch gefunden hätten und musste unwillkürlich kichern.

„Die Damen scheinen sich ja prächtig zu unterhalten und dabei mal wieder die Zeit zu vergessen.", rief Mr. Dusange von der Tür aus, als er Valerie's Lachen hörte. Clementine sah auf die Uhr und sprang erschrocken auf.

„Ach du liebe Güte. Wir öffnen ja schon.", rief sie und lief in den Schankraum. Normalerweise war um diese Uhrzeit noch nicht viel zu tun. Meistens kamen einige ältere Herren, die einen Pint tranken, Karten spielten und zum Mittag eine Portion Eintopf aßen. Doch an diesem Tag wartete bereits eine junge Frau in Valerie's Alter vor der Tür. Sie hatte ihr braunes Haar zu einem Knoten gebunden und unter einem schlichten Hut mit grüner Schleife versteckt. Dazu passend war sie in einen grünen Rock gekleidet, dessen Saum unter ihrem Mantel hervorschaute.

„Ich möchte gern Miss Valerie sprechen.", sagte sie mit glockenheller Stimme. Valerie kam aus der Küche und ging auf die junge Frau zu.

„Mein Name ist Jane Caspers. Ich bin Vater Philipp's

Haushälterin. Er schickt mich mit einer Einladung.", erklärte sie und umarmte Valerie zur Begrüßung. Valerie grüßte etwas kühler zurück als beabsichtigt, doch Jane's Art überrumpelte sie. Sie nahm den Brief entgegen, den Jane ihr reichte.

„Vater Philipp wünscht Sie nächste Woche zum Tee einladen zu dürfen.", erklärte sie. Clementine gab ihr Einverständnis, dass Valerie sich Montagnachmittag frei nehmen durfte.

„Gut. Wir sehen uns dann. Das wird ein Spaß. Endlich ist hier jemand in meinem Alter, den ich Freundin nennen darf.", kicherte sie und winkte zum Abschied in die Runde.

„Ich muss leider schon wieder gehen. Es ist noch viel für die Messe und die Totenlesung vorzubereiten.", erklärte sie und war ebenso schnell wieder verschwunden, wie sie gekommen war. Der Abend ging fast ereignislos vorüber. Jemand hatte eine Zeitung aus London bekommen, in der vom dem Tod des Friedhofswächters berichtet wurde.

„Sie schreiben es war ein wildes Tier. Ein Jäger aus Burley wird sich der Sache annehmen.", verkündete der Gast und las den Artikel laut vor.

„Das habe ich gleich gesagt. Es konnte nur ein Tier sein.", rief Mrs Johnson, nachdem der Gast geendet hatte. Valerie hoffte, dass Mr. Meridum kam doch er ließ sich an diesem Abend nicht im Pub blicken. Dafür lag am nächsten Morgen ein Brief für Valerie vor der Tür. Auf der Rückseite prangte ein rotes Wachssiegel, in das ein Wappen eingeprägt war. Es zeigte einen Raben mit ausgebreiteten Schwingen.

Liebe Valerie,

verzeih mir bitte, dass ich dir erst heute schreibe. Wie so häufig hält mich meine Arbeit in Wintersend Manor auf Trab. Doch nun konnte ich nicht länger warten.

Ich möchte mich für mein Verhalten auf dem Friedhof vor zwei Tagen entschuldige. Es gibt keine vernünftige Erklärung, warum ich dich so grob behandelt habe. Doch ich hatte meine Gründe dafür. Denn wie du sicherlich bereits erfahren hast, ist an just diesem Abend Mr. Brenner verschieden.

Wenn du meine Entschuldigung annehmen kannst, würde es mich freuen, wenn du mich an meinem freien Tag zu einem Abendessen begleiten würdest.

Ich verbleibe in der Hoffnung auf eine positive Antwort:

Henry

Valerie überflog die Zeilen ein weiteres Mal, bevor sie eine kurze Antwort schrieb.

„Miss Valerie, Sie halten den Postbetrieb auf Trab.",

kommentierte Mr. Dusange, als er am darauffolgenden Tag die Briefe durchging und Valerie das Antwortschreiben von Henry überreichte. Es waren nur wenige Zeilen, in denen er sich für ihren raschen Entschluss bedankte und ein Treffen für den kommenden Abend vorschlug.

Als Henry wie verabredet eintraf, war Valerie's Schicht noch nicht vorüber, doch Clementine schnappte ihr sofort das Tablett weg.
„Geh schon hin. Und ich möchte seine Wiederworte hören. So einen netten jungen Mann lässt man nicht länger als nötig warten. Sonst wird seine Aufmerksamkeit von jemand anderen, wie beispielsweise Mrs Johnson, in Beschlag genommen. Und dann wird er sich überlegen, dich noch einmal zu besuchen.", sagte sie und deutete mit ihrem Kochlöffel auf Henry. Er hatte es sich mittlerweile in einer Ecke des Pubs mit einem Becher Ale gemütlich gemacht. Valerie ordnete nochmals ihre roten Locken, ehe sie auf Henry zuging. Sie versuchte ihn unauffällig zu mustern, doch musste sich bemühen, ihn nicht anzustarren. Sein schwarzes Haar wurde von einem dunklen Band in einem Pferdeschwanz zusammengehalten. Einige Bartstoppeln bedeckten seine Wangen und sein spitzes Kinn. Seine grünen Augen leuchteten, als

er Valerie erblickte. Er trug seine schlichte Arbeits-kleidung, die in verschiedenen Brauntönen gehalten war. Nur sein Hemd war weiß und ließ ihn im Licht der Kerze blass erscheinen. Doch irgendetwas störte Valerie bei dem Anblick. Sie konnte jedoch nicht sa-gen, was es war. Henry erhob sich höflich, als Valerie an seinen Tisch trat.

„Guten Abend.", grüßte er und berührte mit weichen Lippen ihren Handrücken. Seine Hände waren von der Kälte draußen noch kühl, doch Valerie empfand es nach der vielen Bewegung und Hitze im Pub als sehr angenehm.

„Hallo.", entgegnete sie und setzte sich auf den Stuhl, den Henry ihr zurecht rückte.

„Wie geht es dir?", fragte er ernst und bot ihr einen Schluck Ale an.

„Ich fürchte ich bin zu früh. Die Sperrstunde ist noch nicht angebrochen und ohne Clementine als An-standsdame solltest du nicht mit mir ausgehen, sonst wirst du Mrs Johnson in den nächsten Monaten si-cherlich nicht mehr los. Über die Angelegenheit, die ich in meinem Brief erwähnt habe, möchte ich erst später sprechen.", sagte er, nachdem Valerie ihm versichert hatte, dass sie sich von dem Vorfall auf dem Friedhof erholt hatte. Ihr Blick glitt zu Mrs John-

son, die sich auffällig weit zu Henry's Tisch hinüber-
neigte.

„Wie geht es Ihnen, Mrs Johnson? Ich habe gehört,
dass Sie in einigen Tagen auf Wintersend Manor
empfangen werden.", rief er zu ihr herüber. Mrs
Johnson fasste die Frage als Einladung auf, sich neben Henry und Valerie zu setzen.

„Das stimmt. Ich muss mich bei Lord Wintersend be-
schweren. Eine seiner Schwestern hat mich bestoh-
len. Da haben die Lordschaften schon so viel Geld
und bestehlen dann noch die arme Gesellschaft.", erzählte sie und hörte nicht wieder auf zu reden, bis die
Sperrstunde anbrach.

„Ich sage es dir, Kindchen. Das ist ein schlimmes
Pack, was da auf Wintersend Manor lebt. Allesamt
verdorben. Man hält sich am besten von ihnen
fern.", sagte sie zum Abschied und wackelte hinter
den anderen Gästen hinaus. Henry schmunzelte über
Mrs Johnson's Anschuldigungen.

„Da hat sie Recht. Man hält sich tatsächlich besser
von ihnen, aber ganz besonders von Lord Wintersend, fern.", meinte er und versuchte ein Lächeln zu
unterdrücken. Als alle Gäste das Dwellings verlassen
hatten, geleitete Henry Valerie in den Hof des Pubs.
Dort hatte er einen Tisch hinter eine Mauer aus leeren aufgetürmten Fässern aufgebaut. Zwei Gläser

Wein standen sich gegenüber. Ein Korb mit Brot stand neben einem Teller voller Käsewürfel und Birnenstücken.

„Es ist leider nicht viel. Als Stallbursche kann man sich keinen großen Luxus leisten.", entschuldigte er sich. Valerie versicherte ihm, dass es mehr als genug war uns setzte sich. Clementine kam mit einem Stapel Decken zu ihnen und reichte sie herum. Die Wirtin machte es sich in der Nähe der Laterne neben der Tür bequem und konzentrierte sich auf eine Näharbeit. Sie summte leise vor sich hin, damit sich Valerie und Henry etwas ungestörter fühlen konnten.

„Stimmt es, was du auf dem Friedhof gesagt hast? Lebt meine Mutter noch? Wo ist sie?", fragte Valerie sofort. Die Antwort auf diese Frage hatte ihr in den letzten Tagen keine Ruhe gelassen. Henry räusperte sich und blickte peinlich berührt auf seine Servierte.

„Teilweise.", gab er zu und spielte mit verlegen mit dem Stoff.

„Es stimmt, dass weder ein Grab noch eine Gruft mit ihrem Namen existieren. Ich kann dir aber nicht sagen, dass sie noch lebt. Es ist nur so, dass ich alles gesagt hätte, um dich von diesem Ort weg zu bekommen."

„Du hast gelogen?", fragte sie aufgebracht. Henry blickte betroffen drein.

„Nur zu seinem Besten. Was hätte ich denn sonst tun können, damit du vom Friedhof verschwindest? Ohne eine Antwort wärst du nicht gegangen. Aber ich hätte mir nie verziehen, wenn dir etwas zugestoßen wäre." Den letzten Satz flüsterte er kaum hörbar.

„Hast du in denen Briefen auch gelogen?", verlange sie zu wissen.

„Nein. Es gab wirklich kein Lebenszeichen von ihr. Weder hier, noch im Umfeld oder in London. Ich gebe zu, manchmal wurden Gerüchte laut über Frauen, die deiner Mutter ähnlich sahen, die sich dann aber verlaufen haben. Daher wollte ich dir nicht unnötig Hoffnungen machen, nur um sich hinterher wieder enttäuschen zu müssen.", sagte er entschuldigend.

„Was waren das für Gerüchte?"

„Geschichten. Allesamt erfunden, um Kinder zu verängstigen. Nichts, was dem Wesen von Magdalena entsprechen könnte.", antwortete Henry ausweichend. Doch als er Valerie's unbeirrten Blick begegnete, seufzte er.

„Wenn du mir versprichst Brockenhurst für immer zu verlassen und nie wieder auf die Geschehnisse hier zurückzublicken, dann werde ich sie dir erzählen.", versprach Henry.

„Das kann ich nicht.", erwiderte Valerie und blickte fest in Henry's traurige Augen.

„Du siehst so jung aus.", platze es aus ihr heraus. Das war es, was sie den gesamten Abend über gestört hatte.

„Vielen Dank.", erwiderte er trocken.

„So meinte ich es nicht. Als du Rebecca, John und mich früher unterrichtet hast, sahst du kaum anders aus als heute. Wie kann das sein? Du müsstest um die vierzig Jahre alt sein, siehst aber aus wie Anfang zwanzig.", rechnete sie nach.

„Als ihr vor neun Jahren weggezogen seid, war ich gerade einmal siebzehn. Ganz so alt bin ich nun doch nicht. Vermutlich hast du mein Alter damals nur falsch eingeschätzt. Das lag höchstwahrscheinlich an meinem ausgeprägtem Bartwuchs.", meinte er und strich sich nachdenklich über die kurzen Stoppeln. Auch Valerie lachte hinter vorgehaltener Hand, wurde dann aber schnell wieder ernst.

„Warum willst du mir nicht erzählen, was vorgefallen ist? Ich merke doch, dass du mir etwas verheimlichst.", fragte sie. Henry atmete laut aus.

„Das tue ich. Aber ich möchte dich dadurch nur beschützen. Manchmal ist Unwissenheit ein Segen. Und in diesem Falle ist es sogar noch mehr. Es ist wirklich zu seinem Besten.", versicherte er. Valerie schnaubte. Sie konnte sehr wohl selbst entscheiden, was für sie das Beste war.

„Hat deine Verschwiegenheit mit diesem Lord zu tun, für den du arbeitest?", fragte sie. Henry nickte anerkennend.

„Lord Wintersend ist definitiv in diese Angelegenheit verwickelt.", antwortete er.

„Du hältst zu ihm?", fragte sie herausfordernd.

„Ich kann nicht anders. Aber ich verspreche dir, dass ich alles in meiner Macht stehende tun werde, damit er dir nichts antut.", erwiderte er.

„Warum sollte er das?", fragte sie entsetzt.

„Ich weiß es nicht. Aber es wäre möglich, dass du in Gefahr schwebst, wenn du hier in Brockenhurst bleibst.", erklärte er. Valerie blickte ihn einfach nur fassungslos an, unfähig etwas zu erwidern.

„Aber ich werde dich beschützen. Das habe ich Magdalena vor einigen Jahren versprochen.", wiederholte er und stich aufmunternd über Valerie's Handrücken. So blieben sie noch eine Weile im Hof sitzen, doch egal was Valerie auch sagte, sie konnte keine weiteren Informationen aus Henry herausbekommen. Als er sich schließlich verabschiedete, beauftragte er Valerie, seine besten Grüße an Vater Philipp zu überbringen, wenn sie ihn besuchen ging. Valerie versprach etwas auszurichten, fragte sich aber insgeheim, wie Henry von dem Besuch erfahren hatte.

Als der Montagnachmittag schließlich gekommen war, an dem sie zum Tee eingeladen war, öffnete Jane schwungvoll die Tür des Pfarrhauses, kaum das Valerie einen Fuß auf das Grundstück gesetzt hatte. Sie hüpfte ungeduldig von einem Bein auf das nächste, während sie darauf wartete, dass Valerie das Haus erreicht hatte.

„Schön, dass du gekommen bist, Valerie.", rief sie ihr entgegen und klatschte begeistert in die Hände. Sie nahm ihr den Mantel ab und führte sie durch einen engen Flur in die Stube.

„Vater Philipp bereitet noch die Messe vor, ich werde ihn sofort rufen.", sagte Jane, nachdem sie Valerie einen Platz am Kamin angeboten hatte. Kurz darauf kam sie zurück und stützte den Pfarrer am Arm. Sie geleitete ihn zu dem freien Sessel neben Valerie und setzte ihn behutsam hinein. Kaum hatte sie seinen Arm freigegeben, wirbelte sie mit einem Tablett zwischen den Sesseln herum und platzierte zwei Tassen, eine Teekanne und einen Teller mit Scones und Erdbeermarmelade auf einem kleinen Tischchen.

„Es freut mich, dass Sie meine Einladung angenommen haben, Miss Valerie. Ihr Bruder ist leider verhindert und kann uns daher keine Gesellschaft leisten. Sie können sich denken, dass ich Sie und John aus einem bestimmten Grund hergebeten habe. Es tut mir aufrichtig Leid, dass ich Ihnen in der Zeit der Trauer noch eine weitere Bürde auflasten muss. Doch ich denke es ist an der Zeit, dass Sie gewisse Dinge erfahren.", erklärte er mit ruhiger Stimme und griff nach einem Scone.

„Jane, bitte.", sagte er zu seiner Haushälterin, die sofort verstand. Sie verließ leise das Zimmer und schloss geräuschlos die schwere Holztür hinter sich.

„Probieren Sie doch bitte einen Scone, Miss Valerie. Jane hat sie nur für Sie gebacken. Sie hat seit einer Woche über nichts anderes mehr gesprochen als Ihren Besuch.", bat er lächelnd.

„Jane scheint sehr nett zu sein und vor allem sehr lebhaft.", sagte Valerie zögerlich.

„Sie ist nicht immer so aufgedreht. Doch momentan freut sie sich, dass endlich jemand in ihrem Alter in der Nähe wohnt, mit der sie sich über all die Dinge unterhalten kann, über die man sich in eurem Alter nun mal unterhält.", erklärte er und blickte Valerie auffordernd an, bis sie schließlich ein Stück ihres Scones probierte. Das Gebäck schmeckte köstlich und war eine willkommene Abwechslung zu der reichhaltigen Kost, die Clementine jeden Tag für sie zubereitete. Obwohl Valerie bereits drei Pfund zugenommen hatte, glaubte die Wirtin immer noch, dass sie viel zu abgemagert sei.

„Miss Valerie, Sie sind nun bereits einige Tage bei uns in Brockenhurst. Ist Ihnen etwas Seltsames aufgefallen?", fragte der Priester.

„Sie meinen die Tatsache, dass die Menschen hier scheinbar alle etwas vor mir verheimlichen wollen, anstatt mir die Wahrheit zu sagen und es angeblich tun, um mich zu beschützen?", fragte sie. Die Begegnung mit Henry in der vergangenen Woche blitze in ihrer Erinnerung auf, ebenso wie Mr. Meridum's Andeutungen bezüglich Magdalena. Der Priester verneinte schmunzelnd.

„Das mag Ihnen seltsam erscheinen, aber darauf wollte ich nicht hinaus. Ich gebe Ihnen einen Tipp. Wie viele Menschen in Ihrem Alter haben Sie hier bereits angetroffen, Jane und Ihren Bruder einmal ausgenommen?", half er aus. Valerie zog die Stirn in Falten.

„Da Sie es erwähnen, muss ich gestehen, dass ich noch Niemandem begegnet bin.", antwortete sie. Vater Philipp nickte.

„Das hat einen Grund. Der Winterball trägt die

Schuld daran.", erklärte er.

„Was ist der Winterball?", fragte Valerie.

„Der Winterball ist ein Ereignis, das nur einmal in jeder Dekade stattfindet. Lord Wintersend lädt alle Bewohner Brockenhurst's zu ihn in sein Anwesen ein. Seine Schwestern mischen sich unter das Volk und jeder kann von dem vornehmen Leben kosten. Doch das Fest fordert seinen Tribut. Denn mit jedem Ball verschwindet eine junge Frau spurlos. Nicht immer ist es eine Tochter aus Brockenhurst. Doch vor knapp neun Jahren war es jemand auf unserem Dorf, der den Tribut zahlen musste. Sie wissen wer."

„Meine Mutter.", flüsterte Valerie. Vater Philipp nickte bestätigend.

„Was passiert mit den Frauen?", fragte sie nach einer Weile.

„Das weiß ich nicht. Ich war nie bei dem Ball. Wissen Sie, Miss Valerie, ich bin ein Mann Gottes und halte mich daher von dem Werk des Teufels so gut es geht fern. Da niemand aus Wintersend Manor je zu meinem Gottesdiensten erscheint, nehme ich an, dieses Fernblieben wird von beiden Seiten ausdrücklich gewünscht.", erklärte er mit grimmiger Miene.

„Doch durch den Vorfall in der letzten Dekade sind viele Bewohner in Sorge und haben ihre Kinder zu entfernteren Verwandten geschickt. Jeder glaubt es sei am Sichersten, wenn sie den Winterball niemals erwähnen. Bis vor wenigen Tagen hat dieses Vorgehen sehr gut funktioniert. Doch dann sind Sie wieder zurückgekehrt und geblieben, um nach Ihrer Mutter zu suchen, Miss Valerie. Nun fürchten sich die Menschen erneut.", fuhr er fort.

„Ich soll also mit meiner Suche aufhören? Ich kann nicht nach Heathwing Hall zurückkehren und all die Dinge vergessen, die Sie mir gerade erzählt haben.", beharrte Valerie sauer. Sollten die Menschen doch ihre Hirngespinste fürchten, oder wovor auch immer sie sich versuchten zu verstecken. Der Priester hob beschwichtigend die Hände.

„Das wollte ich keinesfalls erreichen. Doch vielleicht suchen Sie nur an dem falschen Ort.", verdeutlichte Vater Philipp.

„Dann muss ich also nach Wintersend Manor.", schlussfolgerte Valerie. Der Priester nickte und griff fest nach ihrer Hand. Valerie staunte über die Kraft, die er noch besaß.

„Bevor sie dorthin gehen, müssen Sie noch etwas wissen. Die Menschen haben allen Grund sich zu fürchten. Ich habe mir den Leichnam ihres Vaters angesehen. Eine tiefe Stichwunde über dem Herzen entsteht nicht von allein.", raunte er ihr zu.

Valerie versuchte vergeblich ihre Tränen zu verbergen, als sie die Apotheke betrat. Das Gebäude war uralt und sehr baufällig. Die schweren Vorhänge an den Fenstern waren zugezogen und nur ein kleines Kaminfeuer spendete Licht. Doch der Apotheker erkannte sie sofort.

„Wie schön, dass Sie vorbeigekommen sind, Miss Valerie. Womit kann ich Ihnen dienen? Ein kleines Schlafelixier? Sie sehen sehr erschöpft aus.", fragte er.

„Nein, vielen Dank. Ich komme gerade von einem Besuch bei Vater Philipp und Miss Caspers. Sie sagten mir bei unserer ersten Begegnung, dass ich Sie jederzeit aufsuchen könne und dass Sie ein guter Freund meines Vaters waren, Mr. Meridum.", erklärte Valerie. Mr. Meridum stimmte ihr zu.

„Vater Philipp hat angedeutet, dass mein Vater ermordet wurde. So wie er es ausgedrückt hat, ist Lord Wintersend darin verwickelt. Daher kann ich leider nicht Henry um Hilfe bitten.", erläuterte sie.

„Henry?", fragte Mr. Meridum stirnrunzelnd.

„Henry Smith. Er war früher so etwas wie unser Lehrer und hat meinen Geschwistern und mir Lesen, Schreiben und einige Grundkenntnisse und Mathematik und Geographie beigebracht.", half sie aus. Nun schien Mr. Meridum zu wissen, von wem sie sprach. Doch seine Mimik verdeutlichte, dass er scheinbar wenig auf Henry hielt.

„Wenn Lord Wintersend damit zu tun hat, wäre Ihr Freund wahrlich voreingenommen.", kommentierte er.

„Doch nun zu Ihrer Vermutung, Miss Valerie. Es sind schwerwiegende Anschuldigungen, die Sie erheben.", fuhr er fort.

„Ich weiß.", murmelte Valerie.

„Aber da sie Lord Wintersend betreffen und es um Alexander's Tod geht, werde ich alles tun, um Sie zu unterstützen, Miss Valerie.", versprach Mr. Meridum. Valerie schaute ihn fragend an.

„Sie waren auf dem Friedhof und haben sich die Gräber angesehen?", fragte er und geleitete Valerie zu einer Sitzgruppe im hinteren Teil des Verkaufsraumes.

„Dann sind Ihnen sicherlich die zwei Gruften aufgefallen.", fuhr er fort nachdem sie sich gesetzt hatten, „Die eine weiß und die andere schwarz."

„Natürlich. Die Inschrift auf der weißen Gruft lautete Lord Meridum.", erinnerte sich Valerie.

„Das stimmt. Es ist die Gruft meiner Familie. Ich bin der rechtmäßige Erbe von dem Haus, das du unter dem Namen Wintersend Manor kennst. Vor tausend Jahren hat es einst meinen Vorfahren gehört. Doch seitdem besetzt es eine verlogene Brut, sie sich meinen rechtmäßigen Titel, mein Vermögen und mein Erbe gestohlen haben. Diese Tat, sei sie auch über eintausend Jahre her, haben wir Meridums immer weitergegeben und nie vergessen. Daher hegt ein jeder Meridum einen tiefen Groll gegen die gesamte Wintersend Sippschaft. Sie haben uns degradiert und uns ein Leben in Armut und Elend auferlegt.", erzählte er und deutete mit einer schwenkenden Armbewegung auf die heruntergekommene Einrichtung.

„Das ist schrecklich. Warum sind Sie nicht dagegen angegangen?", schimpfte Valerie.

„Uns fehlte das Beweisstück. Die Besitzurkunde, die auf Lord Meridum ausgestellt wurde, muss irgendwo auf Wintersend Manor versteckt sein. Bis wir wissen, wo genau dieses Dokument liegt, bleiben wir unauffällig. Du hast ja gesehen, was er mit dem Friedhofswächter getan hat. Wir Meridums haben stets einen Leitspruch verfolgt: Handle im Schutz der Dunkelheit, dann siehst du was den Menschen im Licht verborgen bleibt.", zitierte Mr. Meridum.

„Und haben Sie schon etwas verborgenes gesehen?", fragte Valerie halb zum Scherz, doch Mr. Meridum fasste ihre Frage sehr ernst auf.

„Genug um zu wissen, dass in Ihrer Behauptung sehr viel Wahrheit stecken kann. Lord Wintersend ist ein wahres Monster, der sich nimmt, was er haben möchte. Wer sich ihm in den Weg stellt, endet so wie Mr. Brenner."

„Aber was könnte ein Friedhofswächter getan haben, um Lord Wintersend zu verärgern?", grübelte Valerie nachdenklich.

„Das wird wohl für immer sein Geheimnis bleiben.", antwortete er. Es klopfte und Mrs Johnson trat ein. „Hallo Mr. Meridum. Oh, Miss Valerie. Ist es etwas Ernstes? Sie sind doch nicht etwa ernsthaft krank? Was fehlt Ihnen denn? Haben Sie gute Aussichten auf eine rasche Genesung?", begann sie, kaum dass sie Valerie's gewahr wurde. Hätte Mr. Meridum sie nicht unterbrochen, wären ihr noch weitere Fragen eingefallen.

„Guten Tag, Mrs Johnson. Ich bin sofort für Sie da. Wenn Sie solange bitte im Hinterzimmer warten würden?", bat Mr. Meridum in einem Tonfall, der keinerlei Widerspruch duldete. Mrs Johnson gab ein missmutiges Geräusch von sich, ging aber dann äußerst langsam und wackelig in den Nebenraum, in der Hoffnung noch einen interessanten Gesprächsfetzen aufzugreifen.

„Ich verspreche, dass ich Nachforschungen anstellen werde. Das kann allerdings seine Zeit dauern.", versicherte Mr. Meridum.

„Vielen Dank, Mr. Meridum. Oder Lord Meridum? Welche Anrede ist nun korrekt?", erwiderte Valerie leicht verwirrt. Mr. Meridum schmunzelte und rückte näher an sie heran, damit Mrs Johnson seine Antwort nicht belauschen konnte.

„Ich hatte bereits bei unserem ersten Treffen erwähnt, dass ich ein guter Freund von Alexander war. Er hatte in seinen letzten Wochen mehrere Male erwähnt, dass es ihn überglücklich machen würde, eine seiner geliebten Töchter an meiner Seite zu sehen. Doch Rebecca ist bereits an Mr. Harisson vergeben. Ich denke daher, William wäre eine gute Anrede, Valerie.", sagte er forsch und drückte ihr einen flüchtigen Kuss auf die Stirn.

„Ich muss mich nun um Mrs Johnson kümmern, aber ich hoffe, wir sehen uns bald wieder.", bedauerte er und spielte mit einer ihrer Locken.

„Ja. Natürlich. Bis bald.", brachte Valerie hervor, ehe sie aus der Apotheke stolperte und vor der Tür nach frischer Luft schnappte um einen klaren Kopf zu bekommen und ihre Gedanken zu ordnen. Als sie im Dwellings ankam, war sie froh, sofort mit ihrer Arbeit beginnen zu können und sich einige Stunden Ablenkung zu verschaffen, ehe sie in ihre Dachkammer steigen würde und die Erinnerungen an Vater Philipp's Andeutungen und William's Geständnisse über sie hereinbrechen würden.

Die nächsten zwei Wochen vergingen ohne ein Zeichen von William. Wenn Valerie in der Apotheke vorbeischaute, war er nie vor Ort und auch im Dwellings ließ er sich nicht blicken. Valerie verbrachte ihre freie Zeit meist mit Jane oder Henry. John war zu beschäftigt, kam aber gelegentlich zusammen mit Andrew in den Pub. Rebecca hatte ihr immer noch nicht auf ihren Brief geantwortet, doch Henry ließ sie dies oft während gemeinsamer Ausflüge vergessen. Er zeigte ihr jeden Winkel von Brockenhurst und Valerie erkannte einiges aus ihrer Kindheit wieder. Als er herausfand, dass Valerie nicht reiten konnte, erschien er fortan jeden Abend mit einem pechschwarzen Rappen aus den Stallungen von Wintersend Manor und lehrte sie den Umgang mit Pferden. Keiner von ihnen erwähnte auch nur mit einem Wort Lord Wintersend oder sein Anwesen, Valerie's Mutter und die seltsamen Vorkommnisse um Mr. Brenner's Tod, nachdem Henry ihr versprochen hatte ein guter Freund zu bleiben, auch wenn er die Seite von Lord Wintersend wählen musste. Mittlerweile hatte sie auch in Jane eine wunderbare Freundin gefunden. Sie war jedes Mal äußerst vergnügt und ihre Stimme quiekte, wenn die beiden etwas gemeinsam unternahmen. Schließlich hatte Jane vieles nachzuholen. Gelegentlich gesellten sich auch Vater Philipp, Clementine oder Mr. Dusange für eine Partie Whist zu ihnen. Eines Abends kam Valerie zu dem Brunnen auf dem Marktplatz, auf dem eine imposante Statue eines Reiters mit ausgestrecktem Arm thronte und ein Schwert in die Höhe reckte. Doch von Henry fehlte jede Spur. Der Brunnen war zu ihrem Treffplatz geworden und für gewöhnlich kam Henry vorsichtshalber immer eine halbe Stunde zu früh. Ungeduldig wartete Valerie.

„Es tut mir Leid, dass ich mich verspätet habe. Ich musste mich noch um die Vorbereitungen für eine Reise kümmern. Lord Wintersend wird bald einige Wochen aufgrund wichtiger Geschäfte in London verbringen.", erklärte er entschuldigend, als er eine halbe Stunde später eintraf.

„Dafür werde ich dir heute einen ganz besonderen Ort zeigen.", verkündete er und bot Valerie seinen Arm an. Gemeinsam schlenderten sie durch die engen Gassen und blieben vor einem kleinen Gebäude neben der Apotheke stehen.

„Hier hat meine Mutter eine Zeit lang gewohnt, ehe ich nach Wintersend Manor ging.", erklärte er. Valerie traute sich nicht zu fragen, was mit ihr geschehen war, doch Henry's Schweigen war Antwort genug. Er öffnete die Tür mit einem kräftigen Ruck und ließ Valerie den Vortritt. Sie standen in einer winzigen Stube, in der es außer einem Kamin und einem Sessel nichts mehr gab. Eine Treppe führte in das Schlafzimmer. Ein Bett und eine Kommode waren dort untergebracht. Alles lag unter einer dicken Schicht Staub begraben. Henry ging zielstrebig zu der Kommode und öffnete das oberste Fach. Er tastete die Ecken der Schublade ab, bis er fündig wurde. Er entfernte eine Holzplatte und ein weiterer Boden kam zum Vorschein. Darin lag nichts weiter als ein kleiner Stoffbeutel. Er zog ihn hervor und schüttete den Inhalt in seine Hand. Es war eine silberne Kette mit einem Anhänger aus grünem und rotem Glas in Form einer Rose.

„Es gehörte einst Magdalena. Sie schenkte es meiner Mutter zu ihrem Geburtstag. Ich habe es all die Jahre verwahrt. Ich denke, es gehört dir.", sagte er und öffnete den Verschluss.

„Das kann ich nicht annehmen, Henry.", protestierte Valerie sofort.

„Ich bitte dich aber darum. Ich wüsste nicht, wer sie sonst tragen sollte. Sie ist eine Erinnerung an Magdalena.", widersprach er, während er Valerie die Kette umlegte. Ihre Finger schlossen sich um den kühlen

Anhänger und sie betrachtete ihn lange.

„Dankeschön. Ich werde immer darauf aufpassen.",
wisperte sie ergriffen. Selbst als Henry wieder in
Richtung Wintersend Manor aufgebrochen war, ließ
sie die Kette nicht los und schließ schließlich mit dem
Anhänger in ihren Händen ein.

Am nächsten Abend besuchte William das Dwellings. Es war brechend voll, denn das halbe Dorf
schien sich im Pub versammelt zu haben, um gemeinsam an den Vorbereitungen für eine Feierlich-
keit zu arbeiten. Eine Gruppe älterer Damen nähte
Wimpel und Girlanden, während Mrs Johnson in ihrer Mitte saß und lautstark über die neusten Geschehnisse in London zu berichten wusste. William
verzog sich in die hinterste Ecke des Pubs, um möglichst viel Abstand zwischen sich und Mrs Johnson zu
bringen.

„Wenn meine Haare nicht ohnehin schon weiß wären, Mrs Johnson hätte dafür gesorgt, dass sie es
werden. Sie kommt mindestens einmal täglich vorbei
um aufzuschnappen, wer aktuell erkrankt ist und ob
es Aussicht auf Genesung gibt.", brummte er genervt, als Valerie ihm einen Becher Ale brachte.

„Setz dich.", forderte er sie auf und wies auf den
Stuhl ihm gegenüber.

„Ich habe ein wenig nachgeforscht.", begann er, „Ich

fürchte, dass Vater Philipp Recht hat. Es deutet alles darauf hin, dass Alexander ermordet wurde. Am Vorabend seines Todes kam er von einem Treffen mit Lord Wintersend. Er schien mit ihm um etwas verhandeln zu wollen. Genaueres weiß ich leider diesbezüglich nicht und auch Vater Philipp schweigt sich, wegen des Beichtgeheimnisses, über das Thema aus. Aber im Grunde ist es auch nicht von großer Wichtigkeit, worüber er verhandeln wollte. Wichtig ist nur, dass dein Vater an dem Abend zwar aufgebracht, aber noch bei voller Gesundheit hier neben mir im Pub saß und seinen Ale getrunken hat. Er hat laut auf Lord Wintersend geflucht und geschworen, sich an ihm zu rächen. Am nächsten Morgen wurde er dann mit einer Stichwunde in der Brust vor der Bäckerei entdeckt. Das Messer, mit dem er erdolcht wurde, hat bislang niemand gefunden." William ergriff Valerie's Hand.

„Ich kann nur raten, wie schlimm diese Nachricht für dich sein muss. Doch alles deutet darauf hin, dass Lord Wintersend in diesen Mord verstrickt ist. Warum sonst hat noch niemand das Messer gefunden? Er muss es in Wintersend Manor versteckt haben. Genau wie den Brief, den Alexander vor seinem Tod geschrieben hat. Er war nämlich mit Tinte bespritzt, als man ihn auffand.", mutmaßte er. Sein Blick glitt zu dem Anhänger, den Valerie um den Hals trug.

„Was ist das?", fragte er und wollte nach der Rose greifen. Doch Valerie legte schützend die Hand über das Glas.

„Ein Geschenk von Henry.", antwortete sie. William zuckte merklich zusammen und stand abrupt auf.

„Nach all dem, was passiert ist, gibst du dich noch mit jemandem aus Wintersend Manor ab? Ich hatte geglaubt, du seist intelligenter.", fuhr er sie an.

„Henry ist ein Freund, auch wenn ich Lord Wintersend verdächtige. Er hat nichts damit zu tun.", verteidigte sie ihn.

„Er ist ein Verräter. Warum glaubst du wohl, dass er dir all die Dinge nicht erzählt hat, die ich dir gerade gesagt habe? Er möchte nicht, dass du herausfindest, dass er genauso sehr an all den Morden beteiligt gewesen ist, wie der Lord höchst selbst. Er benutzt dich nur. Wenn du dich für die richtige Seite entschieden hast, können wir uns gerne weiter unterhalten. Doch warte nicht zu lange mit deiner Entscheidung.", sagte er zornig. In Valerie's Erinnerung tauchte die Begegnung auf dem Friedhof wieder auf. Der gellende Schrei und Henry's Erscheinen kurz darauf. Konnte es ein Zufall sein, dass er zu dem Zeitpunkt dort war, oder Absicht?

„Aber...", setzte Valerie an, doch William schnitt ihr

das Wort ab.

„Nein. Ich möchte nichts mehr zu dem Thema hören. Alexander war ein guter Freund und sein Verlust trifft auch mich sehr hart. Ich dachte, dass ich dir vertrauen könnte und wir gemeinsam aufklären, wer für die Tat verantwortlich ist. Aber das geht nicht, wenn du doch mit den Leuten von Wintersend verabredest.", knurrte er und stakste ohne ein weiteres Wort aus dem Pub und in Richtung Apotheke davon. Dort angekommen ging William sofort in das Hinterzimmer. Dort wartete bereits eine Flasche Wein auf dem Beistelltisch neben dem Kamin auf ihn.

„James!", bellte er. Der Diener eilte sofort aus dem Keller herbei und erkundigte ich nach William's Wünschen.

„Bringe mir etwas Besseres als diesen billigen Fusel. Heute war ein wichtiger Tag, das muss gewürdigt werden.", befahl er. Als James mit einer anderen Flasche das Hinterzimmer betrat, forderte William ihn auf, sich neben ihn zu setzen und ihm Gesellschaft zu leisten. So gut gelaunt hatte er William lange nicht gesehen.

„Mein Plan scheint zu funktionieren. Sie Leute von Wintersend versuchen mit allen Mitteln Miss Valerie von dem Anwesen fern zu halten. Doch es wird nicht mehr lange dauern, bis sie ihr Vertrauen in diese

Leute verliert. Und dann wird sie zu mir kommen, dem ach so guten Freund ihres Vaters. Sie hat mir sogar geglaubt, dass er eine Verbindung zwischen uns gutheißen würde. Wie dumm von ihr. Es wird einfach sein, sie zu überzeugen nach Wintersend Manor zu gehen. Und stell dir vor was passieren wird, wenn sie sieht, was aus Magdalena geworden ist.", erzählte er und lächelte zufrieden. Er füllte sin Glas und prostete einem Portrait von sich selbst über dem Kamin zu.

„Auf Lord William Meridum, dem baldigen Besitzer seines rechtmäßigen Vermögens und Anwesens.", rief er aus und James stimmte fröhlich mit ein. Keiner von ihnen bemerkte die zwei Zaungäste, die vor dem Fenster des Hinterzimmers standen und die Unterhaltung belauscht hatten.

„Was können wir tun?"

„Entweder muss sie herausfinden, wer hinter alldem wirklich steckt, auch wenn es bedeutet, dass sie sich von Henry Smith verabschieden muss. Oder sie muss Brockenhurst sofort und für immer verlassen. Sie ist deine Tochter und somit überlasse ich dir die Entscheidung, Magdalena.", erklärte Lord Wintersend. Magdalena lachte kurz auf.

„Ich kenne doch Valerie. Sie hat den Dickkopf ihres Vaters geerbt. Sie wird Brockenhurst nicht verlassen, egal wie ich mich für sie entscheiden würde."

# Kapitel 03

Als Valerie eines Morgens Mitte Dezember die Treppe zum Schankraum hinabstieg, wartete Clementine in ihrem Mantel an der Tür und spähte hinaus.

„Guten Morgen, Liebes!", grüßte sie, als sie Valerie sah.

„Arthur mietet gerade eine Kutsche an. Wir werden gleich nach Burley fahren, um uns mit Vorräten für das Winterfest einzudecken. Vermutlich werden wir erst gen Abend zurück sein. Könntest du bitte in der Zwischenzeit vier Gänse bei Mr. Hurrington abholen? Sie sind bereits bezahlt.", bat die Wirtin.

„Was ist das Winterfest?", fragte Valerie und goss sich eine Tasse Tee ein, den Clementine am Kamin für die warmgehalten hatte.

„In Brockenhurst ist es seit ewigen Zeiten Brauch, jedes Jahr zum Beginn des Winters ein Fest zu feiern. Es wird das Winterfest genannt. Damals sollte es die Dankbarkeit der Menschen zum Ausdruck bringen, die ein weiteres Jahr überlebt hatten. Es wurden Nahrungsmittel an die Armen verteilt und gemeinsam gesungen. Doch mittlerweile ist es zu einem richtigen Spektakel geworden. Du wirst es lieben, da bin ich mir sicher. Von überall her kommen die Leute zu uns nach Brockenhurst, um das Fest zu erleben. Es gibt Artisten, Musiker, Schausteller und Händler in unserem kleinen Dörfchen. Das Fest beginnt bei Sonnenuntergang und es wird immer bis zum nächsten Morgen getanzt, gesungen und getrunken. An diesem Abend ist sogar der werte Herr Brummbär mal nicht so knauserig mit dem Geld. Wahrscheinlich liegt es daran, dass die Artisten und Musiker immer bei uns einkehren. Eines kann ich dir sagen. Die haben einen sehr guten Appetit und einen noch größeren Durst.", erklärte sie schwärmerisch und begann durch den Schankraum zu tänzeln. Valerie musste sich bei dem Anblick ein Lächeln verkneifen. Ihre anfänglichen Bedenken, dass dieses Fest etwas mit dem Winterball zu tun haben könnte, waren wie verfolgen.

„Das Beste habe ich noch gar nicht erwähnt.", rief die Wirtin und griff entzückt nach Valerie's Hand um sie durch den Schankraum zu wirbeln.

„An dem Abend des Winterfestes bleiben alle Geschäfte und Lokale geschlossen, damit jeder die Möglichkeit bekommt mitzufeiern. Das heißt, du kannst Henry's Einladung zum Fest gerne annehmen.", flötete sie.

„Er hat mich nicht eingeladen.", protestierte Valerie.

„Ja, noch nicht. Aber das wird er sicherlich bald tun.

Und wenn nicht, dann richte ihm die besten Grüße von mir und meinem Kochlöffel aus."

Als Valerie an diesem Abend nach der Sperrstunde in ihre Dachkammer zurückkehrte, traute sie ihren Augen nicht. Der Schreibtisch war in die Mitte des Raumes gerückt worden und fünf Stühle standen um ihn herum Auf dem Tisch thronte eine saftige Torte auf einem Meer von Blütenblättern und Blumen.

„Überraschung!", tönte es aus den Ecken ihres Zimmers. Clementine, John, Jane und Henry stürmten auf sie zu und nahmen sie in eine Umarmung gefangen.

„Es ist nach Mitternacht, also hast du, streng genommen, ab jetzt Geburtstag!", quiekte Jane vergnügt.

„John hat die Torte gebacken und Henry hat aus dem Garten von Wintersend Manor die Blumen besorgt."

„Es gibt dort immer frische Blumen. Da dachte ich, es fällt nicht auf, wenn ein Strauß fehlt.", erzählte er mit einem spitzbübischen Grinsen.

„Genauer gesagt war es sogar seine Idee heute eine kleine Feier zu gaben.", stellte John klar und drückte seine Schwester. Glücklich über die Überraschung schnitte Valerie die Torte an und reichte jedem ein Stück. Sie aßen gemeinsam und plauderten vergnügt über die schönsten Feste, die sie bisher erlebt hatten. „Hier, das ist für dich.", sagte Jane und reichte

Valerie ein kleines Paket, nachdem sie ihr Stück aufgegessen und Henry's Anteil stibitzt hatte, er keine
Torte mochte. Das Paket enthielt ein rotes Tuch, ähnlich dem, das Jane immer trug.

„Ich habe es selbst genäht.", erklärte sie. Nach und
nach überreichten ihr Clementine, John und Henry
ebenfalls eine kleine Aufmerksamkeit.

„Von Mr. Dusange soll ich dir die besten Wünsche
ausrichten und dir mitteilen, dass du dir an deinem
Geburtstag frei zu nahmen hast. Leider kann ich nicht
so gut und tief brummen wie er.", richtete Clementine aus und versuchte dabei ihren Gatten zu imitie-
ren. Jane musste kichern und selbst Henry gluckste
vergnügt.

„Mach schon Henry's Geschenk auf. Es ist toll.",
quietschte Jane aufgeregt und rutschte auf ihrem
Stuhl umher. Valerie öffnete die kleine Schatulle. Darin lag ein Haufen Hafer.

„Danke.", sagte Valerie trocken. Henry schmunzelte.

„Warte ab, bis du siehst wofür es gedacht ist.", ent-
gegnete er und bedeutete Valerie ihm zu folgen. Im
Hof des Pubs angekommen entzündete Henry eine
Laterne und leuchtete in den Verschlag, der nicht,
wie üblich, von leeren Fässern beansprucht wurde.
Dort stand, auf zittrigen Beinen, ein pechschwarzes
Fohlen.

„Es wurde vor zwei Wochen au Wintersend Manor geboren. Du darfst es jederzeit besuchen kommen und ausreiten, wenn es groß und kräftig genug ist. Ich verspreche dir, dass es bis dahin in meinen Stallungen am allerbesten aufgehoben ist." Valerie reichte dem Fohlen einen Teil des Hafers. Es schnupperte erst misstrauisch, doch futterte ihn dann schmatzend aus ihrer Hand.

„Danke.", rief sie und schloss Henry vor Freude in die Arme.

„Ich muss es gleich wieder zurückbringen. Deshalb kann ich leider nicht länger bleiben. Aber dies hier wollte ich dir noch geben.", sagte Henry und zog aus seiner Tasche einen Brief hervor.

„Sehen wir uns morgen Abend?", fragte er.

„Sehr gerne.", riefen zwei weibliche Stimmen und kicherten. Valerie wandte den Kopf nach oben und sah, wie Clementine, John und Jane neugierig ihre Köpfe aus dem Dachfenster gesteckt hatten.

„Sehr gerne.", wiederholte Valerie lächelnd und winkte Henry nach, der das Fohlen langsam und vorsichtig über den unebenen Boden führte. Zurück im Pub hockte sie sich vor den Kamin, um im Licht des restlichen Feuers den Brief zu lesen.

Liebe Valerie,

meine besten Glückwünsche zu deinem Geburtstag. Es betrübt mich, dass wir ihn nicht gemeinsam verbringen können. Ich habe alles Erdenkliche versucht, um meinen Mann zu überreden. Aber es hat leider nichts genützt.

Doch vor einigen Tagen kam ein Brief aus Wintersend Manor. Henry ermöglicht es uns, dich besuchen zu kommen. Er schickt sogar eigens eine Kutsche des Lords, die uns nach Brockenhurst bringen soll. Die Aussicht auf die Bekanntschaft eines Lords hat meinen Gatten letztendlich umgestimmt.

Leider wird der Besuch bis zu deinem Geburtstag nicht mehr gelingen. Auf Henry's Vorschlag hin werden wir dich nun zum Winterfest besuchen kommen. Er schrieb, es sei eine Festlichkeit, die man sich nicht entgehen lassen sollte.

Ich freue mich dich wiederzusehen und dir all die Neuigkeiten aus Holyhead persönlich zu erzählen. Ich verspreche dir, dass es einige großartige Neuigkeiten geben wird.

In Liebe: Rebecca

P.s: Grüße John ganz herzlich von mir.

Valerie musste sich erst einmal auf den Boden setzten und den Brief erneut lesen. Sie konnte es nicht glauben. Rebecca würde sie besuchen kommen. Es waren zwar erst etwas mehr als zwei Monate vergangen, seitdem sie Heathwing Hall verlassen hatte, doch sie vermisste ihre Schwester sehr häufig.

Am nächsten Abend kam Henry wie versprochen in das Dwellings. Er war mit einem Korb bepackt, dessen Inhalt unter einem Tuch verborgen war.

„Mr. Dusange, Mrs Dusange, würden Sie uns die Ehre erweisen?", fragte er höflich. Clementine kicherte.

„Wir kommen schon.", rief sie und kam gemeinsam mit ihrem Mann aus der oberen Etage. Sie trug bereits ihren Mantel und schien genau zu wissen, was Henry geplant hatte. Zu viert traten sie aus dem Pub und standen vor einer pechschwarzen Kutsche. An den Türen war ein goldenes Wappen aufgemalt worden. Es zeigte einen Raben mit ausgebreiteten Schwingen. Henry reichte Clementine und Valerie die Hand, um ihnen beim Einstieg behilflich zu sein. Nach einer viertelstündigen gemächlichen Fahrt erreichten sie ihr Ziel. Eine Lichtung im Wald, in dessen Nähe der Lymington River plätscherte. Der Mond beschien die Lichtung und tauchte sie in ein mystisches Licht. In Windeseile hatte Henry den Korb leergeräumt und ein Picknick aufgebaut.

„Es ist ziemlich kalt für meine alten Knochen. Ich denke, es wäre besser, wenn wir in der Kutsche bleiben.", meinte Clementine augenzwinkernd. Sie nahm zwei Gläser Wein und ein Stück Käse entgegen, das Henry ihr reichte.

„Ich habe es zwar heute Morgen bereits gesagt, aber dennoch: alles Gute zum Geburtstag.", wünschte er nochmals.

„Das ist zu viel.", schimpfte Valerie.

„Du hast mir die größte Freude mir Rebecca's Brief gemacht. Ich kann immer noch nicht glauben, dass sie dank dir herkommen wird."

„Da war ich kaum beteiligt und das Fohlen gehört immer noch zu Wintersend Manor. Also, folglich, ist dies nun mein eigentliches Geschenk.", redete er sich heraus und wies auf die Picknickdecke.

„Aber es gibt für Rebecca's Besuch noch eine winzig kleine Bedingung. Du musst mit mir auf das Winterfest gehen.", bat er und sah sie mit großen grünen Augen an. Valerie ließ sich nicht lange bitten und stimmte der Bedingung zu.

„Ein guter Freund von mir wird ebenfalls zum Winterfest kommen. Er ist eine Art Gaukler. In seinem Zelt kannst du dich am ungestörtesten mit Rebecca unterhalten. Wir treffen uns dann dort." Als Valerie erkundigte, wie sie das Zelt finden könne, schmunzelte er.

„Du wirst es nicht verfehlen können. Es ist schwarz. Und nun iss endlich was. Ich habe zwei Stunden in der Speisekammer gestanden und versucht all deine Lieblingsspeisen zusammen zu suchen.", antwortete er mit gespieltem Ernst und fuchtelte mit einer Weintraube vor ihrer Nase herum.

Die Zeit bis zum Winterfest verging wie im Flug. Es gab sehr viel vorzubereiten. Valerie half Jane beim Binden von Kränzen aus Tannenzweigen und dekorierte sie mit Papierblumen. Eine Woche vor dem Fest trafen die ersten Artisten ein, die Quartier im Dwellings bezogen und für einen guten Umsatz sorgten, was bei Mr. Dusange zu einer beinahe schon ausgelassenen Stimmung führte. Mrs Johnson tratschte mit jedem Artisten uns saugte alle Neuigkeiten aus anderen Städten in sich auf. Die Artisten erzählten gerne von Skandalen, die sie erlebt hatten oder verbreiteten Gerüchte, die ihnen zugeflüstert wurden. An einem Abend besuchte William den Pub wund wollte Valerie zum Winterfest einladen. Er entschuldigte sich für sein Benehmen bei ihrer letzten Begegnung, doch als er erfuhr, dass sie bereits eine Begleitung in Henry gefunden hatte, stellte er sein Glas unnötig heftig auf dem Tisch ab, sodass es in kleine Scherben zerbarst. Sie hörte William fluchen und etwas zischen, dass sich stark nach „Verräterischer Bastard" anhörte.

Als Valerie am Abend des Winterfestes schließlich den Marktplatz betrat, sah er wie verwandelt aus. Eine Bühne war in einer Ecke aufgebaut worden, auf der Artisten waghalsige Kunststücke vorführten. Stelzenläufer balancierten durch die Menge und warfen Zettel in die Menschentrauben, um für ihre nächste Vorstellung zu werben. Überall auf dem Platz reihten sich farbenfrohe Zelte und Verkaufsstände eng aneinander. Die Schaulustigen schoben sich von einem Stand zum nächsten, um einen Blick auf die angebotenen Waren zu erhaschen. Händler schrien um die Wette und priesen ihre Waren als die Besten in ganz England an.

„Junge Dame, wie wäre es mit einem Schutzamulett oder einem Talisman? Sie wollen doch nicht, dass sie nachts von einem dunklen Dämon heimgesucht werden.", rief ein Händler Valerie zu und hielt eine Auswahl an Amuletten, Klauen und Reißzähnen an dünnen Lederbändchen in die Höhe. Valerie lehnte dankend ab und schob sich weiter vorwärts.

„Aber sie könnte ein Schutzamulett durchaus gebrauchen.", rief jemand aus einem Zelt heraus, dessen Stoff tiefschwarz glänzte. Es wirkte fremdartig und seltsam fehl am Platz zwischen den leuchtenden Stoffen der Stände um das Zelt herum. Der Sprecher verbeugte sich vor Valerie.

„Mein Name ist Kyre. Sie haben vor mein Zelt aufzu-suchen und sich mit ihrem guten Freund Henry dort zu treffen." Valerie musterte Kyre. Sein Gesicht lag im Schatten seiner Kapuze. Er trug einen schwarzen Mantel, doch darunter konnte man ein Hemd aus bunter Seide erkennen.

„Henry sagt, Sie seien ein Gaukler.", erinnerte sich Valerie.

„Ich bin vieles für eine Menge Leute. Für Sie, Miss Va-lerie, bin ich zu allererst Henry's Freund. Wir kennen uns schon sehr lange. Und auch wenn wir unter-schiedlicher nicht sein könnten, so haben wir doch sehr viel gemeinsam.", erzählte er. Valerie schaute sich kurz im Zelt um. In der Mitte des Zeltes war ein kleiner Tisch aufgebaut auf dem eine runde Kugel lag. Um sie herum lagen achtlos einige Kartenhaufen und weiter hinten stand ein wackeliger Tisch mit Bü-chern und Amuletten. Daneben war ein ovales Ge-bilde aufgebaut, dass unter einem schwarzen Tuch verborgen lag. Weder Henry noch Rebecca waren in dem Zelt.

„Wie wäre es mit einem Blick in die Zukunft, wäh-rend Sie auf ihre Schwester und Henry warten?", fragte Kyre und setzte sich auf ein Kissen vor dem Tisch. Er bedeutete Valerie auf dem anderen Kissen Platz zu nehmen.

„Ich glaube nicht an diese Dinge.", wand Valerie ein und deutete auf die Karten und die Kugel, doch Kyre überhörte sie.

„Meine Vorhersagen treffen meistens zu, was man von diesen anderen Stümpern, sie sich Wahrsager nennen, nicht behaupten kann. Hör zu. Deine Schwester wird dir eine besondere Mitteilung machen. Doch schon kurz darauf wird auf die schöne Neuigkeit eine schlimme folgen und du musst dich entscheiden, auf wessen Seite du stehen möchtest. Meridum oder Wintersend? Doch wähle mit Bedacht, denn wählst du die falsche, so wählst du deinen Untergang und den der Menschheit. Wählst du die richtige, entscheidest du dich für die Ewigkeit.", sagte er voraus und fuhr mit kreisenden Handbewegungen über die Kugel.

„Das können Sie in dieser Glaskugel sehen?", fragte sie skeptisch. Kyre lachte.

„Nein. Die Kugel ist nur ein Schmuckstück, um die Leute zu beeindrucken. Denn die Menschen möchten beeindruckt und vor allem getäuscht werden. Die meisten hier leben in einer Illusion und versuchen die mit aller Kraft aufrecht zu halten.", philosophierte er.

„Es ist so, Valerie. In Brockenhurst ist nicht alles so wie es scheint.", fuhr Kyre nach einer kurzen Pause fort.

„Wie meinen Sie das?", erkundigte sich Valerie.

„Ich weiß, dass Henry dich schon einige Male belogen hat. Glaube mir, wenn ich dir sage, dass auch dein anderer guter Freund, William Meridum, kein großer Freund der Wahrheiten ist. Hast du dich nie gefragt, warum Henry dir nicht einfach die Wahrheit gesagt hat?"

„Er möchte mich beschützen.", antwortete Valerie und zitierte Henry's Aussage.

„Und wovor?", bohrte Kyre weiter. Valerie öffnete den Mund um zu antworten und schloss ihn dann wieder.

„Vor Unglück? Vor dem Tod? Davor kann man niemanden bewahren.", fuhr Kyre lachend fort. Er warf dabei sein Gesicht in den Nacken und seine Kapuze verrutschte. Valerie stutze. Sie kannte das Gesicht, aber die Stimme war eine fremde.

„Sie sind Henry's Zwillingsbruder? Er hat mit nie von Ihnen erzählt.", fragte Valerie. Kyre grinste breit und zog die linke Augenbraue in die Höhe. Ohne ein weiteres Wort zu verlieren, zog er Valerie vor das Gebilde, das unter dem Tuch verborgen lag. Er riss den Stoff herunter und ein Spiegel kam zum Vorschein. Valerie schrie auf. Sie sah ihr eigenes Spiegelbild mit den roten Haaren, den grünen Augen und ihrem dunkelblauen schlichten Kleid. Doch dort, wo Kyre stand, war nicht das vertraute Gesicht von Henry zu sehen. Sie blickte in eine entstellte Fratze. Vereinzelte Haarbüschel wucherten von einer Seite des Kopfes in langen Fäden bis zu seinem Kinn. An einer Stelle war die Haut über der Schädeldecke aufgerissen und eine Wunde zog sich bis zu den schmalen aufgeplatzten Lippen. Seine Pupillen waren schwarz und das weiß seiner Augen gelblich unterlaufen. Ein Augenlid hing schlaf herunter. Valerie fuhr herum und blickte in Henry's Gesicht. Doch der Spiegel zeigte immer noch die Fratze.

„Verstehst du nun?", fragte Kyre. Er warf das Tuch wieder über den Spiegel und das entstellte Gesicht verschwand.

„Was ist das für ein Spiegeltrick?", fragte Valerie und wollte hinter den Spiegel schauen. Doch dort war nichts weiter als die schwarze Zeltplane.

„Es ist kein Trick. Nur der Spiegel offenbart mein wahres Antlitz. Obwohl ich dir wie die Illusion eines guten Freundes erscheine, bin ich in Wahrheit kein Mensch.", erklärte er, „Ich vermute, du verlangst nach einem Beweis." Er formte seine Hände zu einem Ball und presste sie zusammen. Als er sie wieder auseinander drückte, entstanden auf seinen Handflächen blaue Flammen, die hell aufloderten. Valerie blinzelte ein paar Mal.

„Setz dich lieber. Du siehst nicht gut aus.", riet Kyre und schob ihr ein weiteres Kissen hinüber.

„Was sind Sie?", fragte Kyre.

„Eine Illusion. Aber sei unbesorgt. Wie ich bereits erwähnt habe, könnten Henry und ich nicht verschiedener sein. Er ist nicht so wie ich.", antwortete Kyre lächelnd. Valerie schaute ihn zweifelnd an.

„Ist es denn so wichtig zu wissen, was ich bin?", entgegnete er.

„Vermutlich nicht.", stimmte sie zu und biss sich auf die Lippen.

„Frag ruhig, was dir auf der Seele brennt. Henry und Rebecca kommen gleich und ich glaube es wäre besser, wenn sie nichts davon mitbekämen.", drängte Kyre und deutete mit einem Kopfnicken auf den verhangenen Spiegel. Valerie atmete einige Male tief ein, ehe sie den Mut fand, ihre Frage laut auszusprechen. Ihr kam es so vor, als würde sie dann all das akzeptieren müssen, was sie gerade im Spiegel gesehen hatte.

„William sagte, dass Lord Wintersend eine Art Monster und für die Morde hier in Brockenhurst verantwortlich sei. Ich dachte er würde nur etwas übertreiben, wenn er ihn als Monster bezeichnet. Aber jetzt, muss ich annehmen, dass mehr dahinter stecken könnte. Hat William Recht?", fragte sie sorgenvoll.

„Lord Wintersend war einst ein Mensch. Doch er mir nicht gleich. Er ist gefährlicher. Ich muss niemanden ermorden, um zu überleben. Auf alles weitere musst du selbst eine Antwort finden.", antwortete Kyre ehrlich.

„Aber was ist mit Henry? Er lebt auf Wintersend Manor. Ist er nicht in schrecklicher Gefahr? Er sagte, er wolle mich vor dem Lord beschützen. Aber was will der Lord von mir?", fragte sie. Jetzt da sie eine Frage gestellt hatte, fielen ihr noch hundert weitere ein. Kyre seufzte.

„Dein Vater hat früher oft von einer Schuld und einem Preis gesprochen. Hat er die nie erzählt, worum es dabei ging?", fragte er schließlich. Valerie verneinte.

„Als deine Familie nach Brockenhurst kam und die Bäckerei von Alexander's verstorbenen Onkel John übernahm, wurdet ihr von einem Schneesturm überrascht. Wintersend Manor war das nächste Haus weit und breit. Dein Vater einigte sich mit Lord Wintersend auf einen Handel. Eine Nacht im Schloss für einen speziellen Preis. Der Preis warst du. Deshalb hat er euch fortgeschickt. Um zu verhindern, dass Lord Wintersend den Preis einfordert.", erklärte Kyre.

„Er wollte mich? Aber warum?", wiederholte Valerie entsetzt.

„Das wirst du ihn eines Tages selbst fragen.", antwortete Kyre und richtete seinen Blick auf den Eingang des Zeltes.

„Wen wirst du etwas fragen?", ertönte eine Stimme am Zelteingang. Valerie folgte Kyre's Blick und erkannte Henry, der den Stoff zur Seite hielt und Rebecca den Vortritt ließ.

„Niemanden.", entgegnete sie und sprang auf, um ihre Schwester zu begrüßen. Sie fielen einander um den Hals. In diesem Moment hatte Valerie all die Bilder von Kyre im Spiegel vergessen.

„Wie geht es dir? Hast du die Reise gut überstanden?". Sprudelte es aus Valerie hervor.

„Komm, Kyre. Lassen wir die Damen in Ruhe plauschen. Mr. George Harrison wird uns solange Gesellschaft leisten.", sagte er und fuhr an Valerie gewandt fort: „In einer halben Stunde beginnt eine Aufführung der Londoner Artistengruppe, die man sich nicht entgehen lassen sollte. Solange dürft ihr gerne unter euch bleiben." Im Herausgehen klopfte er Kyre freundschaftlich auf die Schulter. Kaum hatten die

Männer das Zelt verlassen, ließen sich Rebecca und Valerie auf die Kissen fallen und hielten einander an den Händen.

„Wie ist das Eheleben, Mrs Harrison?", wollte Valerie wissen und gab die Hände ihrer Schwester für einen kurzen Augenblick frei. Rebecca lächelte zurückhaltend, während sie ihren Hut absetzte.

„Es ist anders, als ich es mir vorgestellt habe. Meine Schwiegermutter ist mit mir unzufrieden, egal was ich anstelle. Ich führe meinen Haushalt nicht nach ihren exakten Vorstellungen und ständig hat sie etwas auszusetzten. Selbst mein Gatte bemerkt häufig, dass seine Mutter die Mahlzeiten anders zubereitet hat. Aber all das wird sich bald ändern.", berichtete sie.

„Was wird sich ändern?", wollte Valerie wissen.

„Ach, Valerie. Ich kann es selbst noch kaum glauben. Ich erwarte mein erstes Kind."

„Das ist wunderbar.", quiekte Valerie erfreut und fiel ihrer Schwester erneut um den Hals.

„Mr. Harrison hat bereits Namen ausgesucht. Wird es ein Junge, so soll er Albert heißen, nach seinem Vater. Wenn es ein Mädchen wird, soll es Elisabeth getauft werden, nach seiner Mutter. Ich hätte mir gewünscht, dass er Rosalie oder James in Betracht zieht, aber meine Schwiegermutter behauptet stets, meine Wünsche täten nichts zur Sache und die Namensgebung obläge dem Familienoberhaupt.", gab Rebecca zu.

„Sie scheint ja eine nette Person zu sein.", kommentierte Valerie sarkastisch und Rebecca kicherte.

„Wann ist es soweit?", fragte Valerie.

„In sieben Monaten. Doch nun genug von mir. Wie geht es der zukünftigen Tante?", antwortete Rebecca freudig. Sie erzählte ihrer Schwester von ihrem Leben als Magd im Dwellings, doch die Begegnung mit Kyre und die Gerüchte um die Ermordung ihres Vaters sparte sie vorsichtshalber aus. Als sie gerade versuchte Jane zu beschreiben, traten Henry, Kyre und Rebecca's Ehemann in das Zelt. Letzterer hielt einen Brief und einen Beutel in den Händen.

„Es lohnt sich durchaus die Bekanntschaft eines Lords zu genießen.", verkündete er stolz und klopfte anerkennend auf den Beutel. Er reichte den Brief herum, damit ihn jeder lesen konnte. Er war von Lord Wintersend verfasst worden und forderte seine Gäste und deren Freunde auf das Winterfest in vollen Zügen zu genießen. Er steuerte eine großzügige Spende zum Gelingen des Abends bei. So betraten sie kurz darauf zu fünft den überfüllten Marktplatz. Nach der Vorstellung der Artistengruppe klapperten sie die verschiedenen Stände ab. Rebecca und Valerie stöberten durch die Auslagen eines indischen Tuchhändlers, während Henry, Mr. Harrison und Kyre sich zu einem Weinhändler zurückzogen und die Anprobe der Tücher aus sicherer Entfernung beobachteten. Auf dem Weg zu einem befreundeten Händler Kyre's trafen sie auf Jane und John, die gemeinsam vor einer Auslage glückbringender Amulette standen und über den Sinn solcher Talismane diskutierten. Gemeinsam probierten sie sich durch das Sortiment eines Obsthändlers, der ihnen exotische Köstlichkeiten anbot. Valerie fühlte sich so glücklich wie selten zuvor. Sie scherzten und lachten gemeinsam, bis eine Gruppe Musiker die Bühne betrat und zu spielen begann. Henry forderte Valerie mit einer eleganten Bewegung zum Tanz auf, Jane zog John hinter ihnen her und einige Augenblicke später gesellten sich Rebecca und Kyre zu ihnen.

„Lasst sich Mr. Harrison das Vergnügen entgehen?", fragte Henry.

„Mein Gatte zieht es vor jegliche körperliche Ertüchtigung zu vermeiden.", antwortete Rebecca leicht verärgert. Doch ihre Wut verrauchte, als die ersten Takte der Quadrille vorüberwaren. Sie tanzten fast eine Stunde und Jane warf gelegentlich neidische Blicke zu Valerie hinüber. Kyre tanzte weitaus besser als

John, der Mühe hatte die Schrittfolge einzuhalten. Doch Henry schien der eleganteste Tänzer der gesamten Gesellschaft zu sein.

„Man sagt, er durfte mit den Schwestern von Lord Wintersend üben, da auf dem Herrenhaus ein Mangel an männlichen Tanzpartnern herrscht.", raunte Jane Valerie zu. Als die letzten Töne des Liedes verklungen waren, verbeugten sich die Tanzpaare voreinander und klatschten höflich den anderen zu. Henry ergriff Valerie's Hand und hauchte einen Kuss über ihren Handrücken. Plötzlich schrie jemand am anderen Ende des Marktplatzes auf. Eine der alten Damen, die in den letzten Wochen häufig im Dwellings saßen und an den Girlanden gearbeitet hatten, starrte bleich auf einen bestimmten Punkt und deutete mit einer zitternden Hand dorthin. Alle folgten ihrem Blick. Dann sah Valerie, was die Frau hatte aufschreien lassen. Die Statue auf dem Brunnen in der Mitte des Platzes war rot verfärbt und an dem Schwert des Reiters aufgespießt hing Mrs Johnson's Leiche. Henry zog Valerie an sich und drückte ihren Kopf an seine Brust, damit sie das Grauen nicht länger anschauen musste. Jane murmelte immer wieder dieselben Verse aus der Bibel, doch Valerie hörte ihren Gebeten nicht zu. Sie suchte Rebecca, die sich geräuschvoll auf dem Boden übergab. Sie riss sich aus

Henry's Umarmung und stürzte zu ihrer Schwester. Rebecca umklammerte Valerie und wollte sie nie wieder los lassen.

„Kommen Sie, Mrs Harrison, wir fahren sofort nach Hause.", hörte sie Mr. Harisson sagen, der Rebecca aufhalf und ihr ein Taschentuch reichte.

„Willst du an diesem Ort verfluchten bleiben?", brachte Rebecca schließlich hervor und blickte ihre Schwester forschend an. Valerie nickte und schloss Rebecca zum Abschied in ihre Arme.

„Ich werde dir jede Woche schreien. Und zur Taufe meiner Nichte werde ich da sein.", versprach sie. Mr. Harrison drängte zum Aufbruch und zerrte Rebecca durch die Menschentraube, die sich auf dem Marktplatz versammelt hatte.

„Valerie!", rief Henry, doch sie schüttelte den Kopf.

„Nein Henry. Sieh es dir doch nur an. Ich kann nicht weiter tatenlos zusehen, wie unschuldige Menschen umgebracht werden. Erst gestern war Mrs Johnson auf Wintersend Manor und nun ist sie tot. Genau wie mein Vater. Wenn ich etwas dagegen unternehmen kann, dann werde ich es tun. Ich werde mit William sprechen.", sagte sie.

„Du triffst dich mit William Meridum? Was hast du mit ihm zu besprechen?", fragte er herrisch und hielt Valerie grob am Arm fest.

„Ja, ich treffe mich mit ihm. Er hat mir die Augen geöffnet, was deinen Lord angeht. Er hat mir gezeigt,
was für ein Monster Lord Wintersend ist, der nicht
nur meinen Vater sondern auch Mr. Brenner und
vermutlich auch Mrs Johnson getötet hat. Du hast
die ganze Zeit über nur gute Miene zum bösen Spiel
gemacht und mir all diese Dinge verschwiegen, angeblich um mich vor dem Lord zu schützen. Aber das
kannst du gar nicht. Es ist nur zu klar, auf wessen
Seite zu wirklich stehst.", fauchte Valerie und riss die
Kette von ihrem Hals. Sie schleuderte Henry den Anhänger entgegen und wollte sich losreißen, doch
seine Hand war unerbittlich um Valerie's Arm ge-
schlungen. Er zwang sie ihn anzusehen.

„Valerie, hör mir zu. Ja, ich weiß die Wahrheit über
die Morde und was es mit Lord Wintersend auf sich
hat. Ja, ich habe geschwiegen. Ja, ich habe mit allen
Mitteln versucht, dich von diesen Dingen fern zu halten, die Wintersend Manor betreffen. Doch scheinbar ist es mir nicht geglückt. Aber das macht mich
nicht zu seinem Gegner. Ich bin immer noch ein
Freund. Wenn ich also in Zukunft irgendetwas für
dich tun kann, lass es mich wissen. Das wollte ich dir
noch sagen.", bat er noch, ehe er sie freigab. Valerie
bedachte ihn mit einem kurzen Nicken, ehe sie sich

durch die Menschenmenge in Richtung der Apotheke schob. William wartete bereits vor dem Gebäude auf sie.

„Ich hatte gehofft, dass du vorbeikommst.", rief er ihr entgegen, als sie die Gasse hinauf gelaufen kam. Rasch entriegelte er die Tür zur Apotheke und führte Valerie in das Hinterzimmer. Dort bedeckten mehrere Haufen von Papierbögen die komplette Fläche des Arbeitstisches Die Apparaturen, die sonst darauf aufgebaut waren, hatte er achtlos auf einem kleinen Fleck zusammengeschoben.

„Verzeih bitte, dass es nicht aufgeräumt ist. Doch bei den Ereignissen der letzten Tage bin ich leider nicht dazu gekommen.", bat William, als er Valerie's Blick zum Tisch folgte.

„Es ist schrecklich, was mit Mrs Johnson passiert ist.", schluchzte Valerie. Sie hatte die alte Dame zwar nicht ins Herz geschlossen, doch einen solch grausamen Tod hatte sie nicht verdient.

„Ja, sehr traurig. Aber es ist gut, dass du zu mir gekommen bist. Alle Anzeichen deuten darauf hin, dass Lord Wintersend die Finger im Spiel hatte. Gemeinsam werden wir ihn stoppen können. Ich habe in den letzten Wochen einiges herausgefunden, als ich Hinweise für die Ermordung von Alexander gesucht habe. In Wintersend Manor muss noch irgendwo die

Besitzurkunde versteckt sein, die mich als rechtmäßigen Besitzer und Erben ausweist. Wenn wir dieses Dokument finden, können wir Lord Wintersend an den Pranger bringen und verhindern, dass er weitere unschuldige Menschen umbringt. Denn dann wäre er als Lügner entlarvt. Ich vermute, dass dort, wo er die Urkunde versteckt, noch andere Hinweise hinterlegt hat, mit denen wir ihm die Morde nachweisen können. Doch wahrscheinlich sind all diese Dinge sehr gut versteckt. Ich habe zwar einige Freunde auf Wintersend Manor, die mich in meinem Vorhaben unterstützen. Doch ihnen ist es noch nicht gelungen, den entscheidenden Hinweis zu finden. Aber vermutlich lässt Lord Wintersend sie auch nicht einmal in die Nähe seiner persönlichen Gemächer."

„Lord Wintersend geht bald auf Reisen. Dann kann er sie nicht mehr von seinen Gemächern fernhalten.", erinnerte sich Valerie, „Allerdings weiß ich nicht genau wann er aufbricht oder wie lange er fortbleibt. Henry sprach von einigen Wochen."

„Das reicht nicht. Wintersend Manor ist zu groß, um alles in einigen Wochen abzusuchen. Allein für seine Bibliothek braucht man Monate. Die Urkunde könnte überall versteckt sein und ich weiß noch nicht einmal, wie sie überhaupt aussehen könnte.", widersprach er.

„Am besten wäre es, wenn wir jemanden in das Herrenhaus einschleusen könnten, der Zugang zu allen Bereichen hat. Ein Dienstmädchen beispielsweise. Man kommt überall im Haus herum und kann in Ruhe jedes Zimmer durchkämmen. Wird man erwischt redet man sich einfach heraus und behauptet in diesem Zimmer gerade aufräumen oder abstauben zu müssen.", fuhr William fort. Es klang, als hätte er diesen Plan schon häufig durchgespielt.

„Du willst Gerechtigkeit, ebenso wie ich.", stellte William klar, als Valerie erkannte, wen er als Dienstmädchen einschleusen wollte.

„Und bedenke, was Vater Philipp dir gesagt hat. Du suchst nach deiner Mutter am falschen Ort.", fügte er hinzu.

„Und wie soll ich dort als Dienstmädchen unterkommen?", fragte sie. In Heathwing Hall wurde sie im Laufe der Zeit automatisch von einer Spielgefährtin zu einer Zofe der beiden jungen Ladies. Sie wusste nicht, wie man bei einem Lord, zudem er bald abwesend war, für eine Stelle vorsprach.

„Ich denke du hast so gute Kontakte zu Wintersend Manor. Du musst sie nur zu nutzen wissen.", entgegnete William kühl und deutete auf den Tisch mit den Unterlagen.

„Hier ist ein Plan von Wintersend Manor. Meine Unterstützer haben ihn in den letzten zehn Jahren erarbeitet. Es ist ziemlich kompliziert den Plan aktuell zu halten. Laufend wird dort etwas renoviert oder umgebaut.", murrte er und präsentierte Valerie eine riesige Skizze.

„Hier hat Lord Wintersend seine Gemächer. Der gesamte Flügel gehört ihm allein. Vermutlich liegen die Dokumente in diesem Bereich versteckt.", erklärte William und kreiste mit seinen Fingern um die vier Etagen, die sich unter dem Wort WESTFLÜGEL reihten.

„Wenn es dir gelingt, dort als Dienstmädchen eingesetzt zu werden, haben wir gewonnen. Am besten verhältst du dich in den ersten Wochen unauffällig. Du erledigst einfach nur seine Arbeit. Erst wenn man dir vertraut, kannst du anfangen nach den Hinweisen zu suchen.", fuhr er fort. Er legte den Plan beiseite und ging zum Kamin. Er öffnete ein Schmuckkästchen, das darauf lag.

„Wenn du nach Wintersend Manor kommst, solltest du dies tragen. Dann können dich meine Freunde erkennen.", offenbarte er und reichte Valerie eine kleine Brosche in Form einer Edelweißblüte. Valerie nahm sie an sich und verstaute sie in ihrer Rock-

tasche, ehe William sie mit dem Auftrag verabschiedete, eine Stellung als Dienstmädchen zu bekommen.

Am nächsten Abend bekam Valerie Besuch von
Henry. Er sah erschöpft aus. Valerie hatte sich vorge-
nommen kein Wort mehr mit ihm zu wechseln. Dich
als sie sah, wie er eingesunken auf seinem Platz saß,
verwarf sie ihren Versatz. Schließlich hatte er ihr versprochen, dass sie immer noch befreundet waren,
ganz gleich welche Entscheidung sie traf.
„Ich muss mich bei dir entschuldigen. Ich hätte gestern nicht so reagieren dürfen.", sagte er sofort, als
Valerie sich zu ihm setzte.
„Es ist schon in Ordnung. Vermutlich konntest du
nicht anders reagieren.", erwiderte Valerie. Sie war
die Szene des gestrigen Abends immer wieder in Gedanken durchgegangen. Wenn in Lord Wintersend
tatsächlich ein Monster steckte, wie Kyre und William behauptet hatten, dann wollte Henry sie vermutlich wirklich nur vor ihm schützen. Henry schüttelte betrübt den Kopf.
„Manchmal wünsche ich mir, dass ich dir alles erzählen könnte. Aber es geht leider nicht. Du würdest es
nicht glauben. Doch deswegen bin ich eigentlich
nicht hier. Ich wollte dir dies hier geben. Vielleicht
hilft es dir in Wintersend Manor unterzukommen.",

fuhr Henry fort und reichte Valerie eine Schriftrolle, die mit einem schwarzen Seidenband zusammengehalten wurde. Valerie blickte stirnrunzelnd auf die Papierrolle.

„Du willst doch in das Anwesen und irgendetwas für William zu finden, oder? Ich kenne seine Pläne recht gut, auch wenn ich sie nicht gutheiße. Außerdem habe ich versprochen dir zu helfen, wenn ich es kann. Ich halte hiermit mein Wort.", erklärte er. Valerie zog das Band vorsichtig ab und entrollte das Blatt. Es war ein schriftliches Abkommen.

„Hiermit vereinbaren Lord Wintersend und Alexander Miller als Preis für ihre Übernachtung in Wintersend Manor im Dezember 1834 die Verfügung über das Leben seiner jüngsten Tochter. Der Preis wird fällig im Jahr 1850, spätestens aber zum Winterball im Dezember. Über die Veränderungen im Leben seiner jüngsten Tochter wird Alexander Miller nebst Familie nicht informiert und ist angehalten worden, keinerlei Informationen einzuholen. Wird der Vertrag gebrochen, so werden sämtliche Nachkommen der Familie Alexander Miller's mit in die Erfüllung der Schuld einbezogen.", las Valerie vor. Der Vertrag, von dem Kyre ihr bereits erzählt hatte, war auf Januar 1835 datiert.

„Er hatte es von Anfang an auf mich abgesehen?", flüsterte sie.

„Das hat er. Daher wollte ich dich auch aus Brocken-hurst fernhalten.", erklärte Henry.

„Ich muss nun gehen. Die Reise geht noch heute Nacht los.", verabschiedete er sich.

„Du verreist ebenfalls?"

„Ich gehöre der Reisegesellschaft von Wintersend Manor an.", bestätigte Henry und zog Valerie in seine Arme.

„Wenn du es wirklich so willst, werden wir uns wohl erst im neuen Jahr auf Wintersend Manor wiederse-hen. Was auch immer du dort findest, denke immer daran, dass es eine Erklärung gibt. Lord Wintersend wird sie dir liefern.", flüsterte er in ihr Ohr. Valerie geleitete Henry bis vor die Tür des Dwellings.

„Stelle dich mit der Schriftrolle beim Hausdiener vor. Ich habe sie bereits Clementine gezeigt. Sie weiß Be-scheid. Ich musste ihr und ihrem Kochlöffel aller-dings versprechen, immer auf dich Acht zu geben.", witzelte er zum Abschied. Valerie wartete bis Henry in der Dunkelheit verschwunden war und ging in ihre Dachkammer. Dort holte sie ihre Schatulle aus dem Koffer und legte die Schriftrolle hinein. Als sie die Kiste wieder in dem Koffer verstaute, fiel ihr ein Bo-gen Papier ins Auge, der unter das Bett gefallen war, als sie zu Beginn ihres Aufenthaltes den Inhalt der

Schatulle ausgeschüttet hatte. Es war Henry's zweiter Brief, den er ihr 1841 geschrieben hatte, drei Monate nachdem sie in Heathwing Hall angekommen waren.

Liebe Valerie,

es freut mich zu lesen, dass euer Onkel bei dem Lord und seiner Lady vorgesprochen hat und ihr nun die Erlaubnis habt bei ihnen zu bleiben, um später als Hausmädchen, oder in John's Fall als Stallbursche, ausgebildet zu werden. Ich hatte zwar stets angenommen, dein Wunsch einmal Gouvernante zu werden, würde sich erfüllen.

Auch wenn ich nicht mit besseren Neuigkeiten zu Magdalena's Verschwinden aufwarten kann, so gibt es dennoch etwas Positives zu berichten. Ein guter Freund von mir hat die Stellung als Pförtner in Heathwing Hall angetreten. Ich werde dir leider nicht sehr häufig schreiben können. Doch James, so heißt der neue Pförtner, wird sich stets über Neuigkeiten informieren können. Er ist der Sohn des Pförtners auf Wintersend Manor und durch seinen Vater immer bestens informiert. Es würde mich sehr freuen, wenn ihr euch anfreunden könntet.

Ich verbleibe in der Hoffnung, dass ihr alle wohlauf seid:

Henry

Sie faltete den Brief wieder ordentlich zusammen und legte ihn den anderen Erinnerungen an ihr Leben in Heathwing Hall bei. Nach alledem, was sie seit ihrer Ankunft erlebt hatte, wünschte sie sich fast dorthin zurück. Denn dann hätte sie das entstellte Gesicht im Spiegel von Kyre's Zelt vergessen können. Sie hatte sich im Laufe der Jahre tatsächlich mit James angefreundet und viele Stunden im Pförtnerhäuschen verbracht. Obwohl sie bereits seit ihrer Ankunft in Brockenhurst mehrere Briefe an James geschickt hatte, blieben alle bisher unbeantwortet. Sie schob die Gedanken an James beiseite und konzentrierte sich auf die Aufgabe, die vor ihr lag. Der Vertrag besagte, dass sie im Jahr 1850 auf Wintersend Manor erwartet wurde. Bis dahin waren es noch genau neun Tage.

Das Weihnachtsfest verbrachte Valerie in kleiner Runde bei ihrem Bruder. Jane hatte zu viel mit den Vorbereitungen für die Messen zu tun und Henry war bereits auf Reisen, während Rebecca die Eltern ihres Ehemannes empfing. Valerie bemerkte, dass John in den letzten Wochen sehr viel kräftiger geworden war. Auf dem Winterfest war es ihr nicht aufgefallen, doch er hatte sich leider auch Andrew's ruppige Art angewöhnt und gemeinsam lachten sie beiden bei einigen Bechern Ale über derbe Witze. Auch wenn sie es nicht zugeben wollte, so war Valerie froh, als sie am späten Abend die Backstube wieder verlassen konnte. Andrew war bereits eine Stunde zuvor lallend in seinem Sessel geplumpst und kurz darauf schnarchend eingeschlafen. John begleitete Valerie ein Stück des Weges, bis sie an der Apotheke vorbeikamen. William brachte gerade einen Mistelzweig über der Tür an, als die Geschwister das Gebäude passierten.

„Frohes Fest!", wünschte John.

„Gleichfalls.", brummte William beschäftigt, doch als er erkannte, wer ihn gegrüßt hatte, legte er den Mistelzweig nieder und stieg die Leiter hinab.

„Guten Abend Valerie. Darf ich kurz unter vier Augen mit dir sprechen?", fragte er und beachtete John in keiner Weise. William betrat mit Valerie die Apotheke.

„Wie kommst du voran?", fragte er direkt, kaum dass die Tür ins Schloss gefallen war.

„Im neuen Jahr werde ich mich in Wintersend Manor vorstellen.", erklärte sie. Die Schriftrolle mit dem Vertrag ihres Vaters hielt sie lieber geheim. William benötigte keinen weiteren Grund, um Lord Wintersend zu hassen und Valerie vermutete, dass ihn der Inhalt des Vertrages in Rage bringen könnte. William nickte zufrieden.

„Valerie, ich habe lange darüber nachgedacht und da heute Weihnachten ist, gibt es keinen perfekteren Zeitpunkt. Wenn wir Lord Wintersend überführen und beweisen können, dass ich der rechtmäßige Erbe bin, benötige ich bald eine Lady Meridum an meiner Seite. Ich würde jedem beweisen, dass ich sehr viel geeigneter in der Position des Lords bin, als Lord Wintersend und möchte daher jemanden als meine Frau nehmen, die ohne Vermögen ist. Dein Vater, mein bester Freund, hat meinen Entschluss gutgeheißen. Würdest du mir daher die Ehre erweisen, im Falle eines Erfolges, ihm seinen Wunsch zu erfüllen und meine Gattin zu werden?", fragte er. Valerie starrte William an.

„Darf ich darüber nachdenken?", fragte sie schließlich stotternd.

„Selbstverständlich meine Liebe. Es würde dir nie mehr an etwas mangeln und du bräuchtest nie wieder in diesem schmierigen Pub arbeiten oder dich mit solch ordinären Leuten wie Clementine abgeben.", versicherte er und gab Valerie's Hand frei. Als sie die Apotheke verließ, wartete John auf sie und schaute seine Schwester finster an.

„Du willst noch nachdenken? Was gibt es denn da zu überlegen?", fragte er ungehalten.

„Ich liebe ihn nicht. Alles was er sagt, klingt so berechnend.", erklärte Valerie.

„Liebe kommt mi der Zeit. Rebecca hat ihren Mann auch nicht geliebt, als Master Charles in für sie bestimmt hat. Doch auf dem Winterfest schien sie recht zufrieden zu sein.", fuhr er fort.

„Master Charles lies ihr auch keine andere Wahl. Wenn sie Mr. Harrison nicht geheiratet hätte, wäre sie aus Heathwing Hall ausgeschlossen worden. Dann wäre das Armenhaus ihr letzter Ausweg gewesen.", erwiderte Valerie.

„Aber du könntest eine Lady werden.", beharrte John.

„Ich wäre lieber ein Niemand und dafür glücklich.", entgegnete Valerie und machte auf dem Absatz kehrt. Sie konnte nicht glaube, dass ihr Bruder so etwas von ihr verlangte. Auch Jane schüttelte ungläubig den Kopf, als Valerie sie am Tag nach Weihnachten besuchte und ihr von William's Antrag und John's Reaktion erzählte. Nur den Teil über William's Plan und seine Ansprüche auf Wintersend Manor ließ sie aus.

„Stell dir nur vor, dann wärst du Mrs Meridum. Das wäre gruselig. Ich mag Mr. Meridum nicht, er kommt mir immer so unheimlich vor.", flüsterte Jane leise, da sie Vater Philipp nicht aufwecken wollte. Der

Priester war vor dem Kamin beim Studium eines Breviers eingeschlafen. Valerie schmunzelte, da sie mitbekommen hatte, dass er seit einiger Zeit nicht mehr schlief und nur vortäuschte eingenickt zu sein. Nun musste er sich sichtlich anstrengen Jane's Antworten zu verstehen.

„Aber du wirst doch nicht Mrs Meridum, oder?", fragte Jane etwas lauter. Valerie glaubte, den Pfarrer kurz zusammenzucken zu sehen, doch da er gleich darauf wieder entspannt im Sessel saß, schob sie es auf ihre Einbildung.

„Ich habe ihm noch keine Antwort gegeben. Aber ich glaube nicht, dass ich seine Frau werden könnte. Ganz gleich, wie sehr sich mein Vater die Verbindung gewünscht hat.", antwortete Valerie. Vater Philipp bekam einen Hustenanfall und Jane eilte zu ihm, damit sie sich um ihn kümmern konnte.

„Geht es Euch nicht gut, Vater?", fragte sie höflich und reichte ihm ein Glas Wasser.

„Es geht schon wieder.", röchelte er und verlangte nach mehr Wasser. Während Jane beschäftigt war, bedachte er Valerie mit einem ernsten Blick und schüttelte kaum merklich den Kopf.

# Kapitel 04

Bereits am frühen Morgen des Neujahrstages traf Valerie auf Wintersend Manor ein. Die hohe Steinmauer, die das Anwesen umgab, war unter einer dicken Efeuschicht kaum zu erkennen. Erst als sie das schmiedeeiserne Tor erreichte, konnte Valerie einen Blick auf das Herrenhaus werfen. Das Haupthaus war tief in den Park hineingebaut worden und erhob sich düster in der aufgehenden Sonne. Ein breiter Weg aus feinem Kies führte von dem Tor bis zum Herrenhaus hinauf. Der Weg war von einer Allee aus hohen Bäumen umschlossen, nur vereinzelt führen kleine Abzweigungen aus Stein vom Hauptweg zu den Gärten. Valerie presste ihr Gesicht gegen die kalten Eisenstangen, um mehr von den Gärten erspähen zu können. Eine zarte Frostschicht hatte sich auf die Hecken eines Irrgartens gelegt und die Äste funkelten in der Sonne.

„Au!", rief sie aus und fuhr mit der Hand zu ihrer Wange. Sie hatte sich an einer der Rosenverzierungen des Tores geschnitten. Sie sich einige Schritte zurück und suchte an den beiden Steinsäulen neben dem Tor nach einer Glocke. Als sie keine finden konnte, drückte sie ihre Hand vorsichtig gegen das Tor. Zu ihrer Überraschung gab es sofort unter einem leisen Ächzen nach. Langsam ging Valerie auf das Herrenhaus zu, um möglichst viel von dem Park um sie herum zu sehen. Hinter der Allee entdeckte sie in einem der Gartenabschnitte einen romantischen Pavillon, der ebenfalls mit Efeu bewachsen war. Er stand an dem Ufer eines Teiches, der von einer dicken Eisschicht überzogen war. Die vielen Beete sahen etwas trostlos aus, doch Valerie vermutete, dass im Sommer ein prächtiges Blumenmeer die größte Fläche des Parks bedeckte. Als sie das Haupthaus erreichte, war die Sonne noch nicht hinter den Zinnen aufgegangen. Der Türklopfer in Form eines Pantherkopfes wurde noch von zwei Laternen beleuchtet. Noch bevor Valerie den schweren Klopfer anheben konnte, hatte sich die Tür bereits geöffnet. Sie trat in die düstere Eingangshalle. Flüchtig blickte sie sich um, doch niemand schien in der Eingangshalle zu sein.

„Hallo?", rief sie, doch niemand antwortete. Langsam ging sie tiefer in das Vestibül hinein und sah sich staunend um. Eine breite Treppe führte in die oberen Stockwerke. Ein rundes Buntglasfenster diente als einzige Lichtquelle für die gesamte Eingangshalle, die sich über die gesamten vier Stockwerke erstreckte. Die aufgehende Sonne warf farbige Lichtpunkte vor Valerie's Füße. An den Wänden hingen zahlreiche Gemälde in reich verzierten Goldrahmen. Das größte unter ihnen zeigte eine wunderschöne Frau mit langen schwarzen Locken. Ihre grünen Augen schienen Valerie direkt anzusehen und ihr Bedauern über ihre Anwesenheit ausdrücken zu wollen. Auf den übrigen Gemälden waren Eheleute, Familien und Edelmänner abgebildet, die allesamt in kostbare Gewänder waren und steif und mit strengen Mienen auf einem Sofa saßen.

„Die Familie Wintersend. Hier haben wir Lord Abraham Wintersend mitsamt Gattin. Er ist der Vater des heutigen Lords.", kommentierte jemand das Gemälde, vor dem Valerie stand. Sie fuhr herum und entdeckte den Sprecher an der Treppe.

„James!", rief sie überrascht aus, „Was machst du hier?"

„Ich wurde in Heathwing Hall nicht länger benötigt. Der junge Master Charles war wenig erfreut, als er von deiner Abreise erfuhr und herausfand, dass ich dich nicht aufgehalten habe. Henry war so gut, mir hier eine Stellung zu besorgen.", erklärte James ausweichend. Valerie kannte James nun schon lange genug um zu wissen, dass diese Geschichte nicht stimmte. Er zupfte immer an seinem Ohrläppchen, wenn er log und auch dieses Mal zuckte seine Hand in Richtung seines Ohres.

„Und wir bist du wirklich hergekommen?", fragte Valerie mit hochgezogener Augenbraue. James ließ seine Hand möglichst unauffällig sinken.

„Du hast mich durchschaut. Lord Wintersend hatte mich vor Jahren nach Heathwing Hall geschickt. Doch nun sollte ich meine Stellung als Hausdiener wieder aufnehmen und in dieser Position obliegt es mir die neuen Dienstmädchen auf Wintersend Manor willkommen zu heißen. Ich darf dich heute mit den Gepflogenheiten des Hauses vertraut machen.", gab er zu und wies auf eine der zwei doppelfügigen Türen, die aus der Eingangshalle in die Räumlichkeiten des Herrenhauses führten.

„Vor wie vielen Jahren wurdest du nach Holyhead versetzt?", fragte Valerie, als James seinen Rundgang durch Wintersend Manor im Frühstückszimmer begann. Von diesem Raum aus gelangte man durch eine Treppe, die hinter der Holzvertäfelung verborgen lag, in den Ostflügel.

„Vor neun Jahren.", antwortete James und fügte im Anschluss hinzu, dass der gesamte Ostflügel auch als Damenflügel bezeichnet wurde, da dort auf vier Stockwerken die Räumlichkeiten der Wintersend Schwestern lagen. Er stieg mit Valerie im Schlepptau die enge Wendeltreppe hinauf und gelangte so in einen breiten Flur, der mit schweren Teppichen ausgelegt war und jedes Geräusch verschluckte. In den dunklen Holztüren waren die Namen der Damen in goldenen Lettern eingraviert. Sie passierten die vier Türen auf der Etage und so erfuhr Valerie, dass in diesem Stock Lady Elisabeth, Lady Anne, Lady Ruth und Lady Susan ihre Räumlichkeiten besaßen.

„Wie viele Schwestern hat Lord Wintersend?", fragte sie, als sie die Anzahl der Türen auf die gesamten Stockwerke hochrechnete.

„Wenn alle hier versammelt sind, können wir zwölf Schwestern unterbringen.", antwortete er und fuhr direkt mit seinem Vortrag fort. Er berichtete, dass in diesem Stockwerk noch ein Spielzimmer und ein Handarbeitszimmer lagen. Über den langen Flur gelangten sie zu der Galerie, die oberhalb der Eingangshalle lag. Valerie warf einen Blick über die Balustrade. Sie konnte das gesamte Vestibül einsehen und ein Dienstmädchen beim Abstauben der Bilderrahmen beobachten. James hielt sie zur Eile an und durchquerte die Galerie, um in den Westflügel zu gelangen.

„Hier wirst du auf Geheiß von Lord Wintersend hauptsächlich arbeiten. Deinen genauen Arbeitsplan wirst du morgen von Miss Higgs, der Hausdame, bekommen.", erklärte James.

„Die privaten Gemächer von Lord Wintersend befinden sich im dritten Stock. In dieser Etage findest du sein Arbeitszimmer und seinen Empfangsraum, in denen nach dem Dinner der Kaffee für die Herren serviert wird. Der Herrensalon ist ebenfalls in diesem Stockwerk zu finden.", fuhr er fort und deutete auf die verschiedenen verschlossenen Türen, während sie im Laufschritt durch den Flur hetzten. Am anderen Ende angekommen hob James einen Wandteppich an.

„Hier geht es für die Dienerschaft auf schnellstem Wege in den zweiten Stock.", sagte James. Hinter der Abbildung eines Schlachtengetümmels lag ein düsterer Korridor an dessen Ende sich eine weitere Wendeltreppe befand. Valerie bemühte sich mit James Schritt zu halten, dem diese Gänge bereits sehr vertraut waren. Sie kamen an der Rückseite eines Gemäldes auf, dass James mit einem leichten Ruck aufstieß. Er kletterte aus dem Gang und half auch Valerie hinaus.

„Hier hätten wir die Bibliothek, sie befindet sich genau über dem Herrensalon. Wenn du Lust hast, erlaubt Lord Wintersend auch dir die Nutzung in deiner freien Zeit.", erklärte James vor einer weiteren verschlossenen Tür und wand sich um.

„Hier haben wir zwei Gästezimmer und ein Studienzimmer, das eigentlich den Gästen vorbehalten ist, aber auch von einigen Wintersend Schwestern genutzt wird.", führte James seinen ernüchternden Rundgang fort. Valerie fragte sich, wie sie all die Räume auseinanderhalten solle, als sie in den dritten Stock traten.

„Die privaten Räume von Lord Wintersend. Hier hätten wir sein Schlafgemach, sein Ankleidezimmer und sein Morgenzimmer. Dort drüben befindet sich ein weiteres Studierzimmer. Diese Treppe führt zu seinem aktuellen Lieblingsort, dem Lesezimmer oder auch Kaminzimmer.", zählte James gelangweilt auf.

„Und wann darf ich die Räume von innen sehen?", fragte Valerie. Zum einen war sie neugierig, wie es in den Räumlichkeiten aussah. Zum anderen konnte sie sich die Namen der Zimmer schlecht merken, wenn sie nur von einem Flur zum nächsten gingen und alle Türen gleich aussahen.

„Natürlich erst morgen, wenn dir deine ersten Aufgaben zugeteilt wurden. Lord Wintersend hält sehr viel auf Diskretion und daher bekommen die Dienstmädchen die strikte Anweisung, sich nur in den ihnen zugewiesenen Räumen aufzuhalten. Es gab in der Vergangenheit einige unerfreuliche Zwischenfälle, in denen neue Bedienstete etwas gestohlen haben. Daher müssen wir vorsichtig sein.", erklärte James.

„Du glaubst doch nicht, dass ich etwas stehlen würde?", entgegnete Valerie gekränkt. James zog eine Augenbraue in die Höhe.

„Weswegen sollte dich William sonst hergebracht haben?", fragte er gespielt erstaunt.

„Keine Sorge, dein Geheimnis ist bei mir in guten Händen. Du wirst schon bald merken, dass jeder hier auf Wintersend Manor seine eigenen Geheimnisse und Gründe für seine Anwesenheit hat.", raunte er ihr verschwörerisch zu.

„Welches ist dein Geheimnis?", flüsterte Valerie zurück. Da fiel ihr Blick auf eine kleine Brosche in Form einer Edelweißblüte.

„Ein ganz ähnliches wie deins. Nur habe ich meinen Standpunkt gefunden und weiß, wem ich vertrauen kann.", wisperte er und zwinkerte ihr zu, ehe er die Führung wieder aufnahm. Er geleitete Valerie zurück in das Erdgeschoss.

„Dies habe ich mir für den Schluss aufgehoben. Der Ballsaal.", präsentierte er und schob die doppelflügelige Tür auf.

„Wow.", entfuhr es Valerie, als sie den Saal betrat. Er nahm fast die gesamte Fläche des Erdgeschosses ein.

Die riesige Tanzfläche erstreckte sich über den gesamten Damenflügel und Teile des Westflügels. Am Rand der Tanzfläche standen auf den gesamten Saal verteilt kleine Sitzgruppen, Auf einigen Tischen stapelten sich Kartenspiele und Zeitungen aus London. Alles war in gold- und cremefarbenen Stoffen gehalten und vereinzelt blitzten dunkelrote Nähre in den Sofabezügen auf. Valerie zählte zwei Duzend Kronleuchter, die in vier Reihen von der hohen Decke hingen. Eine Wand war von schmalen aber langen Fenstern gesäumt und bot einen wunderschönen Blick auf den See mit dem Pavillon und den Rosenbeeten. Eine Empore bot ausreichend Platz für ein ganzes Orchester und neben der engen Treppe für die Musiker führte eine Tür zum Frühstückszimmer, welches auch als Speisesaal während eines Balls diente. In der Zeit, die James für seinen Rundgang gebraucht hatte, waren dort einige Platten mit Eiern, Speck und Toast auf dem Buffet aufgebaut worden. Die Schalen waren mit Obst und die Kannen mit frisch gemolkener Milch und heißem Tee gefüllt worden. Aus einem großen Topf in der Ecke des Buffets wehte der Duft von Porridge zu ihnen hinüber.

„Zeit für das Frühstück. Uns ist es gestattet in diesem Zimmer zu speisen, wenn keine Gäste anwesend sind. Dann ist dieser Raum natürlich ihnen vorbehalten. Die Ladies bevorzugen es, in ihren eigenen Salons zu speisen.", erklärte er und reichte Valerie einen Teller. Von draußen kam eine Schar plappernder Bediensteter in das Frühstückszimmer. Als jeder von ihnen einen Platz gefunden hatte und mit seiner Frühstücksration versorgt war, räusperte sich James. „Meine Damen, ab heute erhaltet ihr Unterstützung durch Valerie. Sie wird im Westflügel eingesetzt. Bitte nehmt in den nächsten Tagen ein wenig Rücksicht, wenn sie sich noch nicht zurechtfinden sollte oder etwas langsamer arbeitet. Sie wird das ehemalige Zimmer von Charlotte beziehen.", stellte James den anderen Dienstmädchen Valerie vor. Einige von ihnen nickten ihr kurz zu, andere zuckten desinteressiert mit den Schultern und widmeten sich wieder ihrem Frühstück.

„Hier entstehen keine großen Freundschaften.", flüsterte James ihr hinter vorgehaltener Hand zu. Nachdem jeder die Mahlzeit beendet hatte räumten einige der Mädchen die Platten und das schmutzige Geschirr zusammen, doch James hielt Valerie noch zurück.

„Du möchtest Miss Higgs nicht am ersten Tag verärgern, glaube mir. Außerdem ist unser Rundgang noch nicht beendet. Ich muss dir noch die Quartiere für die

Bediensteten zeigen.", sagte er und führte Valerie in den Keller hinab. Er war sehr viel verwinkelter als die oberen Geschosse. Sie durchquerten die Küchenräume und den Waschkeller, ehe sie zu einer Treppe kamen, die eine weitere Etage hinabführte.

„Hier geht es zu den Schlafräumen der Belegschaft im Haus. Im Park haben wir über den Stallungen noch Quartiere für das Gesinde, das vorwiegend draußen arbeitet, wie die Gärtner oder Stallburschen. Rechts herum geht es zu den Räumen der Dienstmädchen. Das erste Zimmer hinter der Tür ist deins.", erklärte James und ließ Valerie den Vortritt. Sie leuchtete mit einer Laterne in das dunkle Zimmer. Zwei Betten standen sich gegenüber und wurden nur durch einen schmalen Tisch getrennt. Am Ende jedes Bettes stand ein Stuhl, der Nachttopf war ordentlich darunter geschoben worden. An einem Nagel in der Wand hing eine Garnitur der Dienstkleidung.

„Normalerweise nähen die Dienstmädchen ihre Kleidung selbst, aber diese Garnitur wurde von deiner Vorgängerin zurückgelassen. Sie sollte dir in etwa passen.", sagte James und leuchtete auf das schlichte schwarze Stoffkleid. Daneben hingen eine weiße Schürze und eine schwarze Haube mit roten Bändern.

„Ruhe dich am besten für den Rest des Tages aus. Die

nächsten Tage werden anstrengend genug. Falls du den Waschraum für die Dienstmädchen aufsuchst, er befindet sich am anderen Ende des Flures.", riet James.

„James, kann ich dich etwas fragen?", bat Valerie, als er das Zimmer verlassen wollte. Der drehte sich um und setzte sich zu Valerie auf das Bett.

„Natürlich.", antwortete er.

„Alle sagen, Lord Wintersend sei ein Monster. Nachdem ich einem Freund von Henry, namens Kyre, begegnet bin, weiß ich nicht so recht, was ich glauben soll. Sein Spiegelbild war entstellt, aber ohne den Spiegel sah er wie ein normaler Mensch aus.", versuchte sie zu erklären.

„Und nun fragst du dich, welche Art von Monster Lord Wintersend sein könnte.", schlussfolgerte er.

Valerie nickte.

„Nun, ich kenne Lord Wintersend bereits einige Jahre und habe solange für ihn gearbeitet, wie ich zurückdenken kann. Er hat bewiesen, dass er mir vollkommen vertraut, als er mich nach Holyhead geschickt hat, um auf dich aufzupassen. Dennoch ist er kein Mensch, denn er sieht heute noch genauso aus wie vor neun Jahren. Du musst wissen, dass es in dieser Welt Dinge gibt, die mit reiner Vernunft nicht zu erklären sind. Doch das macht diese Dinge nicht automatisch zu etwas schlechtem. Ich denke, dass hat dir Kyre beweisen. Auch er ist kein Mensch und dennoch hast du nicht gefürchtet, was er ist. Das Monster steckt ohne Zweifel in Lord Wintersend, doch es definiert oder kontrolliert ihn nicht. Er selbst bezeichnet sich und die Wintersend Schwestern als Puppen und nennt sie Dolls. Eine hübsche Hülle, die immer gleich bleibt. Und doch kann ich mir keinen besseren Herrn wünschen.", berichtete James.

„Trotzdem stehst du auf William's Seite.", stellte sie klar und deutete auf die Brosche.

„Nun, William nimmt an, dass ich für ihn recherchiere und Lord Wintersend glaubt, ich würde William für ihn ausspionieren.", verriet er, ohne preiszugeben, auf welcher Seite er nun stand.

„Moment. Du sagtest gerade, dass Lord Wintersend dich nach Holyhead geschickt hat, um auf mich aufzupassen. Wie kann das sein?", wollte Valerie wissen.

„Er wollte sicherstellen, dass dir nichts zustößt. Du kennst den Inhalt des Vertrages.", antwortete er.

„Aber warum wollte er ausgerechnet mich? Ich bin weder besonders talentiert oder begabt. Ich bin nur ich.", wollte sie wissen.

„Ich fürchte, dass sieht Lord Wintersend anders.",

gab James zu bedenken.

„Was will er tun?", fragte sie drängend.

„Ich kann nur vermuten, dass er dich wandeln möchte.", verriet James.

„Mich wandeln? Was bedeutet das? Er will mich doch nicht zu einem Monster machen wie er es ist?", rief Valerie entsetzt. James hob beschwichtigend die Hände.

„Es ist nur meine Vermutung. Ich weiß es nicht.", beruhigte er sie und blieb solange bei ihr, bis sie sich wieder von seiner Vermutung erholt hatte.

Der nächste Morgen begann um vier Uhr früh. Die Dienstmädchen hatten zehn Minuten Zeit für ihre Morgentoilette im gemeinsamen Waschraum. Die meisten Mädchen tummelten sich bereits um die wenigen Waschschüsseln herum und spritzten sich das kalte Wasser ins Gesicht. Wer seine Toilette beendet hatte, stellte sich im Flur in Reih und Glied auf, bis die Hausdame die Treppe hinunterpolterte. Sie war eine füllige Dame mit Warzen im Gesicht und Haaren auf den Zähnen. Aus kleinen Augen kontrollierte sie die Hausmädchen auf Vollzähligkeit und ratterte eine Reihe von Anweisungen herunter.

„Valerie Miller!", bellte sie, nachdem alle anderen Mädchen bereits ihre Aufgaben zugeteilt bekommen hatten.

„Auch in Abwesenheit des Lords müssen seine Räumlichkeiten jeden Tag sauber gehalten werden. Wenn ich wiederkomme, möchte ich kein einziges Staubkorn mehr finden.", brummte sie und schloss die Tür zum Herrensalon auf.

„In diesem Zimmer fängst du an und arbeitest dich bin zum anderen Ende durch. Du hast bis zum Frühstück Zeit die gesamte Etage auf Vordermann zu bringen.", trug sie Valerie auf und drückte ihr ihre Ausrüstung in die Hand. Valerie betrat den Herrensalon und blickte sich staunend um.

„Nicht schlecht, was? Als ich zum ersten Mal den Salon gehen habe, war ich auch überwältigt. Er ist natürlich im Vergleich zu dem Ballsaal recht klein und schäbig. Aber trotzdem müssen wir uns stets der Ehre bewusst sein, die uns zuteilwurde. Nicht jeder darf solch einen Luxus abstauben. Und wenn du nicht bald anfängst, musst du heute Nacht nacharbeiten.", fuhr Miss Higgs fort. Der Salon erstreckte sich über die gesamte Länge des Westflügels. Die Wände und Böden waren in düsteren und schweren Farben gehalten. Die Mitte des Raumes wurde von einem Kamin und einer Sitzgruppe eingenommen. Ein Schreibtisch war unter eines der Fenster gerückt. Dieselben Kronleuchter, die Valerie bereits im Ballsaal gesehen hatten, hingen auch hier von der Decke und spendeten ausreichend Kerzenlicht. An den Wänden hingen kostbare Gemälde von Landschaften und Jagdtrophäen. Die Fensterbänke wurden von Kriegsschiffsmodellen gesäumt. Die Wand neben dem Kamin wurde von zwei Wandteppichen beansprucht. Der eine zeigte eine Szene aus dem venezianischen Karneval und der andere versetzte den Betrachter in die Lavendelfarmen Frankreichs.

„Mit den Wandteppichen solltest du besonders vorsichtig sein. Sie sind aus reiner Seide und von Hand bemalt. Zwei der Lieblingsstücke von Lord Wintersend.", warnte Miss Higgs. Valerie nickte dankend und staubte die feinen Tücher umsichtig ab. Nach einer Weile glaubte Miss Higgs, dass Valerie allein zurechtkam und kontrollierte die Arbeiten der weiteren Dienstmädchen. Pünktlich um zehn Uhr erklang aus dem Gang lautes Geplapper und das Klackern von mehreren Paar Schuhen, die es eilig hatten in das Frühstückszimmer zu gelangen. Valerie reihte sich in die Gruppe von Dienstmädchen ein, die aus dem Westflügel kamen. Das Frühstück verlief genauso schweigsam wie am Tag zuvor. Nach dem gemeinsamen Gebet schlang jeder seine Portion oder Ei mit Speck hinunter und nahm anschließend seine Arbeit wieder auf. Miss Higgs teilte Valerie zum Abräumen und Spülen des Geschirrs ein und anschließend zum Auftragen des Nachmittagstees. Neben einem Becher Früchtetee bekam jeder ein kleines Stück Zitronenkuchen oder ein Haferplätzchen. Nach der Teestunde durften sich die Dienstmädchen für eine Stunde zurückziehen, ehe sie den Damen des Hauses zu Hand gehen mussten. Miss Higgs rief Valerie zu sich und erklärte ihr den Ablauf der nächsten Tage. Sie würde überall eingesetzt, damit die Hausdame entscheiden konnte, wo ihre Stärken lagen und sie entsprechend einteilen konnte. Nach dem Gespräch blieb keine Zeit mehr, sodass es Valerie erst am nächsten Tag schaffte, sich in die Bibliothek im Westflügel zurückzuziehen. Mittlerweile hatte sie einen kleinen Schlüsselbund an ihrer Schürze, der es ihr gestattete die Bibliothek und die Räumlichkeiten des ersten Stockwerks zu betreten. Als die die Bibliothek betrat, entfuhr ihr ein überraschter Laut. Die Bibliothek erstreckte sich über zwei Stockwerke und hohe Regale säumten jede freie Fläche an den Wänden. Selbst zwischen den Fenstern waren schmale Regale angebracht worden. Endlos viele Bücher standen ordentlich nebeneinander aufgereiht. Eine Holzleiter ermöglichte den Zugriff auf die Bücher in den oberen Regalreihen. In der Mitte des Raumes waren mehrere Tische zu einem Viereck aneinandergeschoben worden. Ein großer Globus markierte die Mitte der Tische und ein aufgeschlagenes Buch war achtlos zurückgelassen worden. Doch als Valerie einen Blick hineinwarf, erkannte sie, dass dort die entliehenen Bücher verzeichnet waren. Nur wenige Bedienstete nutzten die Bibliothek, denn außer James und einigen Wintersend Schwestern hatten nur ein Stallbursche, ein Gärtner und Miss Higgs je einen Ratgeber entliehen. Valerie ging zu den Regalen und strich bedächtig über die edlen Einbände mit ihren goldenen Lettern auf den Rücken. Die ältesten Bände waren in Schutzumschläge aus Leder gewickelt, um sie vor der Sonneneinstrahlung und Staub zu schützen. Als Valerie vor dem Regal stand, auf dessen Holz der Buchstabe S gemalt war, suchte sie sich ein Werk von Shakespeare heraus. Sie erinnere sich daran, wie Henry während ihres Unterrichts einige Sonette vorgetragen hatte. Sie griff nach einem Band mit ausgewählten Gedichten und trug sich in das Buch ein. Da es in der Bibliothek keine Studiermöglichkeit gab, vermutete Valerie, dass sie das Buch mit auf ihr Zimmer nehmen durfte. Dort angekommen entzündete sie eine Kerze und las einige Zeilen, ehe sie sich mit den anderen Dienstmädchen in im Aufenthaltsraum

der Bediensteten sammelte. Sie nahm auf der Holz-
bank Platz und wartete auf Miss Higgs. Die Hausdame schritt durch den Raum und verlas die Anweisungen für den restlichen Tagesablauf.

„Lady Elisabeth wünscht spazieren zu gehen und benötigt für ihren Spazierhut noch ein neues Band. Victoria, du wirst eines nähen.", begann sie und hört
erst eine Stunde später wieder auf.

„Valerie, du wirst bis zum Ende des Tages die Ordnung in der Bibliothek überprüfen. Lady Elisabeth hat
sich beschwert, dass einige Bücher nicht exakt geordnet sind. Überprüfe und korrigiere das. Ich denke,
damit bist du einige Abende beschäftigt.", trug Miss
Higgs ihr auf, nachdem alle anderen Dienstmädchen
bereits mit neuen Aufgaben versorgt waren. Auf
dem Flur begegnete sie Victoria. Sie schluchzte und
verbarg ihre Tränen unter ihrem Arm. An ihrer Seite
stand eine junge Dame, die nur eine der Wintersend
Schwestern sein konnte. Ihr kastanienbraunes Haar
war kunstvoll drapiert und sie trug ein edles Spitzenkleid. Sie blickte Victoria bemitleidend aus großen
braunen Augen an.

„Ich kann nicht gut nähen. Lady Elisabeth wird
furchtbar enttäuscht sein. Und dann….", jammerte
sie. Der Rest des Satzes ging in einem neuen schluchzen unter.

„Na, na. Das wird sie ganz bestimmt nicht. Komm, ich werde dir helfen. Ich habe früher sehr gerne genäht.", bot die junge Dame an.

„Ach, vielen Dank, Lady Helen. Sie sind meine Rettung.", erwiderte Victoria dankbar. Am nächsten Tag fehlte von dem Dienstmädchen jede Spur.

„Wo ist Victoria?", fragte Valerie am nächsten Tag Catherine, von der sie wusste, dass sie sich mit Victoria ein Zimmer geteilt hatte.

„Weg.", war alles, was Catherine darauf antwortete. Zwei Wochen vergingen, in denen Valerie jeden Abend in die Bibliothek geschickt wurde, um die Bestände zu kontrollieren. Mittlerweile hatte sie herausgefunden, dass die Bände nach Themen geordnet waren. Jedes Buch war mit einem farblichen Stoffbändchen versehen, dessen Farbe Aufschluss über das Thema gab. So waren alle Bände über Heilkräuter, Gartenarbeit und Tierzucht mit einem grünen Band versehen, die Romane hingegen mit einem weißen. Sie war immer noch mit den Romanen beschäftigt, als eines Abends eine der Wintersend Schwestern hineinkam.

„Bring mir etwas spannenderes als dieses Zeugs.", trug sie Valerie auf, nachdem diese die Bücher zum Einsortieren entgegengenommen hatte.

„Euch gefiel Stolz und Vorurteil nicht?", fragte Valerie. Sie selbst hatte es vor einigen Monaten in Heathwing Hall im Salon gefunden und heimlich darin gelesen. Ein entnervtes Schnauben war die einzige Reaktion, die Valerie bekam.

„Wie wäre es hiermit?", fragte sie und griff nach einem Buch, das ihr gerade am nächsten lag.

„Frankenstein? Ich sehe, wir verstehen uns. Wie ist dein Name?", fragte die Lady, ohne das Buch entgegenzunehmen.

„Valerie Miller.", stellte sie sich mit einem Knicks vor.

„Nun, Valerie Miller, ich möchte das Buch in fünf Minuten auf meinem Zimmer haben.", sagte sie und rauschte aus der Bibliothek. Valerie lief in die Galerie. Mittlerweile wusste sie, dass dort von jeder der Wintersend Schwestern ein Portrait hing. Sie suchte nach dem Bildnis einer schönen jungen Frau mir einer blonden Lockenpracht, dunkelblauen Augen und vollen roten Lippen. Sie fand es ganz zu Beginn der Reihe, gleich neben dem Gemälde, das Lady Helen zeigte. Die junge Frau auf dem Portrait war in ein edles Gewand aus reinster Seide in zarten rosatönen gehüllt und saß in einer verführerischen Pose auf einem der Diwane, die in der Eingangshalle standen.

„Lady Elisabeth Wintersend.", las Valerie auf dem

kleinen Goldschild, das unter dem Portrait angebracht war. Sie stöhnte. In den vergangenen zwei
Wochen hatte Elisabeth Wintersend stets die Dienstmädchen auf Trapp gehalten und täglich nach den
extravagantesten Dingen verlangt. Vor einigen Tagen musste sogar eine Schneiderin aus London noch
um Mitternacht anreisen, damit sie Lady Elisabeth
für ein neues Kleid vermessen konnte. Von dem
Rundgang mit James wusste Valerie, dass die Räumlichkeiten von Lady Elisabeth im ersten Stock des Damenflügels lagen. Sie schlüpfte in einen der vielen
schmalen Gänge hinter einer Wandvertäfelung, die
Stockwerke oder auch die einzelnen Flügel miteinan-
der verbanden.

„Fast pünktlich.", schnappte Lady Elisabeth, die bereits ungeduldig vor ihrem Empfangszimmer auf das
Buch wartete. Sie riss Valerie den Band aus den Händen und schritt elegant in ihre Räumlichkeiten.

„Deine Anwesenheit ist nicht länger erwünscht.", rief
sie in den Flur hinein, als sie bemerkte, dass Valerie
noch nicht verschwunden war.

„Lady Elisabeth wünscht heute Abend im Park spazieren zu gehen. Valerie, du sollst sie begleiten und
alles für ein Picknick mitbringen.", verlas Miss Higgs

am nächsten Tag und reichte ihr eine Liste mit Proviantwünschen für das Picknick. Eine halbe Stunde später hatte Valerie einen großen Weidenkorb besorgt und in der Speisekammer alle Positionen abgearbeitet. Zu ihrem Glück war Lady Helen vorbeigekommen, die ihr zur Hand gegangen war. Lady Elisabeth hatte nicht viel verlangt. Lediglich eine Flasche Wein, zwei Gläser und eine Decke hatte sie auf sie Liste setzen lassen. Doch die Speisekammer war sehr weitläufig und verwinkelt, sodass Valerie erst eine Weile nach dem Weinregal Ausschau halten musste. Lady Helen zeigte ihr den Weg und suchte die gewünschte Flasche heraus. Das Weinregal erstreckte sich über eine gesamte Wand und formte mit weiteren deckenhohen Regalen eine U.

„Sieh mal. Die Flaschen sind nach Jahrgängen geordnet. Die Korken werden mit einer Wachsschicht überzogen. Darin ritzt man mit einem Messer das genaue Einlagerungsdatum.", erklärte Helen und leuchtete mit einer Laterne auf die Wachskreise.

„Hier, diese Flasche sollst du Beth mitbringen.", sagte sie und zog mit einem geübten Handgriff die gewünschte Sorte aus dem Regal. Der Wein wogte schwerfällig und dickflüssig umher, als Valerie die Flasche entgegennahm und in den Korb legte.

„Vielen Dank. Ihr seid wirklich sehr nett, Lady Helen.", bedankte sich Valerie, ehe sie aus dem Keller
eilte. Sie ging durch das Frühstückszimmer in den
Park hinaus. Lady Elisabeth ließ noch einige Zeit auf
sich warten, ehe sie den Garten aus dem Ballsaal heraus betrat. Sie hatte ein leichtes Tuch um ihre Schultern gelegt, das farblich zu ihrem blassrosafarbenen
Kleid harmonierte. In ihren behandschuhten Fingern
hielt sie einen Schirm, der ihre Locken vor dem Wind
schütze. Trotz des Schirmes erkannte Valerie, dass
sie einige frische Blumen in ihr Haar eingeflochten
hatte. Als Lady Elisabeth Valerie am anderen Ende
des Herrenhauses erblicke, winkte sie das Dienstmädchen mit einer strengen Handbewegung zu sich.
„Welchen Weg möchten Sie gehen, Lady Wintersend?", erkundigte sich Valerie. Miss Higgs hatte ihr
verraten, dass sie am liebsten den Hauptweg bis zu
den Rosenbeeten entlang ging und eine Runde um
den See spazierte, ehe sie durch die Allee aus Apfel-
bäumen zum Ballsaal zurückkehrte.
„Zum Gazebo. Ich treffe mich dort bereits seit Jahren
regelmäßig mit Henry. Doch da er aktuell leider auf
Reisen ist, muss ich mit der Gesellschaft einer guten
Freundin Vorlieb nehmen.", erklärte sie und beobachtete Valerie hinter ihrem geöffneten Fächer.

„Henry? Sie treffen sich mit dem Stallburschen?", erwiderte Valerie. Sie war froh, dass es bereits dunkel war und Lady Elisabeth ihr Gesicht nicht sehen konnte. Denn der Gedanke, dass Henry sich mit dieser Person traf, gefiel ihr überhaupt nicht. Auch wenn sie nie darüber gesprochen hatte, mochte sie den Stallburschen sehr gern. Die junge Dame stieß ein hohes Lachen aus.

„Du glaubst doch nicht, dass ich mich mit einem gewöhnlichen Stallburschen abgebe.", antwortete sie und schritt elegant aber bestimmt den Kiesweg an den Azaleenbeeten entlang.

„ Beeile sich etwas. Ich habe nicht vor, den gesamten Abend hier herumzustehen.", fordert sie Valerie auf. Als sie den Pavillon erreicht hatten, prüfte Lady Elisabeth die Form ihrer Fingernägel, während sie summend darauf wartete, dass Valerie ihr Picknick ausgepackt und zu ihrer Zufriedenheit aufgebaut hatte. Selbstverständlich hatte sie an einigen Positionierungen der Gläser etwas auszusetzen, ehe sie sich zufrieden auf der Decke niederließ. Sie wartete nicht, bis ihre Freundin eintraf, sondern beauftragte Valerie sofort ein Glas Wein einzuschenken. Der Flasche entstieg ein seltsamer Geruch, als ihr der Duft des Weines entgegenschlug.

„Magda scheint sich zu verspäten. So lange wirst du

mir Gesellschaft leisten. Warst du schon mal in London?", fragte Lady Elisabeth. Valerie verneinte.

„Pah. Wie kann man noch nie dort gewesen sein? Ich kaufe fast nur dort ein. Obwohl ich zugeben muss, dass meine Schneider fast nur aus Paris anreisen, um mich einkleiden zu dürfen. Dem Schneider aus Brockenhurst traue ich nichts zu, er ist viel zu einfältig. Erst vor zwei Wochen hat er eines meiner Lieblingskleider vollständig ruiniert. Er sollte nur eine Naht ausbessern, aber selbst diese einfache Aufgabe hat er nicht gemeistert. Jetzt habe ich wenigstens neue Vorhänge.", erzählte sie und seufzte über den Verlust ihres Kleides. Valerie nickte ihr bemitleidend zu, auch wenn sie fand, dass Lady Elisabeth übertrieb.

„Du scheinst dich nicht so für Mode zu interessieren. Was ist es dann? Schmuck? Musik? Malerei?", stellte Lady Elisabeth fest.

„Wenn ich mich entscheiden müsste, wären es vermutlich Romane, Lady Wintersend.", gab Valerie zu.

„Ach richtig. Der Frankenstein war deine Empfehlung. Ich muss zugeben, ein Buch über Monster zu empfehlen ist sehr gewagt. Du kannst das Buch nachher aus meinem Zimmer entfernen. Ich benötige es nicht mehr. Mir ist aktuell eher nach einem erbaulichen Werk. Bring mir Homer's Odyssee auf mein Zimmer, sobald meine Freundin eingetroffen ist.", beauftragte sie Valerie.

„Wie sie wünschen.", gab sie zurück und knickste.

„Ah, Magda. Da bist du ja endlich. Ich habe dich schon sehnsüchtig erwartet.", rief Lady Elisabeth aus und winkte damenhaft in Richtung der Allee. Valerie konnte in der Dunkelheit noch niemanden ausmachen. Doch bald vernahm sie ein leises Knirschen aus dem Kiesweg und eine junge Frau trat in den Lichtkreis des Pavillons. Sie heilt ihren Kopf gesenkt und die Hände übereinangergefaltet über ihre Hüfte gelegt.

„Beth, tun wir das Richtige?", fragte sie.

„Natürlich.", bestätigte Lady Elisabeth und erhob ich von der Decke. Sie nahm Valerie's Arm und schob sie vor ihren Gast.

„Sieh genau hin.", flüsterte sie. Langsam hob die Freundin von Lady Elisabeth den Kopf.

„Darf ich vorstellen? Lady Magda Wintersend.", stellte sie ihren Gast vor, doch es ging in Valerie's Aufschrei unter. Sie wollte sich losreißen, doch Elisabeth's Handgriff war unnachgiebig und ungeahnt kraftvoll.

„Das kann nicht sein. Was hat er dir angetan?", keuchte sie entsetzt und versuchte sich aus Elisabeth's Umklammerung zu winden. Vor ihr stand niemand geringeres als die Person, die sie als Magdalena Miller kannte. Ihre Mutter. Sie hatte sie gefunden. Doch es war nicht so, wie sie erwartet hatte. Sie sah fast genauso jung aus wie Valerie und schien sich seit dem Tag ihres Verschwindens nichtverändert zu haben. Sie kam Valerie nur noch schöner vor, als in ihrer Erinnerung.

„Es geht mir gut, Liebes. Es ist so schön, dich endlich wiederzusehen. Du bist eine wunderbare junge Frau geworden.", hauchte Magdalena mit brüchiger Stimme. Sie strich ihrer Tochter ganz sanft über die Wange, als würde sie befürchten, dass Valerie unter dem Druck zerbrechen könnte. Valerie erzitterte, denn sie Finger ihrer Mutter waren eiskalt. Tränen stiegen Magdalena in die Augen, doch sie waren blutrot.

„Was hat er dir angetan?", wiederholte Valerie. Magdalena wischte sich die Tränen aus den Augen.

„Oh, hat dir William nichts davon erzählt, sondern dich ganz ahnungslos hergeschickt?", höhnte Elisabeth.

„Beth, bitte.", rief Magdalena ihre Freundin zur Ordnung, doch die tat den Einwand mit einem Schulterzucken ab.

„Es ist doch wahr. Ich bin der Meinung, ehe du für

William Meridum irgendetwas tust, solltest du wissen, womit du es zu tun bekommst. Ich nehme an, er hat dir nicht erzählt, dass nicht nur Lord Wintersend ein Monster ist, sondern auch die gesamte Schwesternschaft nichts anderes ist. Ich denke, du solltest dich fragen, warum er es dir nicht erzählt hat. Bis dahin: Willkommen in der Hölle auf Erden, Schätzchen", fuhr Elisabeth unbeirrt fort und prostete Valerie zu.

„Vermutlich wäre es besser, wenn wir das Thema nicht hier draußen besprechen würden. Man wird zu leicht belauscht. Ich kam heute nur hierher, um dich zu sehen, Valerie. Aber wenn du willst, werde ich dafür sorgen, dass wir uns morgen Abend ungestört unterhalten können. Bis dahin musst du mir versprechen, dass du dir keine Sorgen um mich machst.", bat Magdalena. Das war leichter gesagt als getan. Als Valerie in ihr Zimmer zurückkehrte, brachen ihre Tränen los. Sie wusste nicht was sie fühlen sollte. War sie glücklich, dass ihre Mutter noch lebte, oder sollte sie sich vor dem fürchten was aus ihr geworden war? Magdalena hatte ihr zwar versichert, dass es ihr gut ginge, doch es schien als wäre sie nicht gealtert. Als sie bis zur Weckzeit immer noch keinen Schlaf gefunden hatte, versuchte sie ihre Bedenken beiseite zu schieben und sich auf das Treffen am Abend zu konzentrieren. Vielleicht würde sie dann eine Antwort finden. Der Tag zog ich nach Valerie's Meinung unendlich lang hin. Sie sah immer wieder auf die Standuhr, nur um festzustellen, dass die Zeiger nicht weitergekrochen waren. Als Miss Higgs auf ihrem Kontrollgang zu ihr kam, nickte sie anerkennend.

„Du bist heute recht schnell. Wenn du hier fertig bist, kannst du den Mädchen in der Küche zur Hand gehen und ihnen beim Auftragen des Frühstücks helfen.", ordnete sie an und fuhr mit dem Finger kontrollierend über den Kaminsims. Scheinbar war sie zufrieden, denn sie setzte ihren Rundgang ohne ein weiteres Wort fort. Bis zum Nachmittagstee musste Valerie Bücher in der Bibliothek abstauben und verbrachte anschließend ihre freie Stunde mit der Lektüre von Sturmhöhe. Endlich brachen die Abendstunden an und Valerie begab sich in den Aufenthaltsraum.

„Lady Elisabeth benötigt ein neues Retikül. Emma, du wirst nach Brockenhurst gehen und Stoffproben vom Schneider abholen. Lady Magdalena erwartet um zehn Uhr Besuch und hat zwei Teegedecke geoordert. Valerie, du wirst sie und ihren Gast bedienen.", verlas Miss Higgs. Alle Dienstmädchen, die gewöhnlich während der Ankündigungen leise flüsterten und die Wünsche der Ladies besprachen, verstummten. „Was war denn da los?", fragte Valerie Emma beim Hinausgehen.

„Es ist äußerst ungewöhnlich für Magdalena, dass sie etwas ordert. Normalerweise macht sie das meiste ohne unsere Unterstützung und wenn wir nicht rechtzeitig hinter einer Vase verschwinden können, sobald sie den Flur betritt ist sie stets freundlich. Manchmal plaudert sie sogar mit uns oder lädt ihre Zofen zum Tee ein. Wenn du mich fragst, ist sie neben Lady Helen eine der nettesten Wintersend Schwestern.", erklärte Emma im Laufen. Sie musste sich beeilen, um Lady Elisabeth nicht zu lange warten zu lassen. Doch jeder wusste dass Elisabeth bereits ungeduldig auf ihre Stofflieferung warten und eine Standpauke zum Thema Pünktlichkeit halten würde, ganz gleich wie sehr sich die Dienstmädchen beeilten.

„Valerie!", rief Magdalena ergriffen, als sie ihre Tochter mit einem Tablett voller Tee, Scones und Kuchen hereinkam. Magdalena's Räumlichkeiten lagen im dritten Stock des Damenflügels, den sie sich mit den Ladies Helen, Amy und Scarlett teilte. Ihr Salon war in hellen Tönen gehalten. Ein pastellfarbenes Sofa stand unter dem Fenster, das zu den Azaleenbeeten

hinausging. Doch die seidenen Vorhänge waren zugezogen und versperrten die Sicht. Ein kleiner runder
Teppich und zwei Sessel vervollständigten die Sitzgruppe. Einen weiteren Sesel hatte sie vor dem Kamin positioniert und ein Schreibtisch, auf dem eine
Feder und einige Bögen Papier neben alten Skizzen
der Kinder lagen, war auf die andere Seite des Raumes gerückt worden. Eine Vase mit frischen Blumen
und mehrere Töpfe mit grünen Pflanzen vervollständigten die Ausstattung. Magdalena nahm Valerie das
Tablett ab und stellte es auf den Tisch.

„Setz dich und bediene dich.", bat sie und setzte sich
neben ihre Tochter auf das Sofa.

„Wie geht es dir?", fragte Magdalena und griff nach
Valerie's Hand.

„Ich bin mir nicht sicher.", antwortete sie ehrlich.
Magdalena nickte wissend.

„Das alles muss schrecklich verwirrend für dich
sein.", vermutete sie.

„Ich werde versuchen, dir alles zu erklären, was ich
weiß. Doch manche Fragen vermag auch ich dir nicht
zu beantworten.", versprach sie.

„Wie ist es möglich, dass du noch exakt so aussieht
wie damals?", fragte Valerie.

„Das ist eine lange Geschichte. Ich war vor neun Jahren die Frau, die den Tribut für das Winterfest zahlen

musste.", erklärte sie.

„Warum gerade du?", wollte Valerie wissen.

„Ich zahlte ihn freiwillig. Doch ich wurde hereingelegt. Du kennst sicherlich den Inhalt des Vertrages, den dein Vater vor vielen Jahren unterzeichnet hat. Er erzählte mir erst Jahre später davon, nachdem ein guter Freund mir geraten hatte, ihn solange danach zu fragen, bis ich eine Antwort bekam. Doch als ich erfuhr, was Alexander dort unterzeichnet hatte, war ich außer mir vor Wut. Ich konnte und wollte nicht verstehen, wie er das Leben eines seiner Kinder aufgeben konnte. Um ehrlich zu sein, verstehe ich es bis heute nicht. Doch er klammerte sich an eine Kleinigkeit des Vertrages, antwortete er mir. Der Vertrag besagt, dass nach seiner jüngsten Tochter verlangt wurde. Das musste nicht unbedingt unsere gemeinsame Tochter sein. Damals wollte ich ihm glauben und ließ ihn gewähren. Ich wusste bereits seit langem, dass er die Gesellschaft anderer Frauen genoss und seinen Kummer in Alkohol ertränkte. Zur selben Zeit begann euer Unterricht bei Henry. Ihm tat unser Schicksal Leid und er wollte durch die Stunden eine Kleinigkeit widergutmachen. Er war mir ein sehr guter Freund während dieser Zeit. Doch auch nach einem weiteren Jahr, das Alexander fast ausschließlich

im Pub verbracht hatte wurde keine seiner Bekannt-
schaften von ihm schwanger und er wurde immer aggressiver. Eines Abends fand ich einen Brief vor meiner Tür. Er kam aus Wintersend Manor. Was dort
stand schien mir die Lösung für all unsere Probleme
zu sein. Lord Wintersend schrieb, dass er von Alexander's Bemühungen, eine weitere Tochter zu zeugen,
erfahren katte. Er erkenne seinen Willen, die eigene
Familie zu schützen, hoch an. Daher wolle er mir ein
Angebot unterbreiten. Nicht das Leben einer Tochter
würde er einfordern. Wenn ich freiwillig den Tribut
für den Winterball zahlen würde, könnte er dich,
meine liebe Valerie, verschonen. Alexander und ich
hatten einen furchtbaren Streit n diesem Abend. Ich
machte den Fehler in diesen Brief all meine Hoffnungen zu setzen und nahm die Bedingungen an. Ich
wollte euch nicht verlassen. Aber ich konnte den Gedanken noch weniger ertragen, dass dir etwas zusto-
ßen würde. Zwei Tage vor dem Ball holte mich jemand ab. Man legte mir einen neuen Vertrag vor, der
bestätigte, dass ich freiwillig den Tribut zahlen
würde. Doch als der Winterball vorüber war und Lord
Wintersend mich fragte, was in aller Welt ich hier zu
suchen hätte, zerbrach eine Welt für mich. Ich zeigte
ihm den Brief und den Vertrag, den er unterzeichnet
hatte. Doch der Brief war eine Fälschung und den

Vertrag hatte jemand anderes unterzeichnet.", erklärte sie.

„Aber dann ist er nicht gültig.", erkannte Valerie. Magdalena nickte.

„Das ist richtig. Daher gilt auch immer noch die alte Vereinbarung zwischen Alexander und Lord Wintersend. Es tut mir so leid. Als ich davon erfuhr, schickte ich verbotenerweise eine Nachricht an Alexander. Doch dann entdeckte ich, dass er bereits gehandelt und euch zu eurer Tante und eurem Onkel in Heathwing Hall geschickt hatte. Ich währte euch dort in Sicherheit.", erklärte sie traurig.

„Wer war derjenige, der sich als Lord Wintersend ausgegeben hat und den Vertrag unterzeichnete?", fragte Valerie.

„Wer wohl?", entgegnete Lady Elisabeth, die ungefragt in den Salon stürmte und sich auf den Sessel niederließ. Sie blickte Valerie forschend an und seufzte theatralisch.

„William Meridum, dein ach so guter Freund, Herzchen. Sieh es ein, der vermeintliche Lord hat seine Familie entzweigerissen. Und glaube mir, nicht nur deine Eltern sind auf diese Masche hereingefallen.", meinte sie augenrollend und deutete auf die Wand zu den benachbarten Räumen von Lady Helen.

„Warum sollte er so etwas tun? Er möchte doch nur,

dass seiner Familie Gerechtigkeit widerfährt. Nein, er war es bestimmt nicht. Das kann nicht sein.", beharrte Valerie. Lady Elisabeth seufzte erneut.

„Und warum nicht?", verlangte sie zu wissen.

„Lord Wintersend ist das Monster. Er hat euch all dies eingebrockt. Er hat die unschuldigen Menschen und meinen Vater ermordet.", zählte Valerie auf. Lady Elisabeth erhob sich und baute sich vor Valerie auf.

„Kannst du das beweisen?", hauchte sie. Valerie wurde auf ihrem Platz immer kleiner und schüttelte eingeschüchtert den Kopf.

„Natürlich nicht. Weil es keine Beweise geben kann. Er war es nämlich nicht. Du hast natürlich gutgläubig alles akzeptiert, was er dir anvertraut hat.", kommentierte Lady Elisabeth und setzte sich wieder.

„Es war nicht nur William. Selbst Vater Philipp und Henry haben ihn beschuldigt und als gefährlich bezeichnet.", gab sie zurück.

„Die zählen nicht.", knurrte Lady Elisabeth und gab bekannt, dass sie sich nicht weiter zu diesem Thema äußern würde.

„Was genau ist der Tribut, den du zahlen musstest?", fragte Valerie ihre Mutter, als sie merkte, dass sie bei Elisabeth nicht weiterkam. Magdalena blickte unsicher zu ihrer Freundin, die ihre Lippen zu einem hämischen Grinsen verzog.

„Man zahlt mit dem Leben.", antwortete Elisabeth.

„In gewisser Weise stimmt das. Man lässt seine alten Gewohnheiten zurück und kann nicht mehr umkehren oder zurückkehren. Man ist sozusagen für die Welt gestorben. Dafür erhält man ein neues Dasein in der Schwesternschaft der Wintersend Ladies. Die Welt liegt einem zu Füßen und es bleiben keine Wünsche offen, außer die Offensichtlichen.", erklärte Magdalena umsichtig. Sie wollte ihrer Tochter nicht zu viel auf einmal zumuten.

„Die Offensichtlichen?", wiederholte Valerie.

„Seine Familie und Freunde zu sehen und Zeit mit ihnen zu verbringen, die Freuden des normalen Alltags zu erleben und das Leid zu vergessen, dass man jeden Tag erleben muss.", antwortete ihrer Mutter. Elisabeth stimmte ihr mit einem Fingerzeig zu.

„Vor allem zu vergessen.", verdeutlichte sie.

„Viele Mitglieder unserer Schwesternschaft sind nach einigen Jahren in den Tod gegangen, weil sie ihre Existenz nicht mehr ertragen haben.", flüsterte Magdalena betrübt und wischte sich schnell eine Träne aus den Augen.

„Aber du sagtest doch, es ginge dir gut. Wie kann es sein, wenn du leiden musst?"

„Oh, Herzchen. Magda ist definitiv auch ein Todeskandidat, aber sie ist noch an den Pakt gebunden. Sie darf noch nicht wählen, ehe es keine Nachfolgerin gibt. Meine Wenigkeit ist selbstverständlich zu bedeutsam und zu wichtig für Lord Wintersend um zu gehen.", erklärte sie und warf ihre Locken schwungvoll nach hinten.

„Und jetzt frag endlich, was du eigentlich wissen möchtest. Meine Stofflieferung kommt bald und ich muss dieser lahmen Ente mal etwas über Pünktlichkeit erzählen.", drängte Lady Elisabeth, als ihr langweilig wurde.

„Frag und, wie es sein kann, dass diese Schönheit namens Elisabeth seit Jahren in diesem Prachtkörper steckt und deine Mutter noch immer wie eine Bäckerin aussieht, obwohl sie seit neun Jahren von mir Tipps und Tricks für ein hübscheres Aussehen bekommt."

„James sagte mir, dass ihr Dolls genannt werdet und sich euer Äußeres nicht ändern würde.", erinnerte sie sich.

„Das ist korrekt. Wir sind in gewisser Weise Marionetten, die sich einem uralten Pakt beugen müssen und eine Dekade lang daran gebunden sind. Wir altern nicht, weil wir nicht nur unser Leben, sondern unsere Seele als Tribut darbieten. Ohne Seele altert man wohl nicht.", erklärte Elisabeth.

„Dabei hat jede von uns seine eigenen Beweggründe unserer Schwesternschaft beizutreten. Magda wollte sich beschützen, was ja offensichtlich sehr gut funktioniert hat. Ich wollte mehr Ansehen und Freiheit, als einer Frau in meiner Zeit zustand. Ich nenne es mal einen mittelmäßigen Erfolg. Amy wollte von ihrer Familie fort. Man munkelt, sie wurde geschlagen und misshandelt. Ruth sollte auf dem Scheiterhaufen verbrannt werden. Erst als Dolls konnten sich die beiden retten. Ruth's Schwester Susan kam zehn Jahre später nach Wintersend Manor. Und Helen schweigt sich über ihre Geschichte aus, wie über alles andere auch. Wie kann man nur so wenig reden?", berichtete Elisabeth gelangweilt.

„Ihr altert nicht?", wollte Valerie sicherstellen. Sie glaubte sich verhört zu haben. So etwas gab es nicht. Lady Elisabeth hatte sicherlich nicht von der Hexenverbrennung aus den Zeiten der Inquisition gesprochen.

„Herzlichen Glückwunsch, Herzchen. Du hast das Offensichtlich erkannt.", rief Elisabeth trocken und verdrehte die Augen. Sie griff sich eine Zeitung aus Magdalena's Sammlung und blätterte darin.

„Was willst du nun tun, da du all diese Dinge weißt?", fragte Magdalena besorgt, die beobachten musste, wie die Hautfarbe ihrer Tochter von einem gesunden rosigen Ton erst ins weißliche und dann ins grünliche wechselte.

„Ich muss herausfinden, was der Wahrheit entspricht. William behauptet Lord Wintersend sei ein mordendes Monster und ihr erzählt mir von dem Gegenteil. Es muss doch irgendwo einen Hinweis darauf geben, wer William in Wirklichkeit ist. Ein Schwindler oder der rechtmäßige Besitzer von Wintersend Manor.", entschied Valerie.

„Oh, den gibt es. Und ich werde dir nicht verraten wo er liegt. Viel Erfolg beim Suchen.", verkündete Lady Elisabeth, ehe sie aus dem Salon rauschte.

„Sie ist nur sauer, weil du ihr nicht glaubst.", entschuldigte Magdalena das Verhalten ihrer Freundin.

„Ich weiß ehrlich gesagt nicht, was ich noch glauben soll. Vor wenigen Wochen wusste ich noch nichts von der Existenz irgendwelcher Dolls, die nicht altern und ihre Seele opfern mussten. Nun erfahre ich all diese Dinge an einem Abend."

„Ich kann dich sehr gut verstehen. Ich habe mich genauso gefühlt, als ich mich gewandelt habe. Aber ich möchte, dass du mir vertraust. Deshalb möchte ich dir helfen einen Beweis dafür zu finden, dass wir dir die Wahrheit sagen. Ich habe schließlich einige Jahre aufzuholen und nochmal werde ich meine Tochter nicht im Stich lassen. Aber bevor wir anfangen habe ich eine Bitte. Erzähle mir von Rebecca und John.", versprach Magdalena. Mutter und Tochter saßen an diesem Abend noch stundenlang zusammen. Der Tee war kalt geworden und Scones und Kuchen längst vergessen.

Von diesem Tag an verbrachte Valerie jeden Abend mit Magdalena. Die anderen Hausmädchen beneideten sie und stellten die wildesten Vermutungen darüber auf, wie Valerie die Zuneigung von Magdalena erlangt hatte. Miss Higgs kannte die Wahrheit über das Verwandtschaftsverhältnis der beiden, doch sie schwieg darüber, wofür Valerie ihr sehr dankbar war. Mittlerweile hatte sie die Tatsache akzeptiert, dass unter den Dienstmädchen keine Freundschaften geschlossen worden. Inzwischen hatte sie auch eine Vermutung warum jeder lieber für sich blieb. In dem Monat, den sie bereits auf Wintersend Manor verbracht hatte, waren zwei Hausmädchen freiwillig gegangen. Eine von ihnen war Emma, die am Tag nach ihrem Ausflug zur Schneiderei in Brockenhurst gegangen war. Am Abend nach ihrem ersten Treffen vereinbarten Valerie und Magdalena, dass sie in der Bibliothek mit ihrer Suche beginnen wollten. Lord

Wintersend pflegte akribisch die Bestände und sammelte Bücher zu fast jedem Bereich, doch besonders für Medizin, Schifffahrt, Kulturen, Musik, Mythen und Aberglaube schien er sich zu interessieren. Neben den Romanen waren zu diesen Themen die meisten Bände zu finden. Für die Bildung seiner Bediensteten kaufe er auch regelmäßig Werke über Tierzucht, Haushaltsführung oder Pflanzenkunde.

„Wo würdest du etwas verstecken?", rätselte Magdalena, als sie vor einem Regal stand.

„Nicht hier.", gab Valerie zu.

„Gerade hier. Wie wahrscheinlich ist es, dass jemand genau das Buch ausleiht, in dem deine Geheimnisse aufbewahrt werden? Bei der Anzahl an Bänden wäre es ein zu großer Zufall.", widersprach ihre Mutter. Valerie erzählte ihr nicht, dass es in Wintersend Manor einige Freunde von William gab, die ebenfalls nach solchen Geheimnissen suchten. Da die Bibliothek für alle zugänglich war, die auf dem Anwesen arbeiteten hatten diese Freunde vermutlich bereits jedes einzelne Regal durchkämmt und jedes Buch darin durchblättert.

„Oder vielleicht ist hinter einem dieser Regale eine geheime Tür versteckt, die durch das Entnehmen eines Buches geöffnet wird.", schlug Magdalena vor und strahlte ihre Tochter an. Ihr bereitete diese Suche scheinbar sehr viel Vergnügen, doch Valerie sah eher den praktischen Zweck der Unternehmung.

„Versprichst du mir, dass wir an einem Tag in der Woche etwas anderes unternehmen?", bat Magdalena, nachdem sie fünf Romane durchblättert hatte und auf kein Geheimnis gestoßen war.

„Was denn?", fragte Valerie, die sich auf ein Regal über Heilkräuter beugte.

„Etwas, das Mutter und Tochter normalerweise tun.", erklärte sie und lief zu Valerie hinüber. Sie nahm ihre Hand und legte das Buch beiseite.

„Ich durfte dich all die Jahre nicht sehen. Jetzt möchte ich all die Dinge nachholen, die ich verpasst habe.", sagte sie und suchte Valerie's Blick.

„Natürlich.", erlaubte sie und ließ sich in Magdalena's Umarmung fallen. Nach und nach merkte sie, wie sehr sie ihre Mutter vermisst hatte, auch wenn sich ihre Tante in Heathwing Hall liebevoll um sie gekümmert hatte.

„Reizend.", kommentierte Lady Elisabeth genervt, die lautlos die Bibliothek betreten und die Umarmung beobachtet hatte. Hinter ihr stand Georgina, eines der neuen Hausmädchen, mit einer Staffelei und einer Zeichenausrüstung.

„Stell das dort ab und baue es auf. Aber so, dass die

Kerze auf das Bild leuchtet.", befahl sie und näherte sich Magdalena.

„Was machst du hier?", fragte sie ihre Freundin.

„Dies ist ein frei zugänglicher Raum. Jeder darf ihn nutzen. Aber da ich schon immer mal diesen wunderbaren Globus skizzieren wollte, habe ich mir heute dafür Zeit genommen. Sonst kommt mir noch jemand zuvor und stiehlt meine Idee.", gab sie preis und fuhr das Dienstmädchen an, dass sie die Staffelei völlig falsch handhabe.

„Komm, wir suchen ein anderes Mal weiter.", flüsterte Magdalena zu Valerie und gemeinsam verließen sie die Bibliothek.

„Wir können den Rest des Tages dafür nutzen, etwas von deinen versäumten Mutterpflichten nachzuholen.", schlug Valerie vor. Ihr fiel auf die Schnelle kein besseres Wort ein, aber Magdalena nahm es ihr nicht übel. Ihr kam gerade eine gute Idee, was sie mit ihrer Tochter unternehmen wollte.

„Ich werde sofort Helen Bescheid geben. Sie wird mir assistieren.", rief Magdalena aus und ließ Valerie in dem Flur des dritten Stocks stehen, ohne ihr zu verraten, was sie vorhatte. Kurz darauf kam sie mit einer jungen Dame zurück die sich Valerie als Lady Helen Wintersend vorstellte. Sie verhielt sich den ganzen

Abend über zurückhaltend und wirkte ruhig, teilweise sogar schüchtern. Magdalena wollte ihrer Tochter unbedingt das Spiel auf dem Pianoforte beibringen, doch Helen war sehr viel begabter und zeigte ihr wie sie das Instrument am besten beherrschen konnte. Magdalena hatte vor mehreren Wochen einige Notenblätter aus der Bibliothek entliehen, die sie nun aus einem Kabinett holte. Helen ließ für Valerie ein leichtes Nachtmahl kommen, doch weder sie noch Magdalena aßen mit ihr. Der Abend verging wie im Flug und Helen legte ihre Schüchternheit langsam ab. Als Valerie nach Mitternacht in ihr Zimmer zurückkehrte, lagen ein Buch und ein Brief auf ihrem Bett. Der Brief war von James, der ihr riet, dieses Buch unbedingt zu lesen. Es war ein dünner Band, der ihr zwischen den dicken Lexika vermutlich nicht aufgefallen wäre. Es stammte aus dem Regal über Mythen und Aberglaube, da es mit einem schwarzen Band versehen war. Valerie warf einen Blick auf den Rücken. In grazilen Goldlettern war dort der Titel „Die Wandlung" eingeprägt. Einen Autor suchte sie vergeblich, nur auf dem Titelblatt wurden „P. Und I." genannt. Sie beschloss es in ihrer Pause am nächsten Tag durchzublättern. So saß sie nach der Teestunde mit einer Kerze in ihrem Zimmer und schlug das Buch auf. Die Seiten waren schon uralt und bröckelig. Sie versuchte das Papier so wenig wie möglich zu berühren. Auf der ersten Seite entdeckte sie eine Abbildung von einem Kreis, in dessen Mitte zahlreiche Symbole in der Form eines Halbmondes gezeichnet waren. Jedes einzelne Symbol verkörperte den Tod. Ihnen gegenüber waren weitere Symbole in einem Halbkreis angeordnet, die dem Leben zugeordnet waren. Zwischen ihnen hatte der Autor einen Tropfen Blut gezeichnet.

„Blut schenkt Leben und Blut bedeutet Tod." War in schnörkeliger Schrift darunter zu lesen. Valerie blätterte schnell zur nächsten Seite.

„Für die Wandlung muss die Seele eines Menschen freiwillig dargeboten werden. Je näher der Mensch und die Seele an den Tod gebracht werden, desto einfacher lässt sich die Wandlung vollziehen.", las sie. Lady Elisabeth hatte Recht. Jede der Wintersend Schwestern war freiwillig zu dem geworden, was sie waren. Auf den folgenden Seiten wurde beschrieben, wie die Wandlung vollzogen wurde. „Wenn die Pflicht wider das Vergessen es verlangt eine Seele zu opfern, müssen folgende Schritte beachtet werden. Zunächst muss die Opfergabe erfolgen. In einem Ritual, in dem Blut und Leben genommen werden, lässt der zu wandelnde Mensch seine Existenz zurück. Erst durch das Gift der Bestie wird sie ebenfalls zu einer solchen. Um fortan leben zu können, müssen dem Opfer zunächst das Gift und anschließend Blut verabreicht werden. Die Wandlung muss einmal in jeder Dekade erfolgen, bis der Fluch erfüllt wird.", las sie weiter. Daneben waren eine detaillierte Abbildung eines Ritualdolches und eine Beschreibung seiner Handhabung zur Opferung des Blutes. Entsetzt klappte Valerie das Buch zu. Sie hatte diesen Dolch bereits gesehen. Er lag achtlos zwischen den Papierrollen auf William's Tisch im Hinterzimmer der Apotheke. Die silberne Klinge und die Rubine im Griff hatten das Feuer im Kamin eingefangen und gespiegelt. Als Apotheker war es William auch ein Leichtes Gift herzustellen.

„Lord Wintersend kommt von der Reise zurück. Die gesamte Belegschaft wird ihn draußen empfangen.", verkündete Miss Higgs, die nach einem kurzen Klopfen in Valerie's Zimmer trat. Schnell versteckte sie das Buch unter ihrem Kopfkissen und folgte der Hausdame hinauf. Die Dienstmädchen positionierten sich ordentlich in einer Reihe auf der linken Seite der Eingangstür, die Stallburschen, Butler und Köche auf der anderen Seite. Valerie bedeutete James, dass sie ihn dringend sprechen musste, doch Miss Higgs mahnte ihre Haltung ab. Keine Viertelstunde später fuhr die Kutsche von Lord Wintersend vor. Einige der neuen Dienstmädchen tuschelten aufgeregt und auch Valerie wurde nervös. Sie hatte so viel Schlechtes und Grauenvolles über den Mann gehört, der gleich aus der Kutsche steigen würde. James eilte zu der Kutsche und öffnete den Verschlag, kaum dass die Räder zum Stehen gekommen waren. Ein blankes Paar schwarzer Schuhe, eine schwarze Stoffhose und ein dunkelroter Gehrock kamen zum Vorschein, als Lord Wintersend aus der Kutsche stieg. Seine behandschuhten Finger schlossen sich James' Hand, der ihm beim Ausstieg behilflich war.

„Guten Abend.", grüßte der Lord seine Belegschaft und blickte in die Runde. Die restlichen Worte die er an seine Diener richtete verhallten von Valerie ungehört. Sie rannte in den Park, bis ihre Beine schmerzten und ihre Lunge sich anfühlte, als würde sie gleich versprengen. Sie wollte schreien, doch ihre Tränen erstickten ihre Stimme.

# Kapitel 05

James hatte Valerie nach Stunden der Suche im Park gefunden. Es hatte irgendwann angefangen zu regnen und sie war bis auf die Knochen durchnässt. James brachte sie zurück auf ihr Zimmer, legte sie ins Bett und deckte sie zu, ehe er seinen weiteren Pflichten nachging.

„Das ist nicht möglich.", murmelte Valerie in ihr Kissen und schlug immer wieder wütend auf den Stoff ein.

„Valerie?", rief Magdalena von der Tür aus, doch ihre Tochter schüttelte nur den Kopf. Sie wollte niemanden sehen.

„Wieso?", schrie sie ihre Mutter an, als sie wieder gehen wollte.

„Das kannst du ihn selbst fragen. Er möchte dich gerne sehen. Außerdem soll ich dich in dein neues Zimmer bringen.", antwortete sie und setzte sich neben Valerie.

„Du glaubst doch wohl nicht, dass ich hierbleiben werde, oder?", entgegnete sie trotzig.

„Du musst. So verlangt es der Vertrag.", widersprach Magdalena und reichte Valerie ihre Hand. Wutentbrannt richtete sie sich auf uns stapfte aus dem Zimmer.

„Er ist im Lesezimmer.", rief Magdalena ihrer Tochter hinterher, ehe sie kopfschüttelnd begann ihre Sachen in den Koffer zu packen und ihn hinauf in den Damenflügel zu tragen. Als Valerie im Lesezimmer ankam, stand Lord Wintersend vor dem Kamin, die Hände in den Sims gekrallt. Sein Kopf war schlaff auf das Feuer gerichtet und die offenen Haare verdeckten sein Gesicht.

„Nun weißt du es.", flüsterte er, als sich die Tür schloss.

„Ja, Lord Wintersend. Oder sollte ich lieber Henry Smith sagen? Entschuldige, bitte dass ich ein wenig verwirrt über die korrekte Anrede bin.", antwortete Valerie zynisch.

„Setz dich, bitte. Du hast sicherlich einige Fragen und Vorwürfe.", bat er und nahm ihr gegenüber Platz. Valerie versuchte die Frage zu finden, die ihr am wichtigsten war, doch ihr kamen so viele Fragen in den Sinn, dass sie sich nicht entscheiden konnte.

„Dann werde ich beginnen. Mein Name ist Henry Wintersend, ich bin der älteste Sohn von Abraham Wintersend. Den Nachnamen Smith benutze ich nur, wenn ich mich als Stallbursche ausgeben muss. Dies ist eigentlich immer der Fall, sobald ich Brockenhurst betrete. Viele Leute dort hassen den Namen Wintersend und fürchten sich davor. Als Stallbursche Henry

Smith kann ich unerkannt und wie ein normaler Mensch durch die Gassen gehen."

„Warum bloß?", zischte Valerie wütend. Henry blickte verletzt drein, doch das störte Valerie nicht.

„Ich verstehe, dass du sauer auf mich bist, aber ich hatte dir vor zwei Monaten versprochen, dir meine Beweggründe zu erklären. Möchtest du sie wissen?", fragte er.

„Ja, du bist mir eine Erklärung schuldig.", forderte sie.

„Es ist eine lange Geschichte und sie beginnt an dem Tag, als dein Vater mit Magdalena, Rebecca und dir auf Wintersend Manor ankamt. Normalerweise versuche ich Fremde aus dem Anwesen fernzuhalten. Sobald jemand von unserer Existenz erfährt, bringt es alle auf Wintersend Manor in Gefahr, selbst die Dienstmädchen und Stallburschen. Doch ich konnte es nicht über mich bringen, eine hochschwangere Frau mit zwei kleinen Kindern abzuweisen. Ich ging das Risiko ein und kam ihrer Bitte nach. Doch dein Vater war ein sehr stolzer Mann und hat mich herausgefordert. Ich musste ihm mit meiner gekränkten Eitelkeit Einhalt gebieten und forderte daher einen Preis. Er willigte auf den Handel ein, ohne zu wissen worauf er sich einließ. Ich hätte alles fordern können und ich wollte das kostbarste fordern, was er mir bieten konnte.", erzählte er.

„Warum wolltest du ausgerechnet mich?", unterbrach Valerie.

„Komm mit.", forderte er sie auf und reichte ihr die Hand. Valerie verschränkte die Arme vor der Brust und stand auf, ohne Henry eines Blickes zu würdigen. Er atmete laut aus, akzeptierte aber ihre Abweisung. Er führte sie aus dem Lesezimmer in seinen eigenen kleinen Salon. Von der Einrichtung sah Valerie kaum etwas, denn ihr Blick wurde sofort von einem Bildnis gefangen genommen, das an der Wand über dem Sofa hing. Es zeigte dieselbe Frau, die auch auf dem großen Portrait in der Eingangshalle auf die Besucher herabblickte.

„Sie ist der Grund. Ihr Name war Mary und ich habe sie geliebt. Ich wusste es nur nicht, bis sie gestorben ist. Sieh dir ihre Augen an.", bat er. Valerie blickte in die grünen Augen, die wirkten, als könnten sie ihr direkt in die Seele blicken.

„Du hast ihre Augen, Valerie. Als ich dich zum ersten Mal gesehen habe, wusste ich, dass du etwas Besonderes warst. Doch nach einigen Jahren glaubte ich, dass ich mich geirrt hatte. Ich habe dich nur für einen kurzen Moment gesehen, als du hinter dem Rock deiner Mutter hervorgeschaut hast. Deshalb habe ich begonnen, euch Kindern Unterricht zu geben. Ich wollte wissen, ob ich mir alles nur eingebildet hatte. Ich freundete mich sogar mit Magdalena an, die zu der Zeit sehr einsam war, da ihr Mann sie oft allein ließ. Als ich bemerkte, dass du tatsächlich Mary's Augen hattest, wollte ich herausfinden, ob ihr euch auch sonst ähnlich seid. Daher habe ich euch drei bis zu eurer Abreise unterrichtet und vermutlich hätte ich es noch einige Jahre lang weiter getan. Doch dann stand Magdalena bei dem letzten Winterball als neue Doll vor mir. Ich war gezwungen ihre Entscheidung zu akzeptieren, denn sie hat das Opfer freiwillig erbracht. Als sie herausfand, dass sie von William hereingelegt wurde, bat sie mich, dich zu beschützen. Daher schleuste ich James als Pförtner in Heathwing Hall ein, nachdem du mir geschrieben hattest wo du hingebracht wurdest. Magdalena ahnte etwas, was ich zu lange ignoriert habe. Selbst als du nach Brockenhurst zurückgekehrt bist habe ich es noch nicht erkannt. Magdalena wusste, dass William dich benutzen wollte. Mittlerweile war mir der Pakt gleichgültig geworden. Ich wollte dich beschützen, was bedeutete, dass ich dich aus Wintersend Manor heraushalten musste. Doch mit jedem Wort von mir wurde sein Wille nur noch weiter bestärkt in Brockenhurst zu bleiben. Erst als es fast zu spät war und

William um deine Hand angehalten hat, habe ich erkannt, dass du auf Wintersend Manor vermutlich am sichersten vor William's Gift bist. Doch wie sollte ich dir sagen, dass ich derjenige war, auf dein du all deinen Hass gerichtet hattest? Du musstest es sehen um es zu akzeptieren. Und da wären wir nun."

„Da wären wir nun.", flüsterte Valerie. Jetzt ergaben einige seiner Aussagen Sinn für sie. Seine Bemühungen sie nach Heathwing Hall zurückkehren zu lassen und von Wintersend Manor fernzuhalten. Die Tatsache, dass er auf der Seite des Lords stand – er war es schließlich selbst.

„Hast du jemanden getötet?", verlangte Valerie zu wissen.

„Ich habe mehr als einmal gemordet. Das ist mein Fluch oder Schicksal, nenne es wie du willst. Aber ich habe weder deinen Vater, noch Mr. Brenner oder Mrs Johnson getötet. Das waren die Werke eines Besessenen. Wenn ich jemanden töten muss, dann versuche ich es so schmerzlos und schnell zu erledigen, wie es geht. Ich respektiere meine Opfer. Doch ich muss töten, um selbst zu überleben. Wenn ich es nicht tue, wird es nur schlimmer und irgendwann übernimmt die Bestie in mir die Kontrolle. Ich habe es am eigenen Leib erfahren müssen, wie es sich anfühlt, wenn diese Seite in mir erwacht. Wenn sie die

Kontrolle übernimmt, wird der nächste Mensch wie Mr. Brenner enden. Ich weiß, es ist schwer, aber du musst mir glauben." Valerie schüttelte den Kopf. Wie konnte er über das Thema Mord nur so gelassen reden? Es waren schließlich Menschen, die er auf dem Gewissen hatte.

„Wieso sollte ich das? Du gibst mir keinen Grund dafür. Du hast mich betrogen, belogen und dich gerade eben noch als Mörder zu erkennen gegeben. Du wirst es mir nachsehen, wenn ich dir aktuell nicht vertrauen kann." Henry nickte ernst.

„Wenn du mir nicht glauben kannst, dann glaube deiner Mutter. Sie hat sich für dich geopfert. Du kannst sie jederzeit fragen. In jedem von uns steckt seit der Wandlung eine dunkle und bestialische Seite. Es kommt darauf an, welcher Seite wir den Vorzug geben. Ich versuche so lange es geht auf der besseren Seite zu leben, ebenso Magdalena und, auch wenn es nicht den Anschein hat, Elisabeth.", erzählte er. Nachdem er geendet hatte, stand Valerie auf.

„Hast du mir noch etwas zu erzählen?", fragte sie.

„Nein, vorerst nicht. Ich weiß es ist viel, worüber du nachdenken musst. Doch ich bitte dich, sprich mit Magdalena. Nimm dir die Zeit die du brauchst, denn Zeit ist alles, was ich dir momentan geben kann.

Doch bis du soweit bist, bleibe bitte hier auf Winter-send Manor.", bat er. Sie knurrte eine halbherzige Zustimmung und verließ das Zimmer mit einem lauten Knallen der Tür. Magdalena wartete im Flur auf sie.

„War es sehr schlimm?", fragte sie als sie Valerie's hochrotes Gesicht sah.

„Es ist so viel auf einmal.", antwortete Valerie. Magdalena geleitete sie in ihr neues Zimmer. Es lag genau gegenüber von ihren eignen Räumlichkeiten. Sie verstand, dass ihre Tochter aktuell keinen Blick für die geschmackvolle Einrichtung hatte und brachte sie sofort in das Schlafgemach. Sie legte sie in das breite Himmelbett und schloss sanft die Tür. Sie zog die Vorhänge im kleinen Salon zu und ließ sich auf einem Sessel nieder. Wie lange es auch dauern würde, sie wollte auf Valerie warten und all ihre Fragen beantworten. Sie konnte sehr gut nachvollziehen, wie sich Valerie aktuell fühlte, ihre eigene Wandlung und die Verwirrung über die Situation lagen noch nicht lange zurück. Es schmerzte, die die erstickten Tränen ihrer Tochter zu hören. Doch sie wusste aus eigener Erfahrung, dass sie nun am besten allein ihren Frieden mit der Situation finden musste.

In ihrem Zimmer rieb sich Valerie ihre Schläfen. Ihre Welt war aus den Fugen geraten. Was sie noch vor Tagen als unmöglich erachtet hatte, sah sie nun mit eigenen Augen. Sie hatte liebgewonnene Menschen zurückgelassen und ihr bester Freund und Lehrer entpuppte sich als ihr größter Widersacher. Er war ein Mörder. Magdalena hatte ihr ein Portrait von Rebecca neben das Bett gestellt. Sie strich sanft über das Bildnis und vermisste ihre Schwester mehr denn je. Plötzlich setzte sie sich auf.

„Natürlich.", murmelte sie. Sie rannte beinahe in das Arbeitszimmer und nahm sich einen Bogen Papier, Tinte und eine Feder vom Schreibtisch. Sie begann einen langen Brief an Rebecca zu schreiben. Als sie die fertigen Zeilen noch einmal durchlas, merkte sie selbst, dass sie viele Begebenheiten auslieẞ. Sie erschrak, als sie merkte, dass sie dasselbe tat wie Henry: sie verschwieg Dinge, um sowohl ihre Schwester als auch sich selbst zu schützen. Das machte sie selbst nicht besser als ihn und ließ sie beginnen seine Handlungen zu verstehen. Valerie bat Magdalena den Brief aufzugeben. Die nächsten Tage zogen sich dahin, während sie auf eine Antwort von Rebecca wartete. Magdalena kam mehrmals zu ihr in das Schlafgemach und brachte ihr etwas zu essen, kämmte ihre Haare oder nahm sie einfach nur wortlos in den Arm. Nach einer Woche traf die Antwort von Rebecca endlich ein. James brachte ihr den Brief persönlich vorbei. Als er ihren Zustand bemerkte, wurde er blass.

„Kann ich irgendetwas für dich tun?", fragte er. Sie sah von ihrem Kissen auf. Seltsamerweise trug er heute seine Brosche mit der Edelweißblüte nicht. Doch Valerie war nicht bereit darüber nachzudenken. Sie riss James den Brief aus den Händen und brach das Siegel.

Liebe Valerie,

vielen Dank für deinen Brief. Ich freue mich, dass du dich gut in Wintersend Manor eingelebt hast. Deine Frage ist wahrlich etwas seltsam, aber ich beantworte sie dir gerne, wenn du mir in deinem nächsten Brief schreibst, warum es für dich so wichtig ist die Antwort zu kennen.

Während unseres Besuches in Brockenhurst bin ich Lord Wintersend nicht begegnet. Doch George sagt, er war äußerst zuvorkommend. Ein wahrer Gentleman, genau wie Henry sich dir gegenüber verhalten hat.

Und auch wenn ich den Lord nicht persönlich kennenlernen durfte, so hat er doch dafür gesorgt, dass

keine unserer Wünsche an Speisen oder Weinen un-
erfüllt blieb.

Nun zu deiner Frage: George schwört auf das Leben
seiner Mutter (und das heißt sehr viel!), dass Henry
ihm nie von der Seite gewichen ist. Er hat uns durch
das Anwesen geführt und uns anschließend auf das
Winterfest zum Zelt von Kyre begleitet. Als wir uns
unterhalten haben ist er mit George und Kyre zu einem Bierstand gegangen und die drei waren die gesamte Zeit über nur dort.

Ich hoffe deine Frage ist nun zu deiner Zufriedenheit
beantwortet. Denn ich platze vor Neugier. Du musst
mir alles über dein Leben als Dame in einem Herrenhaus erzählen. Und lasse nicht ein noch so winzig
kleines Detail aus!

Meine Schwangerschaft geht gut voran und bald
werde ich mich nur noch rollend fortbewegen können. Daher wird jeder Brief eine willkommene Abwechslung sein, wenn ich das Bett hüte.

In Liebe: Rebecca
P.S.: Du sollst Lord Wintersend die besten Grüße und
Empfehlungen von meinem Gatten ausrichten und
Henry von mir grüßen.

Valerie stieß ihren Atem aus. Ihr war nicht aufgefallen, dass sie ihn beim Lesen des Briefes angehalten
hatte. Der Brief bewies, dass Henry Mrs Johnson

nicht umgebracht haben konnte. Sie wusste, dass Rebecca sie nicht belügen würde. Sie spürte einen leichten Stich im Herzen, weil sie in den letzten Monaten nicht ganz aufrichtig zu ihrer Schwester gewesen war. Sie verstaute den Brief in ihrer Schatulle und schloss sie in die Schublade des Schreibtisches ein. Vor der Tür ihres Schlafgemaches wartete Magdalena. James hatte ihr von dem Brief auf seinem Rückweg erzählt.

„Hast du nun deine Antwort gefunden?", fragte sie, als Valerie in den Salon trat.

„Ich weiß nun, dass Henry Mrs Johnson nicht ermordet hat.", bestätigte sie.

„Wie fühlst du dich?" Mit dieser Frage traf sie den Punkt, worüber Valerie in den letzten Tagen am meisten nachgedacht hatte. Störte es sie, dass Henry ein Lord war? Er behandelte sie dadurch nicht anders, als er es getan hatte, als sie noch glaubte er sei ein einfacher Stallbursche.

„Um ehrlich zu sein, bin ich froh darüber, dass Henry sie nicht getötet hat. Auch wenn es bedeutet, dass William Unrecht hat.", gab sie zu. Sie ging in Richtung des Lesezimmers davon. Helen begegnete ihr auf dem Flur. Valerie hatte am Rande wahrgenommen, dass sie in ihren Salon gekommen und sich bei Magdalena über Valerie's Befinden erkundigt hatte.

Helen lächelte ihr aufmunternd zu und setzte ihren Weg in die Gärten fort. Vor dem Lesezimmer klopfte sie an. Sofort wurde die Tür geöffnet und Henry wartete dahinter. Er hatte seinen Gehrock und seine Weste abgelegt und stand nur in einem weiten weißen Hemd und einer schwarzen Hose gekleidet vor ihr, die durch ein rotes Seidentuch auf seinen Hüften gehalten wurde.

„Es tut mir Leid, dass ich dich angeschrien habe. Ich weiß jetzt, dass du Mrs Johnson nicht ermordet haben kannst.", entschuldigte sich Valerie kleinlaut. Henry strahlte sie erleichtert an und schloss sie stürmisch in seine Arme.

„Ich wusste, dass du einen Beweis finden würdest.", raunte er in ihr Ohr. Als er sie wieder freigab sprach der Stolz aus seinem Blick.

„Woher?", was das Erste, was Valerie als Erwiderung einfiel. Henry schmunzelte.

„Ich habe dir die ganze Zeit über vertraut.", entgegnete er und spielte mit einer ihrer roten Haarsträhnen.

„Ach was.", gab sie gespielt verärgert zurück und knuffte ihn in die Seite.

„Ich habe auch in allen anderen Dingen die Wahrheit gesagt. Schon immer. Nur meine Stellung in Wintersend Manor war ein wenig gemogelt.", stellte er klar.

„Ich weiß. Du hast keinen Grund mehr mich zu belügen. Schließlich ist alles anders gelaufen, als du es bezwecken wolltest.", entgegnete sie und blickte ihm fest in die Augen.

„Doch ich habe nachgerechnet. Im Dezember sind zehn Jahre seit dem letzten Winterball vergangen. Jemand neues muss den Tribut bezahlen. Du sagtest, dass dir der Vertrag mit meinem Vater nichts mehr bedeutet. Wenn es stimmt, beweise es und lass mich nicht die Nachfolge meiner Mutter antreten.", bat sie ihn. Für einen kurzen Moment verzerrte sich Henry's Blick schmerzvoll, wurde dann aber wieder neutral.

„Wie du wünscht.", versprach er.

„Hast du den Vertrag noch?", fragte er. Valerie bejahte und holte die Schriftrolle aus der Schatulle in ihrem Zimmer. Als sie in das Lesezimmer zurückkehrte, kniete Henry vor dem Kamin und stocherte mit dem Schürhaken in den Kohlen herum.

„Gib mir den Vertrag, bitte.", bat er. Als Valerie ihm die Schriftrolle reichte, legte er sie in die Flammen des Kaminfeuers. Binnen weniger Augenblicke wurde das Papier zu Asche.

„Nun steht es dir frei zu gehen.", verkündete Henry.

„Danke.", flüsterte Valerie.

„Aber wenn es dir nichts ausmacht, würde ich gerne

noch bleiben. Ich muss noch etwas herausfinden.",
gestand sie.

„Es betrifft William und mich, nehme ich an.", vermutete Henry. Valerie blickte peinlich berührt in die
Flammen.

„Du kannst es mir ruhig anvertrauen. Doch wenn ich
raten müsste, würde ich vermuten, dass es um die
Frage geht, wer von uns der rechtmäßige Lord von
Wintersend Manor ist."

„Unter anderem, ja.", gab sie zu.

„Was ist es noch?", bohrte Henry weiter nach.

„Es ist vielleicht nur ein komischer Zufall. Aber ich
habe in einem Buch eine Abbildung eines Ritualdolches entdeckt, der für diese Wandlung benötigt wird.
Genau solch einen Dolch habe ich bei William im Hinterzimmer gesehen. Ich möchte nur wissen, in welcher Art und Weise er in die Geschichte passt, bevor
ich ihm das nächste Mal begegne."

Valerie verbrachte mehrere Monate auf Wintersend
Manor. Tagsüber stöberte sie in der Bibliothek, da sie
nun von ihren Pflichten als Dienstmädchen befreit
war und als Gast im Herrenhaus angesehen wurde.
Dennoch frühstückte sie weiterhin jeden Morgen mit
den anderen Bediensteten. Georgina war zu ihrer
Zofe ernannt worden und leistete Valerie tagsüber

gern Gesellschaft. Sie spielten Karten oder übten gemeinsam auf dem Pianoforte. Wenn es die Frühlingssonne gestattete, gingen sie in den Gärten spazieren. Henry hatte ihr ein eigenes kleines Beet überlassen, in dem sie ihre Lieblingsblumen angepflanzt hatte. Nachdem sie ihren Rundgang zum Beet beendet hatten, schauten sie in den Stallungen vorbei, in dem das junge Fohlen zu einem prächtigen jungen Pferd heranwuchs. Gemeinsam mit Georgina striegelte und fütterte Valerie das Tier, ehe sie zum Tee in das Herrenhaus zurückkehrten. Doch bei all der Zerstreuung vergaß sie nicht nach einem Beweis zu suchen, der belegte ob William Recht hatte und ihr bewies, wie viel er über die Dolls wusste. Doch ihre Suche blieb lange erfolglos. Eines Tages im Juni hatte sie bereits mehrere Stunden in der Bibliothek verbracht. Die Fenster waren geöffnet und es wehte ein warmer Wind in die stickigen Räume. Valerie hatte einen dicken Wälzer über Heilkräuter und ihre Anwendung aus dem Regal gezogen und schleppte ihn zu den Tischen in der Mitte der Bibliothek. Das Buch landete krachend auf dem Holz. Valerie blätterte desinteressiert durch die Seiten. Sie kannte sich mit Heilkräutern kaum aus und die Tatsache, dass fast alle Begriffe auf Latein waren, ließ sie bald die Lust verlieren. Bald war sie über ihrer Lektüre eingeschlafen. Als sie wieder aufwachte, hatte sich bereits die Dunkelheit über Wintersend Manor gesenkt und die Luft wehte nun frisch in die Bibliothek. Fröstelnd schloss Valerie die Fenster und entfachte ein Feuer im Kamin. Erst jetzt bemerkte sie, dass sie im Schlaf gegen den Globus gestoßen sein musste. Er lag umgeworfen auf dem Boden. Valerie hob ihn auf und prüfte, ob er kaputt gegangen war. Es schien nichts von der Farbe abgesprungen zu sein. Doch als sie auf die Halterung drückte, sprang die obere Halbkugel auf und offenbarte ein geheimes Versteck. Darin zusammengerollt lagen mehrere Blatt Papier, die von einer schwarzen Schleife zusammengehalten wurden. Neugierig löste sie die Schleife und entrollte die Dokumente. Mit einer Kerze leuchtete sie über den Text. Das erste Blatt war eine Besitzurkunde, die Lord Abraham Wintersend als rechtmäßigen Besitzer des Landstückes auswies, auf dem er Wintersend Manor mit seinen Gärten, dem Park, den Stallungen und den verpachteten Häusern erbaut hatte. Die Urkunde war auf das Jahr 590 datiert.

„Ach du meine Güte.", entfuhr es Valerie. Sie hatte gewusst, dass Wintersend Manor alt war und nur durch ständige Ausbesserungsarbeiten und Erweiterungen der Flügel in Stand gehalten wurde. Aber sie hätte nie erraten, dass dieses Gebäude über eintausend Jahre alt war. Ehrfürchtig fuhr Valerie über die einzelnen Buchstaben der Besitzurkunde. Dieses Dokument bewies eindeutig, dass Henry's Vater das Land rechtmäßig erworben hatte und es zuvor nicht einem Lord Meridum gehört hatte. Schnell schaute sich Valerie das zweite Blatt an. Es war eine Verzichtserklärung und gleichzeitig ein Zugeständnis an William Meridum.

„Mit der Unterzeichnung dieses Dokumentes erklären sich alle Parteien zur Einhaltung und Akzeptanz des Inhaltes bereit. William Meridum, geboren am zweiten April im Jahre 601 des Herrn, als Sohn von Hannah Meridum, geborene Dunningham und Lord Abraham Wintersend, wird auf alle Ansprüche verzichten und niemals Kunde über seinen wahren Vater verbreiten. Er wird das Leben führen, in das ihn seine Mutter hineingeboren hat, sollte nicht folgender Fall eintreten. Wenn weder der aktuelle Lord Wintersend, noch seine Brüder einen männlichen Nachkommen zeugen, wird der Titel Lord Wintersend mitsamt dem Vermögen und sämtlichen weiteren Besitztümern an William Meridum oder seine erstgeborenen männlichen Nachkommen übergehen.", las Valerie. Sie setzte sich und las die Vereinbarung mehrere weitere Male durch.

„William's Vorfahr war der Halbbruder von Henry's Vorfahr?", versuchte sie zu verstehen. Sie blätterte weiter und fand auf dem letzten Blatt lediglich einige Zeilen aus einem Gedicht. Valerie nahm die drei Papierbögen und ging zum Lesezimmer. Henry entfachte gerade ein Feuer für sie, als sie eintraf. „Du hast etwas gefunden?", fragte er, als er die Schriftrollen in ihren Händen sah. Sie breitete die drei Dokumente nebeneinander auf dem Diwan aus. Henry warf einen Blick auf die ersten beiden Schriftrollen.

„William hatte Unrecht. Seinen Vorfahren hat Wintersend Manor nie gehört.", fasste Valerie zusammen. Henry nickte zustimmend.

„Dieser Part aus einem Gedicht lag bei den anderen beiden Dokumenten. Erst hielt ich es für unwichtig, doch es hat irgendetwas mit dem Winterball und seinem Tribut zu tun, wenn ich mich nicht irre.", sagte Valerie und deutete auf das dritte Blatt.

„Jede Dekade sollt ihr mit einem Ball der Einen gedenken, und einem Mädchen das Leben in Schatten und Nacht schenken. Wider das Vergessen eurer Tat geboren aus zügelloser Wut und Gier, sei Eure Seele fortan gespalten, zu Hälfte Mensch zur Hälfte ein wildes Tier.", zitierte er.

„Was sagst du dazu? Was könnte mit der Tat gemeint

sein?", fragte sie.

„Dieser Part spielt auf den Winterball an, aber es fehlt ein Teil. Siehst du, es ist nur ein Fetzen Papier, der auf die Schriftrolle geklebt wurde.", sagte Henry und deutete auf die Ränder des Papierstücks, die sich leicht von der Schriftrolle abhoben. Doch ehe sie weiter über den Inhalt nachdenken konnten, klopfte es an der Tür und Elisabeth trat ein.

„Henry, es wartet Besuch auf dich in der Eingangs-halle.", flötete sie und klimperte mit den Augen. Henry nickte ihr zu und versprach, sofort nachzu-kommen.

„Warte bitte solange hier, während ich die Gäste empfange. Wenn ich das hinter mich gebracht habe, kümmern wir uns um die Verse.", sagte er und folgte Elisabeth in die Eingangshalle. Valerie wartete einige Minuten und schlich dann in die Galerie. Sie wollte wissen was Henry vorhatte. Sie erinnerte sich daran, was er über die Gefahr gesagt hatte, die von Gästen ausging, die zu viel wussten oder zu viel gesehen hat-ten. So wie sie, fiel ihr auf. Sie kauerte sich in eine dunkle Ecke und beobachtete das Geschehen unter ihr. Henry stand noch auf der Treppe und begrüßte den Mann, der inmitten der riesigen Eingangshalle verloren wirkte. Er war schäbig gekleidet und sein Gesicht war schmutzverkrustet. In seinen mageren

Händen drehte er seine Mütze umher.

„Guten Abend. Verzeihen Sie bitte, dass ich Sie so lange habe warten lassen.", sagte Henry.

„Natürlich, Lord Wintersend. Ihr hattet sicherlich viel zu tun."

„Was ist Ihr Anliegen?", fragte Elisabeth und kam aus dem Ballsaal auf ihn zu. Der Gast starrte sie mit leicht geöffnetem Mund an und auch Valerie konnte den Blick kaum von ihr wenden. Sie kannte Elisabeth nun seit einiger Zeit, aber an diesem Abend sah sie umwerfender denn je aus. Ihr Kleid brachte sämtliche Kurven zur Geltung und ließ Valerie vor Neid erblassen.

„Dann ist es wahr, was man sich über die Schönheit der Wintersend Schwestern sagt.", flüsterte der Gast.

„Ja. Nicht nur die Gerüchte über die Schönheit entsprechen der Wahrheit.", erwiderte Elisabeth mit einem bösen Lächeln. Henry stieg die restlichen Stufen der Treppe hinab und schritt auf den Gast zu.

„Lassen Sie mich raten. Sie waren mit ihren Freunden im Pub und haben getrunken. Sie haben über die Gerüchte gesprochen, die über Wintersend Manor kursieren. Jeder ihrer Freunde war im betrunkenen Zustand so wagemutig, um zu behaupten, herauszufinden welche dieser Geschichten der wahrheit entsprechen.", vermutete Henry. Seine Gesichtszüge waren hart und seine Augen verfolgten jede Bewegung des Fremden.

„Sie haben natürlich in die Behauptungen mit eingestimmt, weil Sie ihren Freunden in nichts nachstehen wollten. Leichtsinnig, wie Sie zu diesem Zeitpunkt waren, haben Ihre Freunde und Sie jemanden ausgelost, dem das Glück zuteilwurde, die Wahrheit zu ergründen und Wintersend Manor zu besuchen.", fuhr Elisabeth fort.

„Woher wissen Sie das?", stammelte der Fremde. Elisabeth seufzte.

„Glauben Sie ernsthaft, Sie seien der Erste?", fragte sie eingeschnappt und verdrehte die Augen.

„Woher kommen Sie?", fragte Henry.

„Aus Leeds, Sir. Ich bin den gesamten Weg zu Fuß gekommen.", antwortete der Gast.

„Das erklärt einiges.", kommentierte Elisabeth herablassend und warf einen angeekelten Blick auf die dreckige Kleidung.

„Und sind Sie immer noch so mutig, wie sie es vor einigen Tagen noch behauptet haben?", setzte Elisabeth ihre Fragerei fort. Der Mann verneinte eingeschüchtert.

„Aber Ihnen kam nicht die Idee, umzukehren.",

stellte sie fest.

„Ich bin ein Mann von Ehre, Lady Wintersend. Ich stehe zu meinem Wort.", verteidigte er sich.

„Das glaube ich Ihnen. Doch sie werden verstehen, dass wir verhindern müssen, dass Sie in ihrer Heimat verbreiten, was Sie herausgefunden haben.", sagte Henry. Mittlerweile stand er direkt vor seinem Gast, Elisabeth hatte sich auf der anderen Seite positioniert. Der Mann sah ängstlich von einer Seite zur anderen. Henry nickte Elisabeth kurz zu. Was dann geschah würde Valerie nie wieder vergessen. Henry's Augen leuchteten rot auf und er entblößte zwei spitze Fangzähne, als er den Mund aufriss. Seine Haltung veränderte sich. Er krümmte sich und stand leichtfüßig auf seinen Beinen. Wie ein Tier, das sich auf einen Angriff vorbereitet. Dann schlug das Tier zu. Der Mann stöhnte auf, als sich zwei Paar Fangzähne in seinen Hals bohrten. Henry und Elisabeth saugten ihm das Blut aus den Adern. Valerie keuchte auf. Henry's Blick suchte nach dem Ursprung des Geräusches und fand Valerie in der Galerie. Er setzte zu einem Sprung an und landete auf der Balustrade der Galerie. Er legte seinen Kopf schief und lächelte sie an. Das Blut troff noch von seinen Zähnen.

„Hallo Valerie.", sagte er und starrte auf ihren Hals.

„Lauf!", rief Magdalena, die von dem anderen Ende

der Galerie auf sie zukam. Im Laufen verfärbten sich auch ihre Augen und sie rammte Henry, der seine klauenartigen Hände in sie stieß. Gemeinsam fielen sie krachend auf den Boden der Eingangshalle.

„Lauf, Valerie. Verschwinde von hier und vergiss alles, was du heute gesehen hast.", rief Magdalena erneut, während sie sich mit Henry auf dem Boden wälzte. Valerie's Beine lösten sich aus ihrer Schockstarre und sie rannte sie Treppe hinunter. Links neben ihr verging sich Elisabeth noch an dem Blut ihres Opfers, während auf der anderen Seite Magdalena mit Henry rangelte. Sie rannte zu der Eingangstür und stieß mit Schwung gegen das schwere Holz. Es gab unter ihrem Gesicht nach und der Weg aus Wintersend Manor war nicht mehr versperrt. Sie rannte den Kiesweg entlang und zum Tor. Es war noch nicht wieder verschlossen worden. Sie hob ihren Rock soweit an, wie es ihr möglich war, um schneller rennen zu können. Schnell ließ sie Wintersend Manor hinter sich, doch sie blickte immer wieder ängstlich zurück. Sie rannte, bis sie nicht mehr atmen konnte. Erst dann bemerkte sie, wohin sie ihre Füße getragen hatten. Sie stand vor der Apotheke in Brockenhurst. Von innen drang die Stimme von William nach außen. Er schien sich mit jemandem zu unterhalten, doch Valerie konnte nur seine Stimme hören.

„Du hast alles ruiniert. Warum hast du den Gast hereingelassen? Nein, eigentlich interessieren mich deine Ausreden nicht. Ich muss mich jetzt um Miss Valerie kümmern. Sie darf mit ihrem Wissen nicht hausieren gehen. Ich gebe dir noch eine letzte Chance. Du weißt, was zu tun ist, wenn sie wieder auf Wintersend Manor ist.", hörte Valerie ihn sagen. Es entstand eine kurze Pause, in der Valerie nichts hören konnte.

„Ich weiß nicht, wie ich anstellen werde. Nachdem ich schon Alexander ermorden musste, um sie herzulocken und Mr. Brenner und Mrs Johnson opfern musste, um sie nach Wintersend Manor zu bekommen, wird jetzt ein sehr viel größeres Opfer von Nöten sein.", knurrte er. Valerie schlug entsetzt die Hand vor den Mund. Tränen schossen ihr in die Augen.

„Schscht. Alles wird gut.", sagte eine vertraute Stimme hinter ihr. Clementine war die Straße entlanggekommen und hatte Valerie an der Apotheke stehen sehen. Sie rannte in die ausgebreiteten Arme der Wirtin.

„Komm mit.", sagte sie und wollte Valerie zum Pub führen.

„Ich kann nicht hierbliebben. Nicht eine Sekunde länger werde ich in Brockenhurst bleiben. Dieses Dorf ist verflucht.", wimmerte sie.

„Ich weiß. Aber bald geht die Sonne auf und dann bist du vorerst in Sicherheit. Sie können dir tagsüber nichts tun.", beruhigte Clementine Valerie. Sie legte ihr den Arm um die Schulter und brachte sie in die Dachkammer. Es war noch alles so, wie Valerie es zurückgelassen hatte.

„Ich weiß, dass du jetzt nicht schlafen kannst. Aber versuche es.", sagte die Wirtin tröstend.

„Sie sind Vampire.", murmelte Valerie. Als sie es aussprach, kam sie sich schrecklich dumm vor. So etwas gab es nicht

„Sie sind Vampire.", bestätigte Clementine.

„Woher weißt du das?", fragte Valerie verängstigt.

Clementine nahm sich den Stuhl und rückte ihn zu Valerie's Bett.

„Erinnerst du dich an den Besucher aus England, von dem ich dir erzählt habe? Nun ja, er war auch ein Vampir. Das habe ich natürlich erst Jahre später erfahren. Das Kind, was ich von ihm erwartete war menschlich und zeigte auch keine Anzeichen, dass es ihm nach Blut dürstet. Doch seitdem habe ich mich mit dem Thema Vampirismus beschäftigt. Es ist wahr, dass sie bei Tag nicht in der Sonne wandeln können. Sie würden verbrennen.", erklärte Clementine.

„Henry ist ein Monster. Und meine Mutter. Sie hatte auch diese roten Augen.", schluchzte Valerie.

„Nun, das Monster steckt in ihnen, es ist ein Teil von ihnen nach der Wandlung. Es kommt nur darauf an, ob man diesem Teil nachgibt oder nicht. Da sind sie uns eigentlich nicht so unähnlich, oder? Wir haben ebenfalls eine dunkle Seite in uns, auch wenn sie sich aktuell nur schlafen gelegt hat. Und genau das solltest du jetzt auch tun. Schlafe ein wenig und morgen sieht die Welt schon wieder ganz anders aus. Wenn du darauf bestehst, werde ich auch hierbleiben.", meinte Clementine.

„Ich kann nicht. Ich muss hier weg.", wiederholte Valerie.

„Erzähle mir doch, was heute Nacht passiert ist.", bat Clementine, um Valerie abzulenken. Es funktionierte. Sie erzählte der Wirtin von den Geschehnissen, die sie beobachtet hatte. Als sie geendet hatte, bat Clementine sie, von ihrer Zeit auf Wintersend Manor zu berichten. Über die Geschichten der Spaziergänge und Ausritte mit Henry und die gemeinsame Zeit, die sie zusammen verbracht hatten schlief Valerie ein. Clementine strich ihr sacht über die Haare.

„Du erzählst mir nur von den schönen Dingen, die du mit Henry erlebt hast und glaubst er sei ein Monster.

Ich denke, das wird sich bald ändern, wenn du merkst, dass du dich in ihn verliebt hast.", flüsterte sie, nachdem Valerie eingeschlafen war. Als sie erwachte, wachte Clementine immer noch, wie versprochen an ihrer Seite.

„Möchtest du heute auch noch gehen?", fragte Clementine. Valerie nickte.

„Dann wird William bekommen, was er möchte.", kommentierte sie. Valerie zog die Stirn in Falten.

„Wenn du gehst, wird William dich umbringen. Du hast zu viel gesehen. Weshalb glaubst du, wäre ich sonst hier geblieben und nicht wieder nach Frankreich zurückgekehrt, nachdem ich herausgefunden habe, nun, was ich herausgefunden habe.", fragte Clementine und sah Valerie forschend an.

„Was ist mit William? Er hat gestern gesagt, dass er all diese Menschen ermordet hat.", erinnerte sich Valerie.

„Er war der Besucher aus England.", gab Clementine zu.

„Dann ist er auch ein Vampir?", schlussfolgerte Valerie. Die Wirtin nickte.

„Oh ja. Wenn du mich fragst, ist er der schlimmste von allen. Denn er denkt immer nur an seine Rache. Rache ist nicht dasselbe wie Gerechtigkeit, von der er dir immer erzählt hat."

„Was soll ich nur tun?", rätselte Valerie.

„Ich mache dir einen Vorschlag. Wir verstecken dich hier oben. Mr. Dusange besorgt gerade ein paar Holzbretter. Damit verriegeln wir das Fenster. Dann kann niemand vom Dach hereinschauen oder gar hineinklettern. Durch Wände sehen können Vampire nicht. Dann kommt erst einmal keiner an dich heran. Weder Henry noch William oder sonst ein Vampir. Hier kannst du in Ruhe die Erlebnisse verarbeiten. Dann sehen wir weiter.", erklärte Clementine.

„In Ordnung.", nuschelte Valerie. Wenn es stimmte, was die Wirtin sagte, dann war sie froh, dass es Sommer und die Tage lang waren.

Drei Wochen lang ging Clementine's Plan auf. Valerie wusste von der Wirtin, dass jeden Abend jemand von Wintersend Manor in den Pub kam, doch nie gelang es ihnen in die Dachkammer vorzudringen. Clementine hatte Valerie alles erzählt, was sie über die Vampire des Anwesens wusste. Es war schwer herauszufinden, welche Gerüchte der Wahrheit entsprachen und welche Fiktion waren. Doch sie wusste, dass neben dem Sonnenlicht auch Feuer Vampire verbrannte. Jegliches Silber vergiftete sie, sobald es mit ihrem Blut in Berührung kam. Sie konnten keinen heiligen Boden betreten. Und sie tranken menschliches Blut. Es war ihre einzige Nahrungsquelle. Clementine erzählte ihr, dass es außer den Vampiren in Wintersend Manor noch weitere Stämme gab, auf die wiederum andere Eigenschaften zutrafen. Sie hatte von einer Gruppe Untoter gehört, denen selbst geheiliger Grund nichts anhaben konnte. Doch ob diese Geschichten stimmten, konnte die Wirtin nicht sagen. Nach drei Wochen kam ein Brief für Valerie an. Clementine brachte ihr den Bogen in die Dachkammer.

„Es kam jeden Tag ein Brief aus Wintersend Manor, aber die habe ich gleich entsorgt. Sie sollen ja nicht denken, dass du hier untergetaucht bist. Aber dieser hier ist nicht aus dem Anwesen.", sagte sie und reichte Valerie das Schreiben.

Liebe Valerie,

es ist so viel passiert, ich weiß gar nicht wo ich anfangen soll.

Wo steckst du? Diese Frage zermartert mein Hirn seit Tagen und lässt mich an nichts anderes mehr denken.

Vor wenigen Wochen kam mein Kind zur Welt. Es ist ein gesundes, kleines Mädchen. Doch eine Woche nach der Geburt hat mein Mann mich des Hauses verwiesen. Er nannte mich eine Ehebrecherin und Schlimmeres. Er wollte niemanden wie mich in seinem Haus haben und hat unsere Verbindung offiziell gelöst. Er hat behauptet, ein junger Mann mit weißem Haar hat ihm alles über unsere Liebe und unsere gemeinsamen Nächte gestanden.

Da ich keinen anderen Ausweg wusste bin ich zu dir aufgebrochen. Aber als ich in Wintersend Manor ankam, sagte man mir, dass du nicht mehr dort seist und niemand wusste wo du steckst.

Valerie, ich muss dich dringend sprechen. Wenn du mir nicht sagen kannst, wo du dich aufhältst kann ich es bestimmt verstehen. Wir können uns auf einem neutralen Grund treffen.

In Liebe und Vertrauen: Rebecca

P.S.: Ich bin immer noch in Wintersend Manor. Henry war so gut mich aufzunehmen. Hast du gewusst, dass er eigentlich ein Lord ist? Hast du ein Glück, dass er ein Auge auf dich geworfen hat. Ich soll dir ausrichten, dass er mich im Pförtnerhäuschen untergebracht hat, damit ich das Anwesen bei Bedarf verlassen kann. Es sagt, du würdest diese Geste verstehen.

„Oh nein.", entfuhr es Valerie, als sie geendet hatte. Die Wirtin sah bestürzt drein, als Valerie ihr den Brief zum Lesen reichte.

„Ich muss sie dort herausholen. Sie kann nicht dort

bleiben.", entschied sie. Clementine las den Brief nochmals durch.

„Wie spät ist es?", fragte Valerie. Da das Fenster zugenagelt war, hatte sie jegliches Zeitgefühl verloren.

„Es ist schon dunkel. Warte bis morgen Mittag. Dann kannst du dich mit Rebecca treffen. Jetzt ist es zu gefährlich hinaus zu gehen.", antwortete Clementine. Valerie ließ sich auf ihr Bett fallen. Die Wirtin tätschelte ihr mitfühlend die Schulter.

„Soll ich bei dir bleiben?", fragte sie, doch Valerie verneinte. Sie wollte mit ihren Gedanken und Sorgen allein bleiben. Nachdem die Wirtin gegangen war und die Tür der Dachkammer von außen verriegelt hatte, legte sich Valerie einen Plan zurecht. Dank Rebecca's Brief wusste sie wo sich ihre Schwester auf dem Grundstück des Anwesens befand. Es war ein leichtes das Pförtnerhäuschen zu erreichen. Wintersend Manor hatte seit Jahren keinen Pförtner mehr und das Tor war nie verriegelt. Mittlerweile wusste Valerie auch warum niemand dort befürchtete ausgeraubt zu werden. Sie würde Rebecca im Pförtnerhäuschen am nächsten Morgen besuchen, sobald die Sonne aufgegangen war. Sie musste ihrer Schwester einige ihrer Geheimnisse über das Anwesen preisgeben, damit Rebecca zustimmen würde, Brockenhurst zu verlassen und unter einem anderen Namen nach

London zu gehen. Oder vielleicht suchten sie sich in einem Hafen eine Passage in ein anderes Land. Als Valerie mit ihrem Plan zufrieden war, versuchte sie ein wenig zu schlafen. Wenn sie ihr Vorhaben in die Tat umsetzen wollte, musste sie möglichst ausgeruht sein. Als sie wieder erwachte war nicht viel Zeit vergangen, doch Valerie merkte, dass etwas nicht stimmte. Von unten drangen seltsame Geräusche zu ihr hinauf, die sie nicht einordnen konnte. Es roch merkwürdig. Sie setzte sich auf, um nachzusehen. Doch die Tür war noch verriegelt. Es war noch nicht wieder Tag geworden. Die knackenden Geräusche wurden lauter und es knallte. Von draußen riefen die Menschen panisch irgendwelche Anweisungen. Da wusste sie, woher die Geräusche kamen. Es brannte. Sie nahm ihr Tuch vom Haken und tauchte es in die Waschschüssel. Der Stoff sog sich voller Wasser und sie band sich das nasse Tuch über Mund und Nase. Sie warf sich mit aller Kraft gegen die Tür, doch der eiserne Riegel gab nicht nach. Qualm drang durch die Ritzen im Boden in die Dachkammer.

„Valerie ist noch da drin.", hörte sie Clementine schreien. Der Qualm wurde schnell dichter und vernebelte ihren Verstand. Es fiel ihr immer schwerer zu atmen. Die Kraft mit der sie sich gegen die Tür warf ließ schnell nach. Sie hatte kaum geschlafen und die

Müdigkeit lastete bleiern auf ihr.

„Nur einen Moment. Ich muss mich kurz ausruhen.", murmelte sie, als sie die Augen nicht mehr aufhalten konnte. Sie ließ sich auf ihr Bett zurückfallen und beobachtete, wie die ersten Flammen über den hölzernen Fußboden neben ihr leckten.

„Ich werde gleich Wasser holen und es löschen.", murmelte sie unter einem Hustenanfall. Ein stechender Schmerz fuhr durch ihren Arm und ihr Bein, doch sie war zu müde, um sich darum zu kümmern. In diesem Augenblick wurde die Tür von außen weggerissen. Jemand schüttete einen Eimer Wasser über ihr aus. Sie wollte protestieren, doch es kam nur ein weiterer Hustenanfall über ihre Lippen. Sie konnte sich kaum regen und ihre Gliedmaßen gehorchten ihr nicht mehr. Im Halbschlaf bemerkte sie, wie sie jemand sanft hochhob und schützend gegen seine Brust drückte.

„Valerie, kannst du mich hören? Wir springen jetzt vom Dachgeschoss bis in den Schankraum. Aber dir wird nichts passieren. Du bist in Sicherheit.", hörte sie eine angenehme Stimme sagen. Sie wusste, dass sie die Stimme schon mal gehört hatte. Sie fühlte einen heißen Wind über sie fahren, als der Sprecher mit ihr in den Armen sprang. Doch von dem Aufsetzen auf dem Boden merkte sie nichts. Nur der

Schmerz in ihrem linken Arm und Bein nervte sie und hinderte sie beim Einschlafen. Ein weiterer Hustenanfall überkam sie. Dann spürte sie, wie sich etwas Kaltes um ihre schmerzenden Stellen legte und sie konnten endlich einschlafen.

Als sie erwachte, blickte sie in drei sorgenvolle Gesichter.

„Nein.", rief sich und wollte sich bewegen, aber ihr Körper gehorchte ihr nicht.

„Ganz ruhig, Valerie. Sieh uns an.", sagte Henry eindringlich. Sie tat wie ihr geheißen und blickte in seine grünen Augen. Grün, nicht rot. Auch Magdalena's Iris war von dem gewohnten blau.

„Du bist hier in Sicherheit.", bekräftigte Magdalena.

„Was ist passiert?", fragte Valerie. Sie konnte sich an fast nichts mehr erinnern.

„Das Dwellings ist niedergebrannt. Clementine und Mr. Dusange haben überlebt und kurieren sich im Westflügel aus.", erklärte Henry.

„Henry hat dich gerettet. Er ist in das brennende Haus gerannt, um dich dort herauszuholen.", fuhr Rebecca fort. Sie saß neben Valerie's Krankenbett in einem Sessel. Auf ihrem Arm schlief seelenruhig das kleine Baby. Magdalena ging zu ihr und flüsterte ihr einige Worte ins Ohr. Gemeinsam gingen sie hinaus.

„Wo gehen sie hin?", verlangte Valerie zu wissen.

„Sie gehen nur für einen Moment an die frische Luft.", erklärte Henry und zog etwas aus seiner Westentasche. Es war ein angesengtes Stück Papier. „Dies hier ist nicht für ihre Ohren und Augen bestimmt.", sagte er und gab reichte das Blatt an Valerie weiter.

Ich werde dich jagen.
Ich werde dich finden.
Du kannst dich nicht vor mir verstecken.
Wir spielen das Spiel, bis Wintersend Manor mir gehört.
Bis du Henry getötet hast.
Nur du entscheidest, wie viele Menschen bis dahin noch sterben müssen.
William

„Das war seine Botschaft an dich. Er hat das Feuer gelegt.", erklärte Henry.

„Warum tut er das?", fragte Valerie.

„Es ist eine lange Geschichte. Wenn du bereit bist die gesamte Wahrheit zu hören, werde ich sie dir gerne erzählen.", bot Henry an.

„In Ordnung.", willigte Valerie ein.

„Aber vorher muss Rebecca noch mit dir sprechen. Meine Geschichte kann warten.", verkündete er. Sie warteten, bis ihre Mutter mit Rebecca und dem Baby wieder zurückkamen. Henry und Magdalena ließen die Schwestern allein.

„Oh, Valerie. Ich hatte solche Angst um dich. Aber Henry hat dich gerettet. Du wirst leben.", sagte sie. Valerie sah ihre Schwester prüfend an. Die Worte passten überhaupt nicht zu ihr.

„Was ist los?", verlangte sie zu wissen.

„Weißt du, wir haben beide unsere Geheimnisse gehabt. Da ich deines jetzt herausgefunden habe, ist es nur gerecht, wenn du auch meines erfährst.", erklärte sie.

„Mein Geheimnis?", wiederholte Valerie. Rebecca deutete in Richtung Tür.

„Das unsere Mutter noch immer so aussieht wie vor fast zehn Jahren. Ich möchte auch gar nicht mehr darüber erfahren. Henry sagte mir, es sei besser unwissend zu bleiben. Ich war nie die wissbegierige von uns beiden.", verdeutlichte sie. Valerie schloss erleichtert die Augen und nickte.

„Gut. Nun zu deinem Geheimnis."

Rebecca blickte peinlich berührt auf ihren Rock.

„Rose ist nicht das Kind meines Mannes.", gestand sie und kniff die Augen zusammen, in Erwartung einer Moralpredigt. Valerie starrte ihre Schwester einige Augenblicke lang an.

„Gut das Mrs Johnson nicht mehr lebt.", war das

erste was ihr einfiel.

„Wer ist Mrs Johnson?", fragte Rebecca, die es wagte ein Auge leicht zu öffnen.

„Nicht so wichtig.", sagte Valerie mit einer wegwerfenden Handbewegung .

„Ich war so traurig, als John, James und du weg wart und wir uns nicht mehr sehen konnten. Ich hatte meine Schwiegermutter am Hals, die alles schrecklich fand, was ich getan habe und nur an mir herumkritisiert hat. Und ich hatte meinen Mann, der dümmer als ein Stück Brot war. Er hat auch immer nur aufgesagt, was seine Mutter ihm eingetrichtert hat. Dann habe ich eines Tages jemanden getroffen, der meine Bemühungen zu schätzen wusste. Ich traf ihn, als ich gerade im Dorf die Einkäufe für meine Schwiegermutter, Mrs Lucas Harrison, erledigte. Wir haben uns einige Male im Dorf gesehen und dann lud er meinen Mann und mich zu einem Ball ein. Da sie nur an Mrs Harrison adressiert war, nahm meine Schwiegermutter an, dass sie diejenige war, die er eingeladen hatte. Denn ein junges nutzloses Ding wie mich würde doch niemand zum Ball laden. Dann stand er plötzlich vor mir, während alle anderen auf seinem Fest waren. Er sagte solch nette Worte, dass ich viel mehr verdient hätte und niemand meine Bemühungen, sondern nur meine Fehler sehen würde. Obwohl ich eigentlich gar keine Fehler hätte. Wir haben uns einige Zeit lang unterhalten und dann...", erzählte sie und wurde rot.

„Ich glaube ich kann es mir denken.", ersparte Valerie ihrer Schwester den Rest.

„Du bist mir nicht böse, dass ich die Familie entehrt und unseren Namen in den Schmutz gezogen habe?", fragte sie hoffnungsvoll.

„Nein. Solange du glücklich bist ist alles in Ordnung.", stellte Valerie klar. Doch Rebecca wirkte alles andere als glücklich auf sie.

„Da ist noch etwas.", stellte sie fest. Rebecca nickte.

„Es tut mir Leid, dass ich es dir jetzt sagen muss, wo du selbst fast gestorben bist. Ich habe die Schwindsucht.", sagte sie. Etwas in Valerie zerbrach.

„Nein.", flüsterte sie. Die Tränen liefen ihr stumm über ihr Gesicht.

„Es ist wahr. Ich wünsche mir nur, dass du bitte auf Rose aufpasst, wenn ich nicht mehr bin. Sie soll nicht ins Arbeitshaus gehen müssen.", bat Rebecca. Valerie nickte, unfähig ein Wort hervorzubringen.

„Danke.", sagte Rebecca erleichtert. Leise waren Henry und Magdalena hineingekommen. Magdalena schlang wortlos die Arme um Rebecca.

„Ich möchte mich bitte etwas hinlegen.", bat sie und

reichte Magdalena ihre Hand. Sie verabschiedete sich von Valerie mit dem Versprechen bald wiederzukommen.

„Kannst du sie retten?", fragte Valerie, kaum dass ihre Schwester und Mutter den Raum verlassen hatten.

„Es tut mir leid, aber ich kann es nicht. Sie ist krank und wenn sich eine kranke Seele oder Körper wandelt, werden sie kranke Vampire. Das bedeutet, die dunkle Seite wird immer triumphieren, wenn die menschliche Seite zu schwach ist sich zu wehren. Wir würden ein wahres Monster erschaffen. Es wäre nicht mehr Rebecca, die du nach der Wandlung sehen würdest.", erklärte er und setzte sich neben sie in einen Sessel.

„Der Arzt sagte, dass du die nächsten Wochen sehr viel Ruhe brauchst und wir immer kühle Tücher bereithalten sollen für deine Verbrennungen. Aber wir haben etwas Besseres.", erklärte er und legte seine kühle Hand auf die schmerzenden Stellen an ihrem Arm. Sofort linderte sich das Brennen ab.

„Manchmal hat es Vorteile ein Vampir zu sein.", witzelte er und grinste sie schief an. Erst jetzt wurde ihr bewusst, wie sehr sie dieses Lächeln vermisst hatte. Sofort schalt sie sich für den Gedanken.

„Bist du bereit für die Geschichte, die William, mich

und die Dolls verbindet?", fragte er.

„Eines musst du mir vorher noch verraten. Warum nennst du sie Dolls?", fragte Valerie.

„Sie haben große Ähnlichkeiten mit Porzellanpuppen. Sie sind schön anzusehen, doch innerlich kalt und herzlos. Außerdem fürchten die Menschen das Wort Vampir." Das konnte Valerie nur zu gut nachvollziehen.

„Wie wurdest du zu einem Vampir?", fragte sie weiter.

„Ich lebte in einer Illusion. Der Illusion, dass ich mir mit meinem Reichtum alles erkaufen und nehmen konnte, was ich wollte. Doch eines Tages sollte meine Illusion Risse bekommen. Denn ich sah dass jemand, der viel weniger besaß als ich, sehr viel glücklicher war. Ich versuchte dieses Glück auch für mich zu erzwingen."

# Kapitel 06

„Herzlichen Glückwunsch Hannah. Du bist schwanger.", gratulierte sie Hebamme, während sie ihre Hände in der kleinen Waschschüssel reinigte. Im Spiegel beobachtete sie, wie ihre junge Patientin bleich auf das schmale Bett sank.

„Mach dir keine Sorgen. Sobald du es dem Vater des Kindes mitteilst, wird er dir ganz sicher einen Antrag machen. Du glaubst gar nicht, wie häufig schon vor der Ehe geliebt wird.", munterte die Hebamme Hannah auf. Doch die junge Frau schüttelte nur betrübt den Kopf.

„Das geht nicht.", erwiderte sie und wischte sich verlegen einige Tränen aus den Augen.

„Gibt es einen Weg, es wegmachen zu lassen?", fragte sie nach einer Weile flehend. Die Miene der Hebamme verfinsterte sich.

„Der Vater ist Lord Wintersend, habe ich Recht?", verlangte sie zu wissen. Hannah nickte kaum merklich. Aufgebracht lief die Hebamme durch das kleine Dienstbotenzimmer.

„In den vergangenen Jahren habe ich in diesem Zimmer bereits vier Zofen der Lady Wintersend behandelt und keine von ihnen wollte ihr Kind behalten.", murrte sie verärgert und blickte finster aus dem winzigen Fenster in den weitläufigen Garten. Dort sah sie Lord Wintersend mit seiner jungen Gattin, die einen Spaziergang um den kleinen See machte.

„Was habt Ihr den anderen Zofen geantwortet?", fragte Hannah hoffnungsvoll. Die Hebamme antwortete nicht sofort. Sie beobachtete noch eine Weile das Treiben im Garten des Herrenhauses, den Lord Wintersend seiner Gattin zur Vermählung umgestaltet und sogar einen kleinen Teich neu angelegt hatte. Die Hebamme lächelte sanft, als sie sich zu Hannah umwand und sich neben sie setzte. Beruhigend legte sie Hannahs Hände in ihre eigenen.

„Das ist nicht wichtig, denn dir werde ich etwas anderes antworten. Hör gut zu, dass ich sehr wichtig für dich. Du solltest unbedingt so schnell wie möglich mit deiner Herrin allein sprechen und ihr von deinen Umständen berichten. Wenn sie nach dem Vater fragen sollte, denke dir eine Lüge aus. Nach dieser Unterhaltung wird sich wohlmöglich eine Lösung für dein Problem ergeben.", erzählte die Hebamme und strich ihrer Patientin sanft über die Wange. Eine tiefe Sorgenfalte breitete sich auf Hannah's Stirn aus. „Sie wird mich hinauswerfen.", erwiderte sie, doch die Hebamme schüttelte den Kopf. „Glaube mir, Liebes. Das wird sie nicht.", versprach sie.

Einige Tage später klingelte Lady Wintersend unge-wöhnlich früh nach Hannah. Die Zofe beeilte sich ihre Morgentoilette zu beenden und trat kurz darauf in das Schlafgemach ihrer Herrin ein.

„Gut, dass du da bist, Hannah. Ich versuche schon seit Stunden wieder einzuschlafen. Doch diese Übel-keit treibt mich noch zum Wahnsinn.", klagte Lady Wintersend, kaum dass Hannah die Tür geöffnet hatte. „Das geht vorbei, Lady Wintersend.", tröstete Hannah ihre Herrin. „Setz dich zu mir und leiste mir Gesellschaft. Erzähle mir irgendetwas, dass mich von der Übelkeit ablenkt und mich auf andere Gedanken bringt.", forderte Lady Wintersend. Hannah setzte sich und holte tief Luft.

„Lady Wintersend, ich muss Euch etwas gestehen. Ich habe vor zwei Tagen die Hausdame und den Hausdiener im Flur belauscht und sie haben sich über Euch unterhalten. Es gehen Gerüchte um, dass Ihr schwanger seid.", begann Hannah ihre Rede, die sie in den vergangenen Tagen einstudiert hatte.

„Ach, du würdest es sowieso bald bemerken. Es stimmt, mein Gemahl und ich erwarten endlich un-ser erstes Kind. Ich kann mir nur vorstellen, was bei dem Gesinde geredet wird, wenn die Frau erst nach drei Jahren Ehe schwanger wird.", unterbrach sie Hannah.

„Und du kannst dir nicht vorstellen, worum man sich kümmern muss. Erst letzte Woche hat mich die Hebamme besucht. Es gibt Dinge, die ich nie beachtet hätte. Ich soll mich beispielsweise schon bald um eine Milchamme kümmern. Stillen kommt für mich natürlich nicht in Frage. Aber woher soll ich wissen, welche Amme am besten für mein Kind sorgt.", jammerte sie. Hannah räusperte sich verlegen.

„Vielleicht könntet Ihr mich als Milchamme einstellen, wenn es Euch beliebt, Lady Wintersend.", schlug Hannah vor, doch noch ehe sie ein Geständnis ablegen konnte, kreischte Lady Wintersend erfreut auf und hätte Hannah beinahe umarmt.

„Ich habe mich schon gefragt, wen die Hebamme außer mir im Haus noch aufgesucht hat. Jetzt weiß ich es. Ach Hannah, ich bin mit jedem Tag froher, dass es dich gibt. Jetzt kann ich mir die Mühe ersparen. Natürlich wirst du als Amme eingestellt. Ist das nicht herrlich? Du kannst dich um dein Kind kümmern und gleichzeitig meines ebenfalls umsorgen. Und Henry hätte einen Spielgefährten.", jubelte Lady Wintersend.

„Henry?", fragte Hannah.

„Ich stelle mir immer vor, dass es ein Junge wird. Dann wird er Henry heißen, nach Abrahams Bruder.", erklärte sie.

„Jetzt musst du mir nur noch verraten, wer der Vater ist. Nein, nein. Verrate mir nichts. Ich weiß es bereits. Es ist dieser junge Mann aus der Apotheke in Brockenhurst, nicht wahr? Ich wusste doch gleich, dass ihr zwei gut zusammen passt.", fuhr Lady Wintersend fort. Ihre Übelkeit schien sie vergessen zu haben. Hannah war froh, dass sie nun in einer ihrer üblichen Reden aufging. So konnte sie einen Moment ihre eigenen Gedanken ordnen. Die Hebamme hatte Recht, nun hatte sich das Blatt zum Guten gewendet. „Hörst du mir denn überhaupt nicht zu, Hannah?", riss Lady Wintersend ihre Zofe aus ihren Gedanken. „Ich habe gerade gesagt, dass du gleich heute nach Brockenhurst gehen wirst und mir etwas gegen diese Übelkeit besorgen musst. Und danach kommst du sofort zu mir und erzählst mir, dass dir dieser Apothekersohn einen Antrag gemacht hat.", trug Lady Wintersend Hannah auf.

„Aber vorher bringst du mir noch ein Frühstück. Nichts allzu schweres, bitte. Eine kleine gebratene Wachtel vielleicht und ein paar Mandelküchlein."

Am Nachmittag betrat Hannah wie geheißen die kleine Apotheke. Die Wände des Verkaufsraumes waren vollgestellt mit Regalen, auf denen ich Schalen, Krüge und Tiegel aneinanderreihten. Jedes Behältnis war mit einem Schild versehen, auf dem der Inhalt verzeichnet war. Hannah schnupperte bei ihren Besuchen immer gern an einer bestimmten Schale, die mit getrockneten violetten Blüten gefüllt war. Sie wusste nicht, worum es sich dabei handelte, doch sie liebte den süßen Geruch, den diese Blume verströmte. Aus dem Hinterzimmer hörte Hannah die strenge Stimme des alten Apothekers, der seinen Sohn wegen eines kleinen Fehlers bei der Herstellung einer Tinktur anbellte. Doch kaum war die Türglocke verklungen, verstummte der Streit und in dem engen Durchgang zum Verkaufsraum erschien die schlaksige Gestalt des Apothekersohnes.

„Hannah, Sie retten mir meinen Kopf. Zum wievielten Male in dieser Woche?", rief er Hannah zu, als er die erkannte. Hannah unterdrückte ein Lachen.

„Ich habe aufgehört zu zählen, Johnothan.", antwortete sie nur und überreichte ihm eine Liste mit Arzneien, die sie für Lady Wintersend besorgen musste.

„Mir scheint, Ihre Lady ist schwanger, Hannah.", mutmaßte er, während er die Zutaten aus den Regalen zusammentrug. Er murmelte leise die Namen der Heilkräuter vor sich hin, als aus dem Hinterzimmer ein beherztes Lachen erklang.

„Sie werden sehen, Mr. Meridum, alles wird sich zu

Ihrem Besten wenden.", hörte Hannah eine Frauenstimme versprechen. Kurz darauf erschienen der alte Apotheker und Hannah's Hebamme in dem Verkaufsraum.

„Sohn! Komm her!", polterte der Apotheker, „ich habe beschlossen, dass du alt genug bist um zu heiraten." Der junge Mann schluckte heftig und schaute drein, als hätte sein Vater ihm eine schallende Ohrfeige verpasst.

„Meine Tage sind gezählt und ich möchte sichergehen, dass du gut versorgt bist. Hannah hat als Zofe gute Kontakte zu Lady Wintersend. Sie wird deine Braut.", verkündete er. Hannah starrte die Hebamme ungläubig an. Hatte sie mit Lady Wintersend gesprochen und von ihren Plänen für die Zofe erfahren? Doch die Hebamme lächelte sie nur unschuldig an und schob Hannah sanft zu ihrem Verlobten.

„Du sind sehr fleißig, Hannah. Ich wette, dass Du binnen einer Woche dein Hochzeitskleid nähen könntest.", sagte sie und warf einen bedeutungsvollen Blick zu Mr. Meridum.

„In einer Woche also. Das klingt hervorragend. Ich werde sofort alles arrangieren.", rief der Apotheker aus und schüttelte Hannah feierlich die Hand.

„Gutes Mädchen. Du wirst meinem Jungen nützlich

sein.", sagte er, ehe er die Apotheke in Richtung Kirche verließ.

„Meine besten Glückwünsche. Ich nehme an, Lady Wintersend wird sich sehr über die Verbindung freuen.", gratulierte die Hebamme.

„Ich werde es ihr gleich sagen.", erwiderte Hannah und verabschiedete sich von ihrem Verlobten mit dem Versprechen am nächsten Tag wieder vorbei zu kommen.

In Wintersend Manor brachte Hannah ihrer Herrin die Arzneien und berichtete von den Ereignissen in der Apotheke.

„Ich werde sofort meiner Schneiderin Bescheid geben, damit sie ein Kleid für dich näht. Nein, nein. Es soll ruhig jeder sehen, dass meine Lieblingszofe heiratet. Du wirst ein wunderschönes Kleid tragen. Das ist mein Geschenk für die Hochzeit.", rief Lady Wintersend aus. Am nächsten Tag kam die Schneiderin und vermaß zunächst Lady Wintersend, die ein Kleid für ihre neuen Umstände benötigte. Anschließend nahm sie sich Hannah vor und lauschte aufmerksam den Anweisungen der Lady, sie bereits sehr genaue Vorstellungen von dem Hochzeitskleid hatte.

Eine Woche später wurde in kleiner Gesellschaft die Hochzeit gefeiert. Die Räume der Apotheke wurden mit bunten Stoffen geschmückt und nach der Feier bezogen Hannah und ihr Gatte eine kleine Wohnung in der Nähe der Apotheke. Johnothan erlaubte Hannah nur zähneknirschend, dass sie weiterhin als Zofe arbeiten durfte, um die guten Kontakte zu Lord und Lady Wintersend nicht zu verlieren. Während Hannah's Bauch immer runder wurde, ging es Johnothan's Vater mit jedem Tag schlechter. Er ließ seinen Sohn nun die gesamte Arbeit verrichten und lehrte ihn in Windeseile die letzten wichtigen Lektionen, die er als Apotheker wissen musste. Am Tag der Geburt von Hannah's Sohn starb der alte Apotheker. „Wir nennen ihn William. Nach meinem geschätzten Herrn Vater.", verkündete Johnothan, als er den Säugling in den Armen hielt und ihn sofort wieder an Hannah zurückreichte.

„Ich werde mich nun um die Apotheke allein kümmern. Daher kann ich nicht auf deine Hilfe und volle Unterstützung verzichten. Ich verbiete dir, weiterhin für Lady Wintersend zu arbeiten.", gebot Johnothan und lies die junge Mutter mit der Hebamme allein. „Männer.", kommentierte sie nur leise.

„Warte nur ab, Hannah. Wenn der junge William erst einmal heranwächst, dann wird er den Vater ganz stolz machen. Du hast großes Glück, dass Johnothan ebenso schwarzes Haar hat, wie Lord Wintersend. Sonst könntest du ihm die dunklen Haare des Kindes schlecht erklären.", fuhr sie fort.

„Ja.", bestätigte Hannah erleichtert. Während der gesamten Schwangerschaft hatte sie sich Sorgen über das Aussehen ihres Kindes gemacht, doch zum Glück kam William kaum nach seinem wahren Vater.

„Ich werde morgen nach Lady Wintersend sehen. Möchtest du ihr den Entschluss deines Mannes persönlich sagen? Ich könnte dich begleiten.", schlug die Hebamme vor und Hannah willigte in ihr Angebot ein. Am nächsten Tag holte die Hebamme Hannah wie versprochen ab und half ihr, William bis zum Herrenhaus zu tragen. Lady Wintersend lag erschöpft in ihrem Bett, als sie zu dritt eintrafen. „Hannah, wie gut dich zu sehen. Mein Kind ist bereits vor zwei Tagen zur Welt gekommen. Zurzeit kümmert sich die gute Johanna um Henry. Doch jetzt bist du ja da."

„Wenn Ihr es erlauben würdet, Lady Wintersend, dann möchte ich Lord Henry gerne kennenlernen. Allerdings hat mein Mann mir verboten, weiterhin für Euch zu arbeiten. Durch den Tod seines Vaters braucht er nun jede Unterstützung im Haushalt und der Apotheke.", bat Hannah.

„Oh, Hannah. Du brichst mir das Herz. Aber diesen

letzten Wunsch werde ich dir nicht abschlagen können. Geh und begrüße den nächsten Lord Wintersend. Er schläft in seinem Zimmer.", rief Lady Wintersend traurig. Hannah wusste, dass Lady Wintersend in den vergangenen Monaten eine gesamte Etage des Herrenhauses für ihr Kind hatte herrichten lassen. Sie stieg die steilen Stufen bis in den dritten Stock hinauf. Dort angekommen musste sie einige Minuten verschnaufen, ehe sie das Schlafgemach des jungen Lords betrat.

„Großer Gott!", rief sie aus, als sie gewahr wurde, welcher Luxus auf Lord Wintersend's Sohn wartete. Das gesamte Zimmer war vollgestellt mit Holzspielzeug, Unmengen von Kleidung und schönen Möbeln. Hannah's Sohn hatte zum Spielen nur einen alten Putzlappen, der von Löchern zerfressen war. Sie näherte sich der Wiege und schaute hinein. Dort lag der junge Lord friedlich schlummernd. Von Lady Wintersend's zweiter Zofe, Johanna, war jedoch nichts zu sehen.

„Herzlichen Glückwunsch, junger Mann. Du hast ein gutes Leben vor dir, als Erbe des Lord's.", flüsterte sie, um den Säugling nicht aufzuwecken und strich ihm leicht über die Wange. Plötzlich stoppte sie in ihrer Bewegung. Ihr eigener Sohn war auch ein halber Wintersend und musste in Armut aufwachsen, nur weil er nicht Lady Wintersend als Mutter hatte. Liebevoll betrachtete sie ihren kleinen William.

„Findest du das gerecht?", fragte sie ihn. William gab ein mürrisches Quieken von sich, schlief dann aber weiter.

Als Hannah mit ihrer Hebamme Wintersend Manor wieder verließ, hielt sie ihren Sohn fest in den Armen.

„Hannah.", rief die Hebamme, „kannst du mir erklären, wie dein Kind bei unserer Ankunft grüne Augen hatte, sie aber nun blau sind?"

„Das liegt an dem Lichteinfall.", erwiderte Hannah lauter als nötig. Die Hebamme legte ihr sanft eine Hand auf die Schulter.

„Beruhige dich, Hannah. Erinnerst du dich daran, was ich dir bei unserer ersten Begegnung erzählt habe?", fragte sie. Hannah nickte.

„Jetzt hast du verstanden, was ich dir damals sagen wollte. Du musst wissen, dass Lord Abraham Wintersend mein Halbbruder ist. Offiziell ist er natürlich ohne Geschwister ausgewachsen, doch auch sein Vater hatte diese Veranlagung in fremden Betten zu übernachten. Ich weiß, wie es deinem William ergangen wäre. Doch nun kann er als Henry Wintersend ein besseres Leben führen. Ich bin stolz auf dich.", erzählte sie leise, während sie Hannah zurück zur Apotheke begleitete.

„Aber versprich mir, dass du dieses Geheimnis mit in dein Grab nimmst. Niemand darf es je erfahren. Nicht einmal Johnothan oder das Kind.", bat die Hebamme eindringlich, als sie sich der kleinen Wohnung näherten, in der die kleine Familie Meridum lebte. Hannah versprach es ihr bei ihrem eigenen Leben.

„Dann zieh den jungen Lord Wintersend als dein eigenes Kind auf und auch meine Lippen sind versiegelt.", schwor die Hebamme, ehe sie Hannah verließ.

Die Jahre vergingen und Hannah's Kind wuchs als Henry Wintersend heran. Henry genoss sein Leben in vollen Zügen. Jeden Tag ritt er in das benachbarte Dorf und verprasste sein Geld bei dem Schneider oder bei dem Schmuckhändler. Er kleidete sich in den edelsten Stoffen und teuersten Fellen. Jeden Monat lud er seine Freunde zu einem Ball oder einem Fest ein. Doch wenn er den Weg in das Dorf entlanggaloppierte, der von Bettlern gesäumt war, die nach Almosen bettelten, rümpfte er nur die Nase über den Gestank. Die Warnungen seines Vaters, sich auch um die Bedürftigen zu kümmern, überhörte er. Die Zofen und Dienstmädchen fürchteten die lüsternen Blicke, die er ihnen hinterher warf. Er begleitete Lord Wintersend, sooft es seine Zeit erlaubte, zur Jagd. Schnell avancierte er zum besten Schützen im Jagdtrupp seines Vaters. Doch eines Tages verletzte sich Lord Wintersend bei einem Ausflug in die Wälder. Sein Pferd scheute und warf ihm vom Rücken. Henry ließ sofort nach einem Arzt und dem Apotheker schicken, dessen guter Ruf sich bis in das Herrenhaus verbreitet hatte. Der Apotheker war jedoch erkrankt und er schickte seinen Sohn. William wurde von seiner Verlobten begleitet, dem schönsten Mädchen aus Brockenhurst. Während William eine schmerzstillende Salbe anrührte, half sie ihm, ohne dass sie sich absprechen mussten. Da spürte Henry etwas, was er zuvor nicht gekannt hatte. Er verstand nicht, wie sich ein so hübsches Mädchen mit einem einfachen Apotheker zufriedengeben konnte. Er beobachte die beiden noch eine Weile stillschweigend, während sie Hand in Hand arbeiteten. William strahlte seine Verlobte hin und wieder an und Henry grübelte, wie sich jemand mit so wenig Besitz so glücklich fühlen konnte. Alle jungen Damen, die Henry je getroffen hatte und die seinen Ansprüchen genügten, hatten sich von ihm abgewandt.

„Ich bin der nächste Lord Wintersend. Mir wird Wintersend Manor gehören. Ich kann mir nehmen, was ich will. Ich werde dir beweisen, dass man mit Geld alles erreichen kann.", murmelte er und blickte William finster an.

Als Lord Wintersend seinen Verletzungen erlag, ernannte er Henry als seinen Erben in Wintersend Manor. Bei dem letzten Atemzug seines Vater's schwor Henry innerlich Vergeltung an jenen, die seiner Meinung nach Schuld an dem Tod seines Vaters trugen. Allen voran der junge Apothekersohn William Meridum. Noch am selben Abend lug er William und seine Verlobte zu einem Dinner in das Herrenhaus ein, um Lord Wintersend zu gedenken und sich für die gute Pflege und Hilfe während der vergangenen Wochen erkenntlich zu zeigen. In der Woche darauf sollte das Dinner stattfinden. Henry zog seinen besten Anzug an, ließ sich rasieren und frisieren, ehe er seine Gäste in Empfang nahm. William und seine Verlobte hatten sich ebenfalls herausgeputzt, doch ihre Kleidung wirkte auf Henry immer noch schäbig und abgenutzt. Dennoch begrüßte er die beiden höflich und führte sie direkt in das Esszimmer. Die Tafel war bereits eingedeckt und nachdem die drei Platz genommen hatten, servierten die Diener den ersten Gang. Es wurde ein geselliger Abend. Lord Wintersend führte seine Gäste durch das Anwesen und versuchte vor allem zu imponieren. Seine Gäste zeigten sich sehr beeindruckt ob des Prunks und der Größe des Anwesens. Sein Plan schien aufzugehen.

„Ich möchte Sie beide gerne einladen, noch länger hierzubleiben. Sie haben wirklich alles Erdenkliche versucht, meinen Vater zu retten. Es würde mich sehr glücklich machen, ich Ihnen so meine Anerkennung zeigen könnte.", bat er nach dem Rundgang. Seine Gäste, noch überwältigt von den Eindrücken des Abends, willigten ein. Henry ließ sie zu ihren Gemächern führen und sorgte dafür, dass diese weit auseinander lagen. Am nächsten Tag besuchte er die Gemächer von William's Verlobten.

„Ist alles zu Ihrer Zufriedenheit, Mary? Sie müssen nur etwas sagen und schon wird Ihnen Ihr Wunsch erfüllt.", erkundigte er sich.

„Nein, vielen Dank. Ich habe alles, was ich benötige.", lehnte Mary ab.

„Ich möchte Ihnen dennoch ein Geschenk machen. Sie haben sich aufopfernd um meinen Vater gekümmert und alles womit ich es ihnen vergelten kann, ist Geld oder anderer Luxus. Doch ich wünsche, dass sie dies annehmen.", bat er und rief einen Diener mit einem Fingerschnipsen herbei. Der Bedienstete trug ein großes Stoffbündel bei sich, welches er Mary überreichte. Darin eingewickelt lag das prächtigste

Kleid, dass Mary je gesehen hatte. Dazu legte Henry im Abstand von wenigen Tagen noch einige Schmuckstücke bei. Er las ihr aus Büchern vor, die sein Vater gesammelt hatte und lehrte sie das Tanzen und Reiten. Zwei Monate später wurde William nach Hause gerufen, da es seinem Vater immer schlechter ging. Mary begleitete ihn sichtlich betrübt, dass sie ihr leichtes Leben nun zurücklassen musste. Henry richtete einen Besuch in William's Wohnung drei Wochen später ein. Der Apothekersohn hatte all die kostbaren Geschenke, die Henry Mary gemacht hatte verkauft, nur ein kleines Andenken war ihr geblieben. Eine Brosche in Form einer Edelweißblüte war unter dem Kragen ihres Kleides verborgen.

„Verzeihen Sie bitte, dass wir Ihnen kein Festmahl servieren können. Wir sind nur einfache Leute.", entschuldigte sich Mary, als sie das Dinner auftrug. Es bestand nur aus einem einzigen gebratenem Hähnchen.

„Ihr müsst doch keinen Hunger leiden, oder?", fragte Henry gespielt schockiert, als er das karge Mahl sah, das obendrein noch für drei Personen reichen sollte.

„Es geht schon. Im Winter ist es schlimmer.", gab Mary zu.

„In letzter Zeit gehen uns die Kunden aus. Johnothan

Meridum ist bei weitem nicht so begabt wie sein Großvater einst. Doch William hat im Grunde keinerlei Talent für die Aufgaben eines Apothekers geerbt. Er arbeitet nicht exakt und akkurat genug. Das merken auch die Kunden und nehmen lieber den weiten Weg bis in die nächste Stadt in Kauf oder pflücken ihre Heilkräuter selbst. Da wird es schwieriger genügend Geld zu verdienen.", erklärte Mary ihm, als William für einen Augenblick die Stube verlassen hatte. „Wie schrecklich. Würde William erlauben, dass ich euch unterstütze? Mir stehen genügend Mittel zur Verfügung.", bat er.

„Wir brauchen keine Almosen. Die Geschenke solltet Ihr lieber an die wahren bedürftigen spenden. Wir haben alles was wir brachen. Ein Dach über dem Kopf, einen warmen Kamin im Winter und einander.", lehnte William das Angebot ab. Er war in der Zwischenzeit wieder zurückgekehrt und hatte das Gespräch belauscht.

„William, bitte. Wir könnten wirklich etwas Hilfe gebrauchen.", meinte Mary.

„Nein.", verdeutlichte William.

„Ich denke, ich sollte nun gehen. Bitte lasst es mich wissen, wenn ihr eure Meinung ändert.", verabschiedete sich Henry. Auf seinem Anwesen angekommen

musste er lachen. Mary hatte seinen Köder ge-
schluckt. Ihr reichte das Wenige nicht mehr, was William ihr zu bieten hatte. Sie wollte mehr. Und das
hatte Henry ihr auf dem Silbertablett serviert. Er
bellte seinen Bediensteten einige Befehle zu, während er sich auf den Weg in den Ballsaal machte.
Jetzt da ihm ein Sieg gegenüber William so gut wie
gewiss war, hatte das Spiel seinen Reiz für ihn verloren. Er war der Gesellschaft von William bereits seit
längerem überdrüssig und plante einen Ball zu geben, um sich von den Gedanken an seinen Aufenthalt
in William's elendigen Heim zu verdrängen. Noch ein
weiteres Mal ließ er binnen eines Monats die Kutsche bestellen. Er sandte einen Bediensteten mit der
Einladung zum Ball aus. Sie war einzig auf Mary ausgestellt. Sein Diener hatte den Auftrag die Einladung
zu übermitteln und nur der jungen Frau vorzulesen.
William sollte vorerst nichts davon erfahren.

Eine Woche vor dem Ball erschien Mary auf Wintersend Manor. Henry ließ die Schneider rufen, die für
sie ein neues Kleid für den Ball anfertigten.
„Wenn du mich auf den Ball begleitest, muss aus dir
eine wahre Lady werden.", erklärte er.
„Warum tut Ihr all dies für mich, Lord Wintersend?

Ihr seid viel zu gütig." Die Schneider hatten ihre Arbeit beendet und Henry entließ sie.

„Oh, Mary. Als ich dich zum ersten Mal gesehen habe, wollte ich nichts anderes, als dich an meiner Seite zu wissen.", hauchte er in ihr Ohr und legte ihr sanft eine Hand auf die Schultern. Innerlich beglückwünschte er sich zu dieser Aussage. Mary erschauderte unter seiner Berührung.

„Willst du mir die Ehre erweisen und meine Frau werden?", fragte er.

„Aber Ihr wisst doch, dass ich mit William verlobt bin.", wand Mary ein.

„Aber du hast so viel mehr verdient, als ein Leben in Armut und Hunger zu führen. Ich könnte dir alles bieten, wovon du je geträumt hast, wenn du nur Lady Mary Wintersend werden möchtest.", redete er ihr ein. Mary suchte seinen Blick.

„Ja.", sagte sie. Henry lächelte sie an. Es war einfacher, als er gedacht hatte.

„Dann werden wir es auf dem Ball bekannt geben. Ich werde die Aufhebung deines Eheversprechend veranlassen.", teilte er ihr mit. Die nächsten Tage verbrachte er mit den Vorbereitungen für den Ball. Um Mary's Belange ließ er sich einen Bediensteten kümmern. Jetzt, da er hatte, was er wollte, interessierte es ihn nicht mehr was sie wollte.

„Simon!", rief er seinen Hausdiener, „ich will, dass du diese Einladung an William Meridum überreichst.", trug er ihm auf. Simon verbeugte sich und führte den Befehl sofort aus.

„Das wird ein Fest.", murmelte er und verlangte augenblicklich nach mehr Wein. Als der Abend des Balls kam, sah er Mary das erste Mal nach seinem Antrag wieder. Er musste sich eingestehen, dass sie außerordentlich hinreißend in ihrem Ballkleid aussah. Sie war sichtlich nervös und redete ohne Unterlass über die bevorstehende Hochzeit und die Veränderung in ihrem Leben.

„Du wirst die Gäste prächtig unterhalten können.", kommentierte er und meinte es auch so. Auch wenn ihr Ausdruck noch nicht dem einer Lady entsprach, wusste sie sehr wohl eine Unterhaltung zu führen. Henry fragte sich, ob doch mehr hinter ihrer hübschen Fassade steckte. Doch er verschob den Gedanken sofort wieder. Der Diener kündigte ihn gerade an und er schritt gemeinsam mit Mary an seiner Seite die Treppe in den Ballsaal hinab.

„Meine sehr verehrten Lords und Ladies, vielen Dank für Ihr Erscheinen.", grüßte Henry von der Treppe aus die versammelten Edelleute. Er ließ seinen Blick über die Menge schweifen, bis er William unter den Gästen entdeckte. Er war nicht schwer zu übersehen zwischen all den edel gekleideten Herrschaften. Während seiner nächsten Ankündigung ließ er den jungen Apothekersohn nicht aus den Augen.

„Ich habe eine Ankündigung zu machen und möchte diese Gelegenheit nutzen, um Sie alle für den nächsten Monat einzuladen. Ich plane ein Fest zu geben, das alle bisherigen Bälle auf Wintersend Manor überstatten wird. Ich habe letzte Woche um die Hand der bezaubernden Miss Mary Philipps angehalten und sie hat mir ihr Einverständnis gegeben.", tat er kund.

„Nein!", hörte er William brüllen, der sich einen Weg durch die Gäste bahnte, um mit Mary zu reden.

„Sie ist meine Verlobte. Ich liebe sie.", rief er, als er vor Henry am unteren Absatz der Treppe stand. Der junge Lord blickte abschätzig auf ihn hinab. Die anderen Gäste lachten ihn aus.

„Sie war deine Verlobte. Nun gehört sie zu mir.", verbesserte Henry.

„Es tut mir Leid, Will. Aber dieses Leben habe ich mir immer erträumt.", mischte sich Mary ein. Sie blickte zerstört drein, als sie William beobachtete, der am Rande des Zusammenbruches stand.

„Dieses Leben kann nur einer von uns Mary bieten und du willst doch das Beste für sie, nicht wahr?"

„Nein, nein, nein. Das ist nur ein böser Traum.", murmelte er immer wieder, als William einsah, dass er die Liebe seines Lebens verloren hatte.

Während der nächsten fünf Jahre sah William weder Henry noch Mary ein einziges Mal wieder. Mary wurde wie versprochen zu Lady Wintersend und führte ein Leben in Luxus mit zahlreichen Bällen, Kleidern, Schmuck und genügend Nahrung, dass der Überschuss an die Hunde verfüttert werden musste. Henry ließ sie in Anstand und Benehmen von Simon unterrichten und mit jedem Ball bemerkte er leichte Fortschritte. Mary, obwohl als Arbeiterin geboren, entwickelte sich zu einer wahren Lady. Gelegentlich kamen ihre Großeltern zu Besuch, bei denen Mary aufgewachsen war. Mr. Und Mrs Philipps waren gütige Leute, die sehr dankbar für das waren, was Henry ihrer Enkelin ermöglicht hatte. Die Jahre vergingen und mit jedem Monat genoss Henry mehr und mehr die Anwesenheit eines Menschen, der ihn so akzeptierte und liebte wie er war. Nur einen Erben hatte Mary ihm noch nicht geschenkt. Eines Abends im Winter begann es zu schneien. Mr. Und Mrs Philipps waren zu einem Dinner geladen und Henry hielt die Dienerschaft wieder einmal mit seinen Wünschen auf Trapp.

„Oh, Henry. Sieh doch nur, der See gefriert. Lass uns morgen darauf laufen gehen.", schlug sie vor und freute sich wie ein kleines Kind.

„In Ordnung.", gestattete Henry seiner Frau, obgleich er nicht vorhatte einen Fuß auf das Eis zu setzten. Am nächsten Morgen sandte er Simon mit einer Entschuldigung zu Mary, dass er sich unpässlich fühlte und an ihrem Spaziergang am See nicht mitkommen konnte. Zwei Stunden später eilte Simon bleich und mit den Zofen seiner Gattin in die Gemächer des Lords.

„Kommen Sie schnell, Lord Wintersend. Ihre Gattin ist auf dem See eingebrochen und in das eiskalte Wasser gefallen.", berichtete er. Henry eilte in das Schlafgemach seiner Frau. Dort lag Mary unter mehreren Lagen Decken und zitterte dennoch. Sie hörte nicht auf zu husten und Schweißperlen standen auf ihrer Stirn.

„Schicke sofort nach einem Arzt.", befahl er Simon.

„Mylord, sie benötigt sofort eine Arznei.", wand eines der Dienstmädchen ein, die Mary's Stirn mit einem Tuch abtupfte.

„Veranlasse alles, was nötig ist. Und schicke dem Earl of Winchester eine Absage für seinen Ball.", gab er an Simon weiter. Auch wenn William kommen musste, war es ihm momentan gleichgültig. Er fragte sich, wann ihm Mary so wichtig geworden war, dass er sie über seine eigenen Vergnügungen stellte, zumal der Ball des Earls als eine der wichtigsten Spektakel des Jahres galt. William traf eine halbe Stunde später mit einem großen Lederrucksack ein. Als er Mary sah, eilte er sofort zu ihr.

„Das ist alles Ihre Schuld, Lord Wintersend.", knurrte er und blickte Henry hasserfüllt an. William sah schlecht aus. Er hatte seit dem Tag des Balles auf Wintersend Manor weißes Haar, das ihm ungekämmt und zottelig von seinem Kopf abstand. Sein Bart wirkte ungepflegt und seine Kleidung stand vor Schmutz.

„Tun Sie alles, was in Ihrer Macht steht, Mr. Meridum. Oh, und gehen Sie sich waschen.", beauftragte Lord Wintersend den Apotheker.

„Ich lasse Sie jetzt Ihre Arbeit machen, bis der Arzt eintrifft.", fuhr er fort und verließ den Raum. In seinem eigenen Salon ging er unruhig umher, bis Simon ihm mitteilte, dass der Arzt eingetroffen war. Henry eilte in das Zimmer seiner Frau zurück, doch der Arzt schüttelte den Kopf. Von William und seinen Utensilien war nichts mehr zu sehen.

„Jemand hat ihr dieses Mittel verabreicht. Es enthält Stechginster. Das war tödlich für sie.", erklärte er und hielt einen Becher mit einer gelblichen Flüssigkeit hoch.

„William Meridum.", knurrte Lord Wintersend.

„Mr. Meridum ist vor etwa einer Stunde gegangen. Eine Zofe hat es mir bestätigt. Sie hat vor Lady Wintersend's Tür gelauscht, während William dort mit ihr allein war. Er soll etwas zu Lady Wintersend gesagt haben.", berichtete Simon.

„Und das wäre?", fragte Henry.

„Wenn ich dich nicht lieben darf, soll es niemand tun. Doch als das Dienstmädchen nachsah, hatte er Lady Wintersend das Mittel bereits eingeflößt.", zitierte er. Henry ballte seine Hand zur Faust.

„William hat unsere Mary vergiftet?", fragte Mr. Philipps, der in das Zimmer gekommen war. Er war bleich und zitterte.

„Es sieht so aus.", bestätigte der Arzt und räumte den Inhalt seiner Tasche wieder ein.

„Aber Sie, Lord Wintersend, tragen eine Mitschuld. Hätten Sie unsere Enkelin nicht für sich beansprucht, dann wäre sie jetzt noch am Leben.", rief er aus und blickte Henry erbost an.

„Wir sprechen uns bald wieder. Dann werden Sie für ihre Taten bezahlen.", verkündete er und eilte in das Gästezimmer, um seiner Frau von dem Tod ihrer Enkelin zu erzählen. Kurz darauf stürmte die alte Frau in die Gemächer des Lords. Sie schrie ihn an und fuchtelte wild mit den Armen.

„Es tut mir Leid, Mrs Philipps und der Verlust ihrer Enkelin schmerzt mich auch. Wenn ich es nur irgendwie widergutmachen kann, lassen Sie es mich wissen.", sagte er automatisch.

„Sie glauben wahrhaftig, dass Sie sich alles mit Ihrem Geld erkaufen können, Lord Wintersend. Ich verfluche Sie. Sie und alle anderen die Schuld an dem Tod meiner Enkelin haben. Mögen ihre Seelen verbersten und in ihrem Körpern für alle Ewigkeit eingeschlossen sein, auf dass sie neben den Menschen wandeln aber nie mehr mit ihnen sein können. Stets dem Willen der Bestie unterworfen, die der Mord aus ihnen gemacht hat.", schrie sie. Was immer sie da tat, es zeigte sofortige Wirkung. Der Rest ihrer Verwünschungen ging in Henry's Schmerzensschreien unter. Er krümmte sich auf dem kühlen Boden, doch nichts schien ihm eine Linderung der Schmerzen zu verschaffen. Ein brennender Schmerz stob auf seiner Brust In jede einzelne Faser seines Körpers. Er brannte innerlich. Das Feuer in seinen Adern verbrannte seine Lungen. Er konnte nicht mehr atmen, doch er erstickte nicht. Es breitete sich in seinen Armen und Beinen aus, die ihm jeglichen

Dienst verwehrten. Als das Feuer seine Augen erreichte, erschien ihm die Helligkeit der Sonne unerträglich und wie Glut versenkte sie seine Haut. Doch er schaffte es nicht seinen Blick von dem Licht abzuwenden, dass sich bis in seine Pupillen hineinfraß. Alles in ihm brannte und doch war er nicht tot. Das Feuer wütete scheinbar endlos in ihm. Er glaubte, dass es während der Nächte besser wurde, doch mit dem nahenden Tag, nahmen die Schmerzen wieder zu. Irgendwann zog sich der Schmerz langsam zurück. Es begann in seinen Zehen und Fingerkuppen und kroch langsam bis zu seinem Herzen, wo sich das Feuer aufstaute und mit einem Mal explodierte. Ein letztes Aufbäumen seines Körpers und er lag regungslos auf dem Boden. Der Schmerz war verschwunden. Nach einer Weile versuchte er seinen Arm zu bewegen. Seine Gliedmaßen gehorchten, doch er zitterte am ganzen Leib. Seine Finger schienen blasser zu sein, als er es in Erinnerung hatte. Langsam kroch er zu seinem Frisiertisch und zog sich scherfällig hoch. Der Blick in den Spiegel ließ ihn zurückweichen. Er sah sich selbst und dann auch wieder nicht. Er hatte sich verändert.

„Lord Wintersend, Ihr seid erwacht.", kommentierte Mr. Philipps, der Geräusche in dem Schlafgemach vernommen hatte.

„Was ist geschehen?", fragte Henry, der einen weiteren Blick in den Spiegel riskierte.

„Sie wurden verflucht und neben ihnen auch William Meridum. Sie beide sind nun bis in alle Ewigkeit an diese Existenz gefesselt. Ihre Seele zerbarst als sie starben. Doch da ihre Seele zuvor an ihren Körper gefesselt wurde, werden sie niemals Ruhe finden, ganz gleich was sie auch versuchen. Andere ihrer Art mögen in der Sonne verbrennen, doch Ihnen ist dieses Glück verweht, bis der Fluch gebrochen wird.", erklärte Mr. Philipps.

„Was ist aus mir geworden?", fragte er weiter.

„Das werden Sie schon gleich herausfinden. Ich werde mich nun empfehlen. Eine angenehme Nacht, Lord Wintersend.", antwortete Mr. Philipps, nahm seinen Hut und ging zur Tür hinaus. Doch bevor er sie verschloss, schickte er noch jemanden hinein. Henry erkannte Simon, der übermüdet wirkte und sich seit Tagen nicht mehr rasiert hatte.

„Lord Wintersend, Ihr lebt! Wie ist das möglich? Vor drei Tagen sagte uns Mr. Philipps, dass ihr gestorben seid und ich habe Euch dort tot auf dem Boden liegen sehen. Doch nun seid Ihr hier.", sagte Simon verwirrt und ging zielstrebig auf seinen Herrn zu, um ihm vom Boden aufzuhelfen.

„Braucht Ihr etwas? Ich wecke sofort alle auf. Eine

Mahlzeit vielleicht? Ihr habt sicherlich Hunger. Und Wein, Ihr braucht sofort etwas zu trinken.", fuhr er geschäftig fort und lief durch den Raum, unschlüssig, welche Aufgabe er zuerst erledigen wollte. Kaum, dass Simon es ausgesprochen hatte bemerkte Henry, dass er tatsächlich Hunger hatte. Wenn es stimmte, was Simon sagte, dann hatte er seit drei Tagen nichts mehr gegessen und getrunken.

„Ja, Wein und eine Mahlzeit, sofort.", befahl er Simon. Es dauerte keine zehn Minuten und Simon kehrte zurück. Die Zeit hatte Henry genutzt, um sich die Haare zu glätten und seine Kleidung zu richten. Er saß auf dem Bett und wartete, dass seine Befehle ausgeführt wurden.

„Hier, Lord Wintersend. Dies ist alles, was ich auf die Schnelle auftreiben konnte, aber die Köche bereiten Euch gerade ein Festmahl zu.", entschuldigte sich Simon und schenkte seinem Herrn Wein ein. Er reichte ihm den Kelch und hielt ihm eine Platte mit Schinken, Brot, Kuchen und Obst hin. Gierig griff Henry nach dem Kelch, doch er spuckte den Wein sofort wieder aus, als er seine Zunge benetzte.

„Stimmt etwas nicht?", fragte Simon und roch an der Flasche.

„Er schmeckt faul.", erklärte Henry angeekelt und

biss in ein Stück Schinken. Doch aus den kleinen Bissen brachte er nicht hinunter.

„Es ist alles verfault.", schrie er erzürnt und schleuderte das Tablett zur Seite. Es flog in hohem Boden durch die Luft und schnitt durch die Luft, bis es in der Wand steckenblieb. Henry spürte, wie der Zorn in im pulsierte und immer mächtiger wurde.

„Warum kann ich nicht mehr essen und trinken?", schrie er Simon an und umkreiste ihn lauernd. Henry schnüffelte und nahm war, wie sehr sein Diener nach Angstschweiß stank.

„Ich werde etwas anderes bringen.", bot er mit piepsiger Stimme an und versuchte das Tablett aus der Wand zu ziehen. Dabei schnitt er sich am Griff den Daumen auf. Als Henry der Geruch entgegenwehte, glaubte er nie so etwas Köstliches zuvor gerochen zu haben. Ihm lief das Wasser im Mund zusammen. Er pirschte sich lauernd an Simon an und griff in dem Moment nach seinem Arm, als sein Diener das dünne Rinnsal abwischen wollte.

„Lord Wintersend. Was ist mit Euch?", stotterte er. Gierig blickte Henry auf den Daumen. Er spürte wie das Blut durch die Adern seines Dieners pulsierte. Simon's Herzschlag ging ungewöhnlich schnell, als sich Henry's Mund der Wunde näherte. Kaum hatte ein Tropfen Blut seine Lippen benetzt, erwachte in

Henry etwas Mächtiges. Er spürte, wie das Blut ihm neue Kraft verlieh und seine Lebensgeister anregte. „Mehr.", verlangte er und näherte sich Simon's Halsschlagader. Dort hörte Henry das Blut am lautesten pulsieren. Seine Zähne schmerzten, als sie länger wurden und er seine Fänge in Simon's Hals schlug. Dann nahm er nichts mehr wahr außer dem süßen Geschmack des dickflüssigen Blutes in seinem Mund. Es floss heiß seine Kehle hinab und wärmte ihn. Mit jedem Schluck fühlte er sich stärker. Als er den letzten Tropfen aus Simon gesaugt hatte, ließ die Euphorie langsam nach und er betrachtete sein Werk. Simon, der seit Jahren sein Diener und heimlich auch so etwas wie ein Freund war, lag tot und mit Blut besudelt auf dem Boden.

„Was ist aus mir geworden?", fragte sich Henry und nahm behutsam Simon's Kopf in die Hände. „Es tut mir so schrecklich Leid, Simon. Ich bin ein Monster.", gestand er sich ein und bettete Simon in sein eigenes Bett. Beinahe schon liebevoll deckte er ihn zu, damit man die Blutflecke nicht sah. Dann ging er durch einen geheimen Gang hinter einem Wandteppich in einen verlassenen Kellerraum. Soweit Henry es wusste, kam nie jemand herein. Er legte sich auf den harten Boden und wollte vergessen. Doch er konnte die Bilder nicht aus seinem Kopf verdrängen. Immer wieder sah er Simon's toten Körper in seinen Gedanken aufblitzen.

„Ich bin ein Vampir.", flüsterte er, „Sie hat mich in ein mordendes Monster verwandelt." Doch er wollte niemanden umbringen. Tief in seinem Inneren wusste er, dass er die Armen in den Tod gezwungen hatte, wenn er ihnen Almosen verwehrte oder das Essen den Hunden zum Fraß vorwarf, statt es ihnen zu spenden, doch er hatte nie jemanden selbst getötet. Bis auf Simon, der es länger als alle anderen mit ihm ausgehalten hatte. Zutiefst beschämt über seine Schande verkroch er sich in die dunkelste Ecke des Raumes und zog die Knie an die Brust. So verharrte er lange Zeit. Die Tage vergingen, in denen er tagsüber das Geplapper der Dienstmädchen hören musste. Ihre Worte verletzten ihn, doch er wusste dass sie der Wahrheit entsprachen. Seine eigenen Dienstmädchen nannten ihn grausam, arrogant und ekelhaft. Des Nachts versuchte er zu schlafen, doch er konnte kein Auge zu tun. Dafür lastete des Tags eine bleierne Müdigkeit auf ihm und er schlief mehrfach ein, nur um zum Sonnengang wieder aufzuwachen. Er spürte immer den Stand der Sonne und wurde lebhafter, sobald die Nacht hereinbrach. Henry verharrte über zwei Wochen in dem Keller. Sein Durst wurde mit jedem Tag größer, doch er starb nicht daran. Er spürte, wie er mit jedem Tag ungehaltener und aggressiver wurde. Je durstiger er wurde, desto mehr bröckelte sein Widerstand den Keller nicht zu verlassen, um für seine Taten zu büßen. Nach zwei Wochen hatte die Hausdame einen neuen Diener eingestellt. Er kannte sich in den Fluren des Kellers noch nicht gut genug aus und beging den Fehler auf der Suche nach der Schneiderei in dem Raum vorbeizuschauen, in dem sich Henry versteckt hielt.

„Sir, geht es Euch nicht gut?", fragte er unsicher, als er Henry in der Ecke kauernd entdeckte.

„Nein und nun verschwinde von hier.", knurrte er den Bediensteten an. Doch in seinem Eifer wollte er Henry helfen und ging auf ihn zu. Henry's Eingeweide schmerzten seit mehreren Tagen und als der junge Diener mit schiefgelegtem Kopf vor ihm stand wurde sein Verstand von einer grausamen Macht überschattet, die sich von seiner Aggression genährt und nun die Kontrolle über sein Handeln übernommen hatte. Mit ungeahnter Kraft schleuderte Henry den Diener durch den Raum, der krachend an einer Wand zu Boden ging und regungslos liegen blieb. Ein wildes Grollen bahnte sich den Weg aus Henry's Kehle, als er sich auf sein Opfer stürzte und seine Zähne in den Diener bohrte. Die Lebenskraft des jungen Dieners strömte durch seine Adern. Achtlos ließ er den schlaffen Körper fallen und trat aus dem Kellerraum hinaus in den Flur. Er fragte sich, wieso er all die Zeit auf dieses Machtgefühl verzichtet hatte. Er sauste den Flur entlang und erreichte den Treppenaufgang in einer Geschwindigkeit, die zu erreichen er nie für möglich gehalten hätte. In der Eingangshalle warf er einen Blick in den Spiegel und erschrak. Seine Augen glühten rot. Das letzte Mal, als er sich angesehen hatte waren sie grün. Doch langsam wich das rot wieder der gewohnten Farbe, auch wenn sie nun intensiver leuchtete. Nur langsam begriff sein Verstand, was dort unten im Keller passiert war. Er hatte schon wieder getötet. Ein Opfer, dessen Namen er nicht einmal kannte.

„Das muss aufhören.", entschied er und öffnete die Tür nach draußen. Siedend heißes Sonnenlicht strömte in die Eingangshalle. Henry zuckte zurück. Wogende Rauchschwaden wanden sich von seinem Arm empor. Die Stellen, an denen das Sonnenlicht seine Haut berührt hatte rochen nach versengtem Fleisch. Doch im Schatten der Eingangshalle erholte sich die beschädigte Haut rasend schnell und nur einen Augenblick später war die Wunde verschwunden und der Schmerz verklang. Vorsichtig näherte sich Henry der offenen Tür. Langsam streckte er seine Hand nach der Stelle aus, wo das Licht in die Eingangshalle strömte. Kaum berührten seine Finger den Lichtkreis fuhr ein brennender Schmerz durch seine Hand. Fluchend zog sich Henry in die Schatten zurück und harrte dort bis zum Abend aus. Die Dienstmädchen nahmen ihn nicht war, als er tiefer mit der Dunkelheit verschmolz, wenn sie vorbeiliefen. Als die Nacht hereingebrochen war, verließ Henry geräuschlos Wintersend Manor. Er ging zu Fuß, um seine Geschwindigkeit auszutesten. Der Wind peitsche in sein Gesicht, doch er fühlte die Kälte kaum. Erst als er das Haus erreichte, in dem Mr. Philipps wohnte, machte er Halt.

„Lord Wintersend, was verschafft mir die Ehre?", rief er Henry voller Hass entgegen.

„Wie kann ich es rückgängig machen?", fragte er direkt.

„Gar nicht. Aber das habe ich Euch bereits erklärt. Sie können nicht sterben, bis der Fluch gebrochen wird. Ganz gleich, wie lange Ihr Euch der Sonne aussetzt und Schmerzen erduldet, es wird Euch nicht töten.", wiederholte er und schritt auf den Rand des Grundstückes zu.

„Aber es muss doch irgendeinen Weg geben.", beharrte Henry verzweifelt.

„Den gibt es. Die Lösung befindet sich in meinem Archiv. Meine Frau hat sie dankenswerterweise notiert.", antwortete Mr. Philipps.

„Dann schützen Sie solange bitte meine Bediensteten. Ich habe schon zwei getötet und will es nicht wieder tun. Und nun sagen Sie mir, wie kann ich den Fluch brechen?", wollte Henry wissen.

„Das hätte Euch meine Frau gewiss verraten können, nur ist auch sie bei der Verwünschung gestorben.", antwortete der alte Mann.

„Wie das?", fragte Henry verdutzt.

„Sie hat all jene in ihre Worte mit eingebunden, die einen Teil der Schuld an Mary's Tod trugen. Sie war von Beruf Hebamme und hat Euch und Mr. Meridum auf die Welt geholfen. Ihr solltet mal einen Blick in den Globus in den Gemächern eures Vaters werfen. Dort werdet Ihr etwas Interessantes finden. Doch nun entschuldigt mich bitte.", erklärte Mr. Philipps und wand sich ab. Henry wollte nach dem Arm des alten Mannes greifen, doch er kam nur bis zur Grenze des Grundstückes. Kaum hatte sein Fuß den fremden Boden, fuhr ein stechender Schmerz durch sein Bein und eine unsichtbare Kraft warf ihn zurück.

„Oh, ich hatte ganz vergessen es zu erwähnen. Das Töten wird Eure Existenz von nun an mit jedem Schritt begleiten. Ihr könnt zudem keinen geheiligten

Boden betreten. So lange der Fluch nicht gebrochen ist, werde ich über dieses Stück Land und über die Lösung der Verwünschung wachen.", fiel Mr. Philipps in diesem Augenblick wieder ein. Er nickte Lord Wintersend gebieterisch zu und zog sich wieder in das Pfarrhäuschen neben der Kirche zurück. Zähneknirschend trat Henry den Rückzug an. Er warf den verwunderten Bettlern einige Münzen zu. In den zwei Wochen im Keller hatte er zum ersten Mal erfahren, was es hieß Hunger zu haben und diese Menschen litten jeden Tag unter diesem Gefühl. In Wintersend Manor angekommen begegnete er keinem seiner Diener. Zu ihrem Glück hatten sich alle bereits zur Nachtruhe zurückgezogen. Henry steuerte die Gemächer seines Vaters an und fand in dem Globus wie versprochen mehrere Dokumente. Die unteren stammten eindeutig aus Wintersend Manor. Sie enthielten das Siegen seines Vaters und waren von ihm unterzeichnet. Eines von ihnen behandelte auch William Meridum. Henry erfuhr, dass William sein Halbbruder war.

„Das kann nicht wahr sein.", murmelte er. Doch dann blätterte er weiter. Zwei Blatt waren von einem rosa Band zusammengehalten und es war eines, die Mary immer getragen hatte. Daran befestigt war ein kurzes Schreiben von Mr. Philipps, der Henry mitteilte, dass er diese Dokumente nach dem Tod seiner Frau im Globus versteckt hatte, aber Lord Abraham nichts von der Existenz wusste. Henry entfaltete das obere Blatt. Es war eine Seite aus den Büchern, die Mrs Philipps führte. Sie hatte dort jede Geburt notiert.

„William Meridum von Hannah Meridum und Lord Abraham Wintersend, schwarzes Haar und grüne Augen. Henry Wintersend von Lady Agnes Wintersend und Lord Abraham Wintersend, schwarzes Haar und blaue Augen.", las Henry. Er ließ das Papier fallen, als hätte er sich daran verbrannt. Ihm kam ein schrecklicher Verdacht.

„Man hat uns vertauscht. Ich hätte an William's Stelle stehen müssen und er an meiner. Ich bin der Bastard.", entfuhr es ihm.

„Ja, das ist korrekt.", ertönte eine hohe Stimme. Henry sah auf und erkannte William am anderen Ende des Raumes. Seine Augen leuchteten rot.

„Dies alles gehört mir. Mir allein.", knurrte er.

„Nicht solange ich am Leben bin.", fauchte Henry zurück und hielt die Vereinbarung hoch, die William unterzeichnet hatte.

„Das lässt sich regeln.", gab er zurück und griff Henry an. Sie prallten krachend aufeinander und wälzten sich auf dem Boden. Mit seiner linken Hand fuhr William über Henry's Gesicht und hinterließ tiefe Kratzer, die sofort wieder verheilten.

„Genug!", rief Vater Philipp gebieterisch. Er hielt ein Kreuz vor sine Brust und näherte sich langsam den raufenden Vampiren. William und Henry verharrten in ihrer Bewegung.

„Dieser junge Mann wurde als Henry Wintersend getauft und wird es bleiben.", verkündete Mr. Philipps und deutete auf Henry.

„Bis zum Tage seines Todes wirst du also weiterhin als William Meridum dein Dasein fristen. Meine Frau hat sich diesbezüglich recht klar ausgedrückt. Und sie hat euch einen Auftrag erteilt. Lord Wintersend, wenn ich bitten dürfte?", fragte der Priester und nahm das letzte Dokument aus dem Globus entgegen. Es enthielt einen kurzen Vers, den er verlas.

„Ihr werdet alle zehn Jahre an ihrem Todestag einen Ball in Wintersend Manor feiern. Dies ist der einzige Tag, an dem du ebenfalls willkommen bist, die restliche Zeit über ist dir der Zutritt auf das Anwesen verwehrt, William. Auf diesem Ball wird ein junges Mädchen oder eine junge Frau zu dem was ihr seid.", erklärte Mr. Philipps.

„Was passiert wenn wir es nicht tun?", fragte Henry. Die Vorstellung, dass noch mehr Menschen sein Schicksal teilten, ließ ihn erschaudern.

„Das wollt Ihr nicht wissen, Lord Wintersend. Aber ich gebe euch einen Hinweis. Was ihr erlitten habt, als Ihr in der Sonne wart, war nur ein leichtes Jucken im Gegensatz zu dem was Euch erwartet, wenn Ihr Euch widersetzt. Da ich so ein netter Mensch bin, werde ich euch beiden noch eine Kleinigkeit verraten. Sobald der Fluch gebrochen wird, stirbt einer von euch.", erklärte er.

„Wer?", verlangte William zu wissen und schoss auf den Priester zu, prallte aber vor ihm gegen eine unsichtbare Barriere und wurde durch den Raum geschleudert.

„Das wird sich dann zeigen. Leider ist der Part mit der Lösung des Fluches auf dem Weg in dieses Zimmer abgerissen und auf seltsame Weise verschwunden.", gab er ohne großes Bedauern bekannt. Er verließ leise summend den Raum und begann mit seiner Arbeit, für die Bediensteten des Herrenhauses einen Gebetsraum einzurichten.

Einen Monat später trat Henry vor seine versammelte Dienerschaft.

„Vielen Dank, dass ihr euch die Zeit genommen habt.", begann er seine Ansprache. Ein erstauntes Raunen ging durch die Reihen. Ihr Herr hatte sich nicht nur äußerlich verändert, er kannte mit einem

Mal die Worte „Bitte" und „Danke".

„Ich möchte mich bei euch für mein Verhalten in den letzten Jahren entschuldigen. Aber durch einige Vorfälle in der letzten Zeit habe ich begonnen, meine Welt anders wahr zu nehmen. Ich bestimme, dass fortan die übriggebliebenen Speisen eines Balles oder Festessens den Armen gegeben werden. Ich habe vor Wintersend Manor komplett umzugestalten und neue Räumlichkeiten zu erbauen. Es soll eine Bibliothek geben, in der sich ein jeder von euch in seiner freien Zeit weiterbilden kann. Miss Smith hat sich bereit erklärt euch das Lesen und Schreiben beizubringen, wenn ihr es wünscht.", kündigte er an und verwies auf die Hausdame. In den folgenden Jahren arbeitete Henry an der Umsetzung seiner Ideen. Doch immer wieder wurden seine Arbeiten von den Nachrichten über William überschattet. Er hatte, kaum dass er von der Vertauschung erfahren hatte, Hannah und Johnothan ermordet. In Brockenhurst machte schnell die Nachricht über ein Monster die Runde, das im Bund mit dem Teufel war. Es schien als, hätten William und Henry durch die Wandlung ihre Persönlichkeiten getauscht. Mit dem zehnten Todestag von Mary rückte auch der Ball näher. Es war der erste Ball, den Henry nach seiner Wandlung halten würde. Kurz zuvor suchte Mr. Philipps ihn auf.

„Dieses Werk hat meine Frau begonnen und ich habe es zu Ende geführt. Hier steht alles drin, was Ihr wissen müsst, wenn Ihr ein junges Mädchen wandelt.", erklärte er und überreichte Henry ein dünnes Buch.

„Ich weiß nicht, ob ich es kann.", zweifelte Henry.

„Ihr müsst, Lord Wintersend. Ihr benötigt jemanden an Eurer Seite, sonst werdet Ihr den Kampf gegen William und gegen Euch selbst verlieren.", betonte Mr. Philipps.

„Ich habe William in den letzten Jahren beobachtet. Er hat der dunklen Seite nachgegeben und wird von ihr beherrscht. Ihr hingegen versucht so lange wie möglich auf der guten Seite zu bleiben. Wenn Ihr das weiterhin wollt, müsst Ihr jemanden verwandeln. Und wenn die Zeit gekommen ist, in der Ihr den Fluch brechen könnt, werdet Ihr die Lösung bekommen.", versprach Mr. Philipps. Henry las das Werk durch und hatte eine grobe Vorstellung von den Schritten, die zur Wandlung nötig waren. Am Vorabend des Balls klingelte er nach seiner Hausdame.

„Miss Smith. Sie sind eine intelligente Frau. Intelligenter als es für Sie gut wäre und ich weiß, dass Sie schon länger etwas vermuten.", erläuterte er.

„Das ist korrekt. Aber ich weiß das Gerede meiner Dienstmädchen zu vertreiben.", betonte sie.

„Wie wäre es, wenn ich Ihnen unbegrenzte Zeit verschaffen würde, bis Sie die Freiheiten ausleben können, die Sie sich erträumen?", schlug er vor.

„Nein.", erwiderte sie.

„Nein?", wiederholte Henry. Ihm kam sein Angebot durchaus verlockend vor. Den dunklen Part ließ er vorsichtshalber aus.

„Ihr habt richtig verstanden, Mylord. Denn nicht für mich selbst begehre ich Zeit. Wenn ihr sie meiner Tochter schenken könntet, wäre ich Euch auf ewig dankbar. Ihr Name ist Elisabeth.", verriet sie.

„Sie haben eine Tochter, Miss?", fragte Henry erstaunt.

„So ist es. Man muss nicht verheiratet sein, um lieben zu können. Das solltet Ihr wissen.", gab sie zurück. Henry sah seine Niederlage in dem Wortgefecht ein und schickte nach Elisabeth Smith.

„Ihre Tochter wird es gut haben. Sie wird wie eine Lady behandelt und fortan als meine Schwester auf Wintersend Manor leben.", versprach Henry.

# Kapitel 07:

„Nachdem ich Elisabeth verwandelt hatte, fiel es mir tatsächlich leichter, die Bestie in mir zu kontrollieren. Sie half mir in den Zeiten, wo es besonders schwer war und tut immer noch alles, um William's Rache zu vereiteln. Aber jetzt kennst du den Grund warum William so sehr auf Rache aus ist. Ich habe ihm seine Liebe geraubt und ihn zu dieser Existenz verdammt.", schloss Henry.

„Aber er trägt eine Mitschuld.", stellte Valerie fest. Henry pflichtete ihr bei. Er prüfte ihre Verbrennungen.

„Morgen darfst du wieder aufstehen.", befand er. „Was wirst du dann tun?", fragte er. Valerie hatte lange darüber nachgedacht.

„Ich kann nicht gehen. Wenn William seine Drohung wahr macht, wird er weiter Unschuldige töten.", erklärte sie und holte die Nachricht hervor, die William für sie im Pub hinterlassen hatte.

„Dann wäre die Lösung, dass du mich umbringen musst.", schlussfolgerte Henry ruhig.

„Das werde ich nicht tun.", weigerte sie sich.

„Aber Mr. Philipps war sehr deutlich. Am Ende wird entweder William oder ich sterben.", erinnerte Henry.

„Aber du weißt immer noch nicht, wie man den Fluch brechen kann, oder?", wollte Valerie wissen.

„Nein. Der Rest der Verse liegt irgendwo in der Kirche. Ich habe William nie erzählt, dass Mr. Philipps es mir verraten hat. Daher nimmt er auch an, dass der Rest hier irgendwo versteckt ist. Doch auch wenn nur ich den ungefähren Aufenthaltsort kenne, bleibt immer noch das Problem, dass ich die Kirche nicht betreten kann. Erst nach Jahrzehnten hat Mr. Philipps es uns erlaubt zumindest den Friedhof betreten zu dürfen, um von unseren Familien Abschied nehmen zu können.", erklärte Henry.

„Dann weiß ich, was ich machen werde. Ich kann die Kirche betreten und werde danach suchen.", entschied Valerie. Henry strich ihr sanft über die Wange und entschuldigte sich für einen Augenblick.

„Hier, nimm dies mit. Wenn du herausgefunden hast, wie man den Fluch brechen kann, erledige es.", bat Henry und drückte Valerie seinen Ritualdolch in die Hand.

„Ich vertraue dir.", raunte er ihr zu. Valerie wurde rot und schaute schnell in eine andere Richtung.

„Also du und Elisabeth... Ihr zwei... Sie hatte etwas in diese Richtung erwähnt...", stotterte sie. Henry lachte.

„Nein. Niemals. Wir sind nur gute Freunde geworden.", stellte Henry klar.

„Oh.", entfuhr es Valerie erleichtert. Unbehaglich rutschte sie unter ihrer Decke umher.

„Was hast du in all den Jahren erlebt, die du hier verbracht hast? Du bist immerhin schon… sehr alt.", fragte Valerie, ohne genau nachzurechnen.

„Ich bin viel gereist und habe mir die Welt angesehen. Ich lese sehr viel und versuche über die neusten medizinischen Entwicklungen auf dem Laufenden zu bleiben. Wenn ich gewusst hätte, wie ich Mary hätte retten können, dann wäre all dies nie passiert.", erklärte Henry.

„Du liebst sie immer noch?"

„Nein, heute nicht mehr. Die Bilder in der Eingangshalle und in meinem Schlafgemach sollen mich nur daran erinnern wer ich einmal war und das ich nicht meiner dunklen Seite nachgeben soll. Jemand anderes ist mir sehr viel wichtiger geworden.", antwortete er.

„Und wer?" Anstatt sofort zu antworten, blickte Henry Valerie sanft in die Augen. Langsam rückte er näher.

„Du.", raunte er in ihr Ohr und küsste sie vorsichtig auf die Lippen. Valerie's Herz klopfte wie verrückt in ihrer Brust, als sie sich aus Henry's Umarmung löste.

„Aber du bist ein Vampir.", protestierte sie kläglich.

„Und du bist ein Mensch.", gab Henry zurück.

„Es ist mir gleichgültig, was du bist. Und wenn du dich als Fee entpuppen würdest, das wäre mir egal.", sagte Henry.

„Es gibt Feen?", fragte Valerie zweifelnd.

„Ich weiß es nicht. Aber es gibt Vampire. Kyre ist ein Todesengel, warum sollte es also keine Feen geben. Aber nun lenk mich nicht vom Thema ab.", befahl er.

„Moment. Kyre ist ein Todesengel? Du scherzt doch.", rief Valerie aus.

„Nein, diesmal nicht. Aber er hat seine eigene Geschichte. Sie ist für deine Gefühle und Einwände nicht relevant.", beharrte Henry.

„Du tötest Menschen. Wie kann ich einen Mörder lieben?", fragte sie.

„Ich töte, weil ich es muss. Du hast gesehen wozu William fähig ist. Möchtest du, dass er noch mehr Macht erlangt? So lange ich an diesen Fluch gebunden bin, werde ich alles daran setzten, ihm entgegenzutreten. Aber ich bitte dich, schau hinter die mörderische Fassade. Dahinter steckt der wahre Henry. Demjenigen, dem du eigentlich immer begegnet bist.", bat Henry. Valerie versprach ihm darüber nachzudenken, denn Henry spürte den Sonnenaufgang nahen und musste sich zurückziehen.

„Wo schläfst du überhaupt? Es gibt Gerüchte, dass ihr in einem Sarg schlaft.", fragte Valerie.

„Das habe ich mal versucht, als ich eine ganz schlimme Phase hatte. Aber es ist recht unbequem. Ich bevorzuge ein großes weiches Bett. Mit der richtigen Nachbarin wäre es natürlich ein noch viel behaglicheres Bett.", meinte er und wackelte mit den Augenbrauen. Valerie warf als Antwort ein Kissen in seine Richtung, doch Henry war bereits ausgewichen.

Am nächsten Abend kam er sofort nach dem Erwachen wieder in ihr Schlafgemach.

„Bevor du in die Kirche gehst, möchte ich dir noch etwas zeigen. Etwas das dich vielleicht verstehen lässt, was es bedeutet ein Vampir zu sein. Abgesehen von der vielen Zeit, die einem bleibt, den Büchern die man lesen kann und den Reichtümern, die sich ganz automatisch vermehren.", sagte er mit einem spitzbübischen Lächeln und zog Valerie fast aus ihrem Bett.   Kaum hatten sie das Herrenhaus verlassen, hob Henry Valerie hoch und rief noch ein kurzes „Halte dich gut fest.", ehe er zu einem Sprint ansetzte. Gemeinsam schossen sie durch Wälder und Dörfer, bis Valerie's Sicht verschwamm und sie die Augen schließen musste. Irgendwann verlangsamte er sein Tempo und blieb schließlich stehen. Behutsam setzte er Valerie ab und stütze sie, damit ihre wackeligen Beine nicht nachgaben. Sie öffnete die Augen und schnappte nach Luft. Sie standen vor dem Buckingham Palace.

„Wir sind in London?", fragte sie aufgeregt.

„Beth hat uns davon erzählt, dass du noch nie in London warst und das wollten wir ändern. Henry war außerdem der Meinung, dass du mal einen Tag brauchst, an dem du dir mal keine Sorgen um deine Familie, dich oder irgendwelche blutsaugenden Vampire machen brauchst.", erklärte Magdalena, die gemeinsam mit Helen eintraf. Ihr Haar war vom Rennen noch ganz zerzaust.

„Keine Sorge, der Abend gehört ganz allein euch. Wir sind nur nach London gekommen, um einige Besorgungen zu machen.", erklärte Helen.

„Ihr glaubt doch nicht ernsthaft, dass ihr nach London laufen könnt, ohne dass ich davon etwas erfahre?", rief Elisabeth aus, die geradezu elegant vor der Gruppe stehen blieb und perfekt wie immer aussah. Verlegen strich sich Valerie ihre Haare zurecht.

„Willkommen bei den Wintersend Schwestern. Mit dem Unterschied, dass ich die Damen seit über eintausend Jahren ertragen darf.", flüsterte Henry Valerie zu, doch drei Augenpaare sahen ihn beleidigt an.

„Geht doch endlich eure Besorgungen machen.", forderte er sie auf und scheuchte sie davon. Lachend liefen die drei Damen los.

„Was möchtest du dir ansehen?", fragte Henry.

„Alles.", gab Valerie zurück. Henry überlegte kurz und grinste sie dann an.

„Dann mal los.", sagte er und führte sie bis zum Monument. Scheinbar mühelos hob er sie vor der großen Steinsäule auf seinen Arm und sprang in wenigen Zügen bis auf die Plattform. Der Ausblick auf die Stadt war atemberaubend. Henry verschwand noch einmal für einen kurzen Moment und kam gleich darauf mit einer Portion Fisch und Chips wieder. Als Valerie ihm etwas anbieten wollte, lehnte er dankend ab.

„Lieber nicht. Ich vertrage leider nur Blut.", erinnerte er sie.

„Was ist in den Weinflaschen, die in der Speisekammer lagern?", fragte Valerie.

„Es ist kein Wein. Wir tarnen ihn nur, damit die neuen Dienstmädchen nicht sofort Verdacht schöpfen. Die meisten ahnen etwas. Wo sonst stehen die Herrschaften erst nach Sonnenuntergang auf? Aber viele bleiben, weil sie auf Wintersend Manor ein besseres Leben haben als im Arbeitshaus, aus denen die meisten kommen.", erklärte Henry. Doch mehr wollte er an diesem Abend nicht darüber erzählen und forderte Valerie auf den Abend und ihr Essen zu genießen. Die Zeit in London verging wie im Flug. Sie schauten sich einen Akt einer Aufführung im Globe Theatre an, ehe sie durch die Straßen Londons liefen und Valerie alles staunend in sich aufnahm.

„Wenn wir wollten, könnten wir jeden Abend nach London. Vor einigen Jahren hat Elisabeth sehr für einen Schauspieler geschwärmt und hat sich jede seiner Aufführungen angesehen. An jedem Abend.", erzählte Magdalena kichernd, als sie sich auf den Rückweg nach Brockenhurst machten.

„Er hatte Talent.", warf Elisabeth von weiter vorn ein, doch ihr Blick nahm einen schwärmerischen Ausdruck an, als sie von seinen eng geschnittenen Beinkleidern erzählte.

„Hat dir der Ausflug gefallen?", fragte Henry, als er Valerie in ihren Salon geleitete.

„Ja, es war wunderschön. Vielen Dank.", antwortete sie und strahlte Henry an.

„So kann es sein, wenn man die Bestie im Zaum hält.", flüsterte er ihr zu, ehe er küsste und sich zurückzog.

„Guten Morgen, Vater Philipp. Darf ich kurz mit Ihnen sprechen?", fragte Valerie. Der Pfarrer saß auf einer Bank im Garten des Pförtnerhäuschens und genoss die Herbstsonne.

„Aber sicher. Worum geht es denn?", fragte er, die geschlossenen Augen weiterhin in Richtung der Sonne gehalten.

„Ich komme gerade aus Wintersend Manor. Henry erzählte mir von einem Dokument, das ich vermutlich hier in Ihrem Archiv finden werde.", erklärte sie.

„Ich glaube dieses Gespräch sollten wir lieber woanders fortführen.", gab der Priester zu bedenken und erhob sich. Gemeinsam betraten sie das Kirchenschiff.

„Du suchst also nach der Lösung des Fluches. Doch für wen suchst du sie? Für dich oder für einen der Vampire?", fragte Vater Philipp. Valerie öffnete ihren Mund, klappte ihn dann aber wieder zu.

„Es ist so, Miss Valerie. Keiner von Ihnen weiß, was in diesem Dokument steht und wenn Sie es wissen, möchten Sie den Fluch vermutlich nicht mehr brechen. Einer wird sterben, so viel ist gewiss. Aber was würden Sie tun, wenn es den falschen trifft?", fragte er weiter.

„Ich weiß es nicht.", antwortete sie ehrlich.

„Wenn es den falschen trifft, könnten Sie zur Mörderin werden und wenn es den richtigen trifft, könnten Sie töten?", präzisierte er. Ihr fiel wieder ein, was

Clementine zu ihr über die dunkle Seite gesagt hatte. „In jedem von uns schlummert das Böse, Vater. Es ist nur entscheidend, wie wir damit umgehen, wenn wir ihr begegnen. Ich hoffe, ich bin bisher auf der Guten Seite geblieben.", gab sie zurück. Der Priester lachte. „Es gibt mehr als nur schwarz und weiß, Miss Valerie. Ich denke aber, dass sich ein helles grau noch mit meinen Prinzipien vereinbaren lässt.", entgegnete er augenzwinkernd und zog einen schweren Schlüsselbund unter seinem Talar hervor. Sie hatten die Kirche durchquert und standen vor einer unscheinbaren Holztür. Vater Philipp hielt ihr die Tür auf und ließ Valerie den Vortritt. Das Archiv war größer als sie angenommen hatte.

„Es ist mein ganzer Stolz. Es erstreckt sich nicht nur über die gesamte Fläche der Kirche. Irgendwann musste ich anbauen und habe die Fläche unterhalb des Friedhofes nach und nach ausgebaut. Den Platz benötigen die Toten sowieso nicht.", erklärte er und zündete eine Kerze an. Er leuchtete in den langen dunklen Raum hinein, in dem sich ein Regal an das nächste drängte. Papiere lagen unordentlich in den Fächern oder füllten Lücken auf. Pergamentrollen standen in alle Himmelsrichtungen ab oder waren noch in die obersten Regalmeter gedrückt worden.

„Habt ihr ein System, nach dem Ihr die Dokumente geordnet habt, Vater Philipp?", fragte Valerie, als sie das Chaos sah.

„Nein. Was auch immer ich in der Hand hatte, habe ich da abgelegt, wo ich gerade stand.", gab er zu.

„Viel Spaß bei der Suche.", kommentierte er und ging seinen Pflichten als Pfarrer nach. Valerie richtete sich an einem kleinen Tisch unter dem einzigen Fenster des Raumes ein und ging durch das Archiv. Als sie den Raum einmal durchquert hatte, zog die seufzend einen Stafel Papiere aus einem der Regale. Irgendwo musste sie schließlich mit ihrer Suche anfangen. Am Abend kam Vater Philipp wieder und bat sie, erst am nächsten Morgen wiederzukommen.

„Wie können Sie eigentlich so viel angesammelt haben, Vater?", fragte sie müde. Sie hatte erst acht Stunden in dem Archiv verbracht, aber schon nach kurzer Zeit hatte sie eine Vorstellung davon bekommen, was sie erwartete. In den ersten Papierstapel fanden sich Unterlagen zu Hochzeitsaufgeboten, Notizen zu Renovierungsarbeiten, Listen über Ausgaben für die Armenspeisung und Schriften aus früheren Gottesdiensten.

„Ich bin schon seit einiger Zeit Pfarrer, Miss Valerie. Raten Sie mal, wie lange ich dieses Amt bereits innehabe.", forderte er sie auf. Valerie zuckte nur müde mit den Schultern.

„Ach kommen Sie. So schwer ist es nicht. Ich habe lediglich einen Buchstaben aus meinem Namen ausgelassen.", half er nach.

„Dann sind Sie Mr. Philipps, der Mann der Hebamme.", kombinierte Valerie.

„Wie ich bereits Henry sagte, ich beschütze dieses Landgut bis der Fluch gebrochen wird. Nun wünsche ich Ihnen eine gute Nacht, Miss Valerie.", sagte der Pfarrer und schloss die Tür. Vor der Tür wartete sie. Henry hatte veranlasst, dass Valerie jeden Abend von jemandem begleitet werden sollte. Doch niemand aus Wintersend Manor war zu sehen. Beunruhigt betrat sie die Straße. Doch kaum hatte sie einen Fuß auf den schlammigen Boden gesetzt, schloss sich eine Hand um ihren Mund.

„Ah, Valerie. In der Kirche bist du vor mir in Sicherheit, aber außerhalb des geheiligten Bodens kannst du nichts gegen mich ausrichten.", raunte William in ihr Ohr.

„Und hast du etwas Schönes für mich gefunden?", fragte er.

„Nein. Es war ein Fehler dir zu vertrauen. Ich habe gehört, wie du die Morde an meinem Vater, Mr. Brenner und Mrs Johnson zugegeben hast. Ich möchte nicht wissen, wen du noch auf dem Gewissen hast.", fuhr sie ihn an und blickte in seine roten Augen. Seltsamerweise empfand sie keine Furcht vor ihm, obwohl er ein Vampir war. Ihr Hass auf William überdeckte die Angst.

„Die Opfer waren nur Mittel zum Zweck.", kommentierte er mit einer wegwerfenden Handbewegung und rückte näher.

„Warum tust du das?", fragte sie.

„Weil ich endlich Rache üben möchte. Henry nahm mir meine einzig wahre Liebe. Er machte sich zu einem Monster und er hat mir meinen Besitz gestohlen. Ich sollte an seiner Stelle Lord sein. Für all das wird er büßen. Ich dachte du könntest meine Gefühle nachvollziehen. Dir wurden Menschen geraubt, die du liebst. Dir nahm man dein Zuhause. Und dennoch hältst du zu dem Schuldigen.", zischte er.

„Henry ist nicht der Schuldige. Das hast du zu verantworten.", gab Valerie zurück.

„Mag sein. Aber solange ich ihn nicht töten kann, werde ich ihn quälen. Er wird so lange leiden, bis er schließlich um den Tod bettelt.", verriet er mit einem diabolischen Grinsen und drückte Valerie näher an sich.

„Du hast noch nie getötet, oder Valerie? Du weißt nicht wie berauschend es sein kann, deine Klauen in jemanden zu rammen und ihm das Blut auszusaugen. Davon hat Henry dir wohl nichts gesagt, habe ich Recht? Denn auch er genießt es, wenn das heiße Blut seine Kehle hinabläuft. Jedes Mal wenn er tötet weiß er, dass er es wieder tun wird. Und den Gedanken findet er nicht einmal abstoßend.", berichtete William.

„Genau wie du.", konterte Valerie.

„Man sagt, er sei in dich verliebt.", flüsterte er, während sie seinen kalten Atem auf ihrer Schulter spüren konnte.

„Ich denke ich weiß, wie ich ihn für die nächste Zeit leiden lasse.", raunte er und schlug seine Zähne in ihren Hals. Ein stechender Schmerz durchfuhr ihren Hals, gefolgt von einem gequälten Aufschrei hinter ihr. William ließ so schnell von ihr ab, wie er zugebissen hatte. Panisch drehte sie sich um. William hielt mit schmerzverzehrten Gesicht eine Hand vor seinen Mund, aus dem leichte Dampfschwaden emporstiegen. Sie tastete an ihren Hals und fand zwischen den zwei Bisswunden das dünne Silberband ihrer Kette, die Henry ihr vor einigen Monaten geschenkt hatte. „Ich werde dich schon noch in die Finger bekommen.", fluchte William und zog grollend von dannen, als er bemerkte, dass Valerie wieder auf das Gelände der Kirche zurückgestolpert war. Es dauerte noch eine Weile, bis Magdalena und James Valerie an der Kirche abholten.

„Wir hatten ein Dienstmädchen geschickt, aber als sie nach zwei Stunden noch nicht zurück war, haben wir uns Sorgen gemacht.", verriet Magdalena und schloss ihre Tochter in ihre Arme.

Resignierend legte Valerie den schweren Folianten zurück in den Schrank. Sie suchte nun seit drei Monaten tagsüber für mehrere Stunden das Archiv nach einem Hinweis ab. In einigen alten Briefen tauchten die Namen Wintersend und Meridum gelegentlich auf, doch diese Briefe brachten sie der Verwünschungsformel nicht näher. Als sie dich mit einem neuen Folianten an den Tisch setzte, hörte sie, wie die Tür zu den Kellergewölben geöffnet wurde. Kurz darauf erklangen schwere Schritte auf der Treppe und Vater Philipp betrat das Archiv. In einer zitternden Hand hielt er eine Laterne, dessen Licht unruhig auf dem Boden flackerte. Mit der anderen Hand umklammerte er etwas hinter seinem Rücken. Sein Gesicht war gerötet und seine Haare standen wirr in alle Richtungen ab. Er trug noch seinen Morgenmantel und sein Bart war ungekämmt.

„Was ist passiert?", fragte Valerie, als sie den Pfarrer erkannte.

„Es ist schrecklich.", antwortete er und unterdrückte ein Schluchzen. Langsam sank er auf dem Stuhl zusammen und stellte die Laterne auf dem Tisch ab. Er lehnte wortlos ein Glas Wein ab, das Valerie ihm reichte.

„Dafür bleibt später noch Zeit. Du musst mir nun zuhören, Valerie. Es tut mir schrecklich Leid, dass ich so lange gezögert habe. Vielleicht hätte es noch verhindert werden können, wenn ich dir schon vorher vertraut hätte. Es ist alles meine Schuld.", erklärte er mit brüchiger Stimme.

„Was ist Ihre Schuld, Vater Philipp?", fragte Valerie und strich beruhigend über die Hand des alten Mannes. Doch der Pfarrer schien ihre Frage nicht gehört zu haben.

„Dieses Monster muss verschwinden. Endgültig. Hier, nimm es und bring es zu Henry. Ich habe lange gezweifelt, ob er es verdient hat und sich aus vollem Herzen für dich entschieden hat und für diesen Zweifel muss ich nun büßen. Es tut mir Leid.", fuhr er fort und legte ein altes Medaillon ab. Er legte es in Valerie's Hand und schloss ihre Finger darum.

„Sorge dafür, dass er nie wieder jemanden etwas antun wird.", bat er. Valerie öffnete das Medaillon und ein kleines Stück Papier fiel heraus.

„Das ist die Verwünschung. Sie hatten es die gesamte

Zeit bei sich.", stellte Valerie erstaunt fest, als sie die Zeilen überflog. Das Medaillon wollte die dem Pfarrer zurückgeben, doch er lehnte es ab.

„Ich habe nun keine Verwendung mehr dafür. Behalte es." Valerie hängte es sich um den Hals, nachdem sie den Zettel wieder darin eingeschlossen hatte.

„Jetzt reite so schnell du kannst zu Henry. Du kannst mein Pferd benutzen. Doch lass nicht zu, dass ein anderer die Zeilen überbringt, auch wenn es ein guter Freund zu sein scheint.", drängte der Pfarrer und geleitete Valerie zur Tür. Erst jetzt konnte sie erkennen, welchen Gegen-stand er in seiner Hand umklammerte. Es war ein roter Seidenschal.

Vor der Kirche wartete bereits das gesattelte Pferd des Priesters.

„Es schickt sich für eine Dame nicht mit einem Männersattel zu reiten.", ertönte eine Stimme neben ihr. Erschrocken fuhr sie herum und erkannte James. Erleichtert stieß sie die Luft aus.

„Gib mir die Verwünschung und ich werde sie Henry überbringen.", forderte er.

„Ich werde sie ihm selbst bringen. So habe ich es Vater Philipp versprochen.", entgegnete Valerie und setzte einen Fuß auf den Steigbügel. Schicklichkeit war ihr in diesem Moment gleichgültig. James packte sie fest am Arm und zerrte sie herum. Sie pralle gegen die Kirchenmauer und James drückte sie unnachgiebig gegen den kalten Stein.

„Ich habe den Auftrag bekommen, die Verwünschung zu überbringen. William wusste, dass du die heute erhalten würdest. Gib sie mir freiwillig oder muss ich sie suchen?", flüsterte er in Valerie's Ohr. Tastend wanderte seine Hand an ihrer Seite entlang. Fluchend versuchte sie James wegzustoßen, doch er war zu kräftig.

„Hier.", zischte sie, riss das Medaillon von ihrem Hals und schleuderte es in den schlammigen Boden einige Meter entfernt. James ließ von ihr ab und griff nach dem Medaillon. Valerie stieß sich von der Mauer ab, rannte zu dem Pferd und saß auf. Sie gab dem Pferd die Sporen und galoppierte in Richtung Wintersend Manor davon. Erst als sie ein wenig Distanz zwischen sich und die Kirche gebracht hatte, wagte sie es einen Blick zurück zu werfen. James hatte das Papier in der Innenseite des Medaillons gefunden und steckte das Schmuckstück zufrieden in seine Westentasche.

Als sie das Herrenhaus erreichte, ließ sie das Pferd gesattelt stehen und rannte in den Westflügel. Ein Dienstmädchen staubte gerade die Bilderrahmen ab, als Valerie den dunklen Flur betrat.

„Es tut mir Leid, Miss. Aber Lord Wintersend schläft noch. Sie werden sich einige Stunden gedulden müssen.", rief sie ihr hinterher, als Valerie an dem Dienstmädchen vorbei in Richtung der Schlafgemächer rannte. Henry hatte sämtliche Fenster zumauern lassen und lag in absoluter Finsternis quer auf seinem Bett. Er hatte seine Arme von sich gestreckt und murmelte etwas im Schlaf, dass sich sehr nach „Valerie" anhörte. Ihr Herz setzte kurz aus.

„Ich habe mich in einen Vampir verliebt.", stellte Valerie kopfschüttelnd fest, als sie näher an sein Bett herantrat und ihn harmlos wie ein Lamm schlafend vorfand. Ein breites Grinsen bereitete sich auf Henry's Gesicht aus.

„Das habe ich gehört.", sagte er und öffnete ein Auge.

„Du warst wach?", quiekte Valerie mit hochrotem Kopf. Henry nickte und zog Valerie auf sein Bett, um sie zu küssen.

„Warte. Ich habe es gefunden. Vater Philipp hatte die Formel die gesamte Zeit über bei sich. William hat Jane getötet, damit er sie endlich herausgibt. Doch James hat sie mir abgenommen.", berichtete sie in kurzen Sätzen von den Vorfällen. Sofort richtete sich Henry kerzengerade auf.

„Ich habe diesem Mistkerl vertraut.", knurrte er.

„Ich auch.", flüsterte Valerie.

„Jetzt ist William im Vorteil. James weiß so vieles über Wintersend Manor und, noch schlimmer, über dich.", stammelte er.

„Hier.", sagte Valerie und zog einen frischen Papierbogen aus ihrer Rocktasche. Sie reichte Henry das Schriftstück und seine Miene hellte sich ein wenig auf, als er einen Blick auf die ersten Zeilen warf. Doch was dann folgte, ließ ihn zorniger werden, als Valerie es je erlebt hatte.

Jede Dekade sollt ihr mit einem Ball der Einen gedenken,
und einem Mädchen das Leben in Schatten und Nacht schenken.
Wider das Vergessen eurer Tat geboren aus zügelloser Wut und Gier,
Sei Eure Seele fortan gespalten, zu Hälfte Mensch zur Hälfte ein wildes Tier.
Bis zu dem Tag an dem die Geschichte gegensätzlich wiederkehrt,
Seid ihr gebunden und es der Tod sei euch verwehrt.
Erst dann leistet der wahre Schuldige durch das eigene Blut,
Für den Eintritt in das Land des Todes den finalen Tribut.

„Bevor ich gegangen bin, habe ich den Text vorsichts-halber kopiert. Vater Philipp hat einen Hinterhalt er-wartet und wollte nicht, dass William im Vorteil ist.", erklärte sie ruhig. Sie hatte den Inhalt der Verwün-schung bereits einige Male gelesen und wusste, was es bedeutete.

„Die Geschichte wird gegensätzlich wiederkehren.", murmelte er und schaute Valerie ernst an. Dann be-griff er.

„Nein, ich lasse es nicht zu, dass er dir etwas antun wird.", rief er entsetzt.

„Du hast doch nicht vor, dich ihm hinzugeben, o-der?", fragte er zur Vorsicht. Valerie schüttelte den Kopf.

„Aber wenn es wahr ist, was dort steht, dann werde ich wohl nicht überleben.", fasste sie ihre Überlegun-gen zusammen.

„Das wird nicht passieren.", knurrte er und stand voll Entschlossenheit auf. In Windeseile hatte er seine Dolls zusammengetrommelt und gemeinsam berat-schlagten sie über die Situation. Henry legte fest, dass Valerie von nun an rund um die Uhr bewacht werden müsse und stellte einen Plan für jene auf, dich sich freiwillig für die Aufgabe meldete. Selbst Miss Higgs meldete sich, die gemeinsam mit dem zweiten Hausdiener bei der Versammlung anwesend war.

„Leider muss ich euch mitteilen, dass James, den ich für einen Unterstützer meinerseits und Spion bei William gehalten habe und von dessen Standpunkt ich bis vor wenigen Augenblicken überzeugt war, Verrat begangen hat. Er hat im Sinne von William gehandelt, als er Valerie das Medaillon abgenommen und sie bedroht hat. Sobald er Wintersend Manor erneut betritt, muss er zur Rechenschaft gezogen werden.", wies er die Vampirinnen an. Viele blickten fassungslos in seine Richtung, denn James hatte sich während seiner kurzen Zeit auf Wintersend Manor für viele als guter Freund erwiesen.

„Natürlich wusste ich es. Ich wusste es von dem Moment an, als ich ihn das erste Mal Wein trinken sah.", sagte Miss Higgs, die gemeinsam mit Clementine in Valerie's Salon saß und über die Vampire sprachen. Die Wirtin hatte sich mit einer Armbrust aus dem Keller des Herrenhauses bewaffnet und einen Sessel mit Blick auf die Tür gedreht. Zu dritt tranken sie eine Tasse Tee und spielten Karten, bis Elisabeth hineinkam und die erste Aufsicht übernahm.

„Weißt du, Valerie. Ich sehe es folgendermaßen. Du hast dich in ihn verliebt. Er empfindet etwas für dich. Es gäbe eine so einfache Lösung für euer Problem.", rief sie in das Schlafzimmer hinüber, während sie sich auf dem Sofa räkelte und eine Zeitung durchblätterte.

„Die Lösung beinhaltet vermutlich, dass ich zu einem Monster werde?", gab Valerie zurück. Sie hatte die Szene auch schon im Kopf durchgespielt, doch fürchtete sie die Konsequenz.

„Glaubst du, du seist aktuell besser? Was hast du empfunden, als du erfahren hast dass dein Vater ermordet wurde? Weshalb bist du nach Wintersend Manor gekommen?", bohrte sie nach.

„Um herauszufinden, wer ihn ermordet hat.", antwortete Valerie auf die letzte Frage.

„Und dann? Was hättest du danach getan? Hättest du das Monster Lord Wintersend umgebracht, wenn es nicht Henry gewesen wäre, der aus der Kutsche stieg? Als du erfahren hast, dass William, nicht Henry, hinter alledem steckte, hast du da nicht alles getan um ihn aufzuhalten? Sieh es ein Valerie, auch du sinnst nach Rache."

„Nicht Rache. Gerechtigkeit.", korrigierte sie, doch Elisabeth schüttelte den Kopf.

„Henry würde noch einmal über eintausend Jahre auf eine Möglichkeit warten um den Fluch zu brechen, wenn er dich dadurch schützen kann und  du fürchtest dich vor dir selbst. Das ist lächerlich.", kommentierte Elisabeth und verschwand aus dem Zimmer.

„Ich sehe nicht ein, warum ich meine Zeit hier verschwenden sollte. Es gibt besseres zu tun. Steine waschen zum Beispiel.", giftete sie und warf ihre Haare nach hinten. Helen kam hinein, die Elisabeth's Ausbruch gehört hatte. Sie schloss die Tür und betrat leise das Schlafzimmer. Als sie vor Valerie stand bemerkte sie, dass etwas an der Vampirin anders war. Sie lächelte nicht schüchtern, wie sonst üblich. Sie starrte sie boshaft an.

„Sie hat Recht. Es ist lächerlich, wie einfach es war an dich heranzukommen.", sagte sie und schlug einen Wandteppich zur Seite.

„Der Winterball naht und daher kann ich Wintersend Manor für einige Tage wieder betreten.", ertönte William's Stimme hinter dem Vorhang.

„Danke meine Liebe. Für deine Tat wirst du fürstlich belohnt werden.", versicherte William Helen. Sie blickte ihn ergeben an.

„Oh ja, Helen zählte ich stets zu meinem Freundeskreis. Sie hat dich die ganze Zeit über beobachtet und jeden deiner Schritte überwacht, ohne dass du es auch nur Ansatzweise geahnt hast. Nachdem ihr alle James als den Übeltäter verdächtigt habt, hatten wir leichtes Spiel. Wir mussten nur abwarten, bis Elisabeth ihren Dienst antrat. Jeder hier weiß, wie aufbrausend sie sein kann. Und nun hat sie dich schutzlos hier zurückgelassen.", erklärte William und schritt auf Valerie zu.

„Dabei war James ganz unschuldig. Er hat dir die Verse nur abgenommen, weil wir ihm angedroht haben, dich sofort zu töten. Er wollte dich retten.", klärte Helen auf, wurde aber von William durch eine strenge Handbewegung zum Schweigen gebracht.

„Du hättest so viel erreichen können in deinem Leben, aber du musstest dich für Henry entscheiden. Das war ein Fehler.", sagte er zu ihr und beugte sich leicht über sie. Sie wich zurück, doch William und Helen waren zu schnell. Helen riss die Vorhänge von Valerie's Bett und band sie um ihre Knöchel. Die anderen Enden befestigte sie an den Bettpfosten.

„Diese armen Menschen. Sie sind so langsam und schwach.", säuselte Helen.

„Ich war auch mal wie du, Valerie. Langsam, schwach und wehrlos. Doch William hat mich zu dem gemacht was ich heute bin. Jemand der überlegen ist und sich keinem Mann der Welt mehr beugen muss. Er wird mich zu seiner Lady ernennen und gemeinsam werden wir uns nehmen was wir wollen.", verriet sie mit glühenden Augen.

„Genug. Das reicht jetzt. Ich habe lange auf diesen Moment gewartet. Ich will mich nicht noch länger gedulden müssen. Jetzt wird Henry erfahren wie es ist, wenn man ihm etwas Geliebtes wegnimmt.", verkündete er. In diesem Moment ertastete Valerie etwas unter ihrem Kopfkissen. Es war der Dolch, den Henry ihr vor Monaten übergeben hatte. Schnell zog sie ihn unter dem Bett hervor und warf ihn auf William.

„Ich kann nicht sterben. Hast du das schon vergessen?", fragte er säuerlich und zog die silberne Klinge aus seiner Brust. Die Stelle, die Valerie getroffen hatte, verfärbte sich sofort wieder von einem verfaulten schwarz zu dem gewohnten blassen Ton.

„Das passiert nur normalen Vampiren.", fügte er hinzu und warf den Dolch gezielt nach links. Er traf Helen's Herz. Entsetzt weiteten sich ihre Augen, ehe sie unter Schmerzensschreien zu Boden ging. Augenblicklich verfärbten sich ihre Adern grün und schwollen an. Das Gift arbeitete sich schnell vor und hatte bald ihren gesamten Körper eingenommen. Unter erstickenden Lauten krampften sich Helen's Gliedmaßen zusammen, ehe sie reglos auf dem Boden liegenblieb.

„Als wenn ich sie tatsächlich geheiratet hätte.", murmelte William und riss Valerie's Aufmerksamkeit wieder an sich.

„Damit blieben nur noch du und ich.", sagte er, während er mit einem Stück Stoff ihre Handgelenke fesselte. Langsam schritt er um das Bett herum.

„Hm. So viele Möglichkeiten. Aber ich nehme die langsame und schmerzhafte Variante. Sicherlich hast du das bereits vermutet.", offenbarte er und drückte auf Valerie's Bein. Es knackte laut, als der Knochen zersplitterte. Valerie wimmerte vor Schmerzen.

„Tut das weh? Das tut mir Leid. Denn das war erst der Anfang.", fragte William höhnisch. Langsam näherte er sich ihrem Hals und entblößte seine Fangzähne.

„Ich will nur einmal probieren.", raunte er und biss zu. Blut quoll aus der Wunde und lief heiß ihren Hals hinab, ehe William es aufleckte.

„Ja, nicht schlecht. Jetzt können wir weitermachen.", befand er, als er genug Blut gesaugt hatte.


Genervt kehrte Elisabeth um. Die Standpauke von Henry hatte sie nicht verdient. Sie hatte Valerie nur ihre Meinung gesagt. Doch Henry wollte nichts davon hören und schickte sie auf ihren Posten zurück, während er sich für seine eigene Schicht stärkte. Elisabeth befand, dass auch sie sich eine kleine Stärkung verdient hatte und stakste in ihre Räumlichkeiten. Dort saß ihr heutiger Blutspender, ein junger Bursche aus den Stallungen. Er gehörte zu jenen Bediensteten, die von den Vampiren wussten und sich bereit erklärten, ihr Blut für die Vampire zu spenden. Im Gegenzug musste er nicht wieder zurück in das Zuchthaus, aus dem er geflohen war. Elisabeth fand diese Regelung nur zu gerechtfertigt und da sie ihre Nahrung frisch und heiß mochte, bezog sie es direkt aus der Quelle.

„Danke, Robert.", säuselte sie augenklimpernd und rauschte davon. Sie wusste, dass der Stallbursche ihr hinterhergaffen würde.

„Männer.", murmelte sie, während sie die Treppe hinaufstieg. Vor Valerie's Räumlichkeiten war es ruhig.

„Vermutlich ist sie mittlerweile eingeschlafen und träumt von vampirfreien Henrys.", grummelte sie, als sie feststellen musste, dass sie dann niemanden hatte, mit dem sie sich unterhalten konnte. Sie schnappte sich eine Zeitung aus Magdalena's Salon und stolzierte über den Flur zu Valerie's Räumlichkeiten. Doch kaum hatte sie die Tür geöffnet, roch sie es. Frisches Blut und ein Hauch Vampirgift. Sie raste zu Valerie's Bett und fand die junge Frau gefesselt und mit mehrfach gebrochenen Gliedmaßen vor.

Entsetzt starrte sie auf die Wunde an Valerie's Hals, ehe sie kehrtmachte und in Windeseile in den Westflügel rannte.

„Henry. Er hat es geschafft. Er war da.", brauchte sie ihm nur zu sagen. Er sprang aus seinem Stuhl und hastete in den Damenflügel.

„Was soll ich tun?", fragte er, als Elisabeth ihn eingeholt hatte. Sein Blick war auf Valerie gerichtet. Er hatte die Fesseln behutsam gelöst und krallte sich krampfhaft an dem Bettposten fest, der bereits bedrohlich knackte.

„Sie ist in dich verliebt, Henry. Sie war sich der Konsequenzen bewusst.", antwortete sie.

„Sie zu lieben bedeutet sie zu verlieren. Das ist das Schicksal der Vampire. Ich kann sie nicht verdammen.", erwiderte er.

„Sie zu verlieren würde den Sieg des Monsters bedeuten. Du musst es tun.", verlangte Elisabeth. Sie wusste wovon sie sprach. Eine der ersten Dolls hatte sich in einen Seiler verliebt und sich dazu entschlossen, ihn sterben zu lassen, als er unter die Räder eines Karrens geriet. Das hatte ihr das Herz gebrochen. Diese Schwäche hatte die bestialische Seite in ihr zum Vorschein gebracht und sie nie wieder verlassen, bis Elisabeth und Henry sie schließlich töten mussten.

„Verzeih mir.", flüsterte Henry, ehe er seine Fang-zähne in Valerie's Hals schlug. Valerie bäumte sich auf, als sich das Gift durch ihren Körper verteilte. Es brannte durch sie hindurch und vermischte sich mit dem Gift, das William versehentlich hinterlassen hatte. Wo das Feuer gewütet hatte, hinterließ es nichts als Leere und Kälte, doch der Schmerz in ihren Gliedern erlosch langsam. Bald fühlte sie sich nur noch wie betäubt. Langsam schlug sie die Augen auf und blickte Henry an. Er sah verändert aus. Sein Haar wirkte dunkler und seine Augenfarbe war intensivier geworden. Um ihn herum wirbelten kleine Staubflo-cken auf. Sie fühlte die einzelnen Fäden, aus denen ihr Laken genäht worden war und hörte Andrew in Brockenhurst nach John rufen.

„Wie ist das möglich?", fragte sie, als sie sich auf-setzte. Elisabeth reichte ihr wortlos ein Glas Wein.

„Trink das und stell danach die Fragen.", befahl sie. Als die Flüssigkeit ihre Zunge berührte, war es, als ex-plodierten ihre Geschmacksnerven. Die Flüssigkeit schmeckte zugleich süß und fruchtig. Langsam floss das Getränk in ihren Rachen und füllte ihren Magen. Mit jedem Schluck fühlte sie sich weniger taub und müde.

„Jetzt ist es besser. Erzähl uns bitte, wie zur Hölle das passiert sein kann?", fragte Elisabeth, als Valerie das

Glas geleert hatte.

„Es war Helen. Sie steckte mit William unter einer Decke. James war unschuldig. Er wurde hereingelegt und wollte mich durch sein Verhalten nur retten.", erklärte sie, als die Erinnerung über sie hereinbrach. „Oh, Helen war also dieser ekelige Haufen. Keine Sorge, wir haben schon alles entsorgen lassen.", beruhigte Elisabeth sie.

„Ich bin jetzt wie ihr.", stellte Valerie fest. Elisabeth nickte.

„Danke, Henry.", sagte sie nur. Elisabeth zog sich leise zurück. Sie wusste, dass die beiden jetzt allein sein wollten, um sich auszusprechen. Kaum hatte sie die Tür geschlossen, eilte Magdalena zu ihr und gemeinsam horchten sie auf die Geräusche aus dem Nebenzimmer.

„Ich habe mich in dich verliebt, Henry. Schon vor langem, als ich noch gar nicht wusste, dass du ein Vampir warst. Aber ich hatte Angst vor deiner dunklen Seite. Ich wollte nicht so ein Monster werden, für das ich dich gehalten habe. Aber dann hat Elisabeth mir die Augen geöffnet. Ich wäre schon als Mensch beinahe der Rache erlegen.", offenbarte Valerie.

„Ich werde dir helfen, diese Seite in dir zu überwinden, wenn du mich lässt.", versprach Henry. Danach konnten Magdalena und Elisabeth lange Zeit nichts mehr hören. Elisabeth prustete los, als sie Magdalena's Gesichtsausdruck sah.

„Sie werden doch nicht etwa…", fragte sie.

„Ach Magda. Sei froh, dass deine Tochter so einen netten Kerl abbekommen hat. Stell dir mal vor, du hättest William als Schwiegersohn.", gab Elisabeth lachend zurück und ihre Freundin musste mit einstimmen. Stunden später kamen Valerie und Henry aus dem Schlafgemach. Henry sah gelassen wie immer aus, nur Valerie wurde blickte ertappt drein.

„Hat's Spaß gemacht?", fragte Elisabeth wissend.

„Beth, ich bitte dich.", schalt Magdalena sie.

„Bitte die Damen. Wir haben andere Sorgen. Valerie ist nun ein Vampir. Ich habe nach Vater Philipp geschickt. Er wird uns behilflich sein zu klären, was es für den Fluch bedeutet.", warf Henry ein und geleitete Valerie in die Eingangshalle. Binnen eines Augenblicks hatte sie die Galerie erreicht.

„Ein wenig schneller noch und man merkt die Wandlung nicht.", ertönte Elisabeth's Stimme aus dem dritten Stock.

„Sie muss sich noch daran gewöhnen. Es ist noch alles sehr neu für sie.", rechtfertigte Magdalena das Verhalten ihrer Tochter. In dem Moment wurde die Tür geöffnet und Vater Philipp trat ein. Neben ihm stand James.

„Guten Abend.", grüßte der Priester, seinen Rosenkranz ließ er nicht aus der Hand. Auch James grüßte in die Runde und entschuldigte sich für sein Verhalten. Gemeinsam gingen sie in den Ballsaal und nahmen in einer Sitzgruppe platz.

„Vielleicht erinnerst du dich an die Worte, die ich dir damals gesagt habe. Wenn die Zeit naht, in der man den Fluch brechen kann, wirst du die Lösung erhalten. Valerie hat sie dir gebracht und ihr Körper ist gestorben, ebenso wie Mary's damals. Doch du hast sie vor dem Tod bewahrt, während William seine Liebe in den Tod schickte.", zählte Vater Philipp die Ereignisse auf. Henry nickte.

„Es war merkwürdig, aber als Valerie sich wandelte, passierte etwas.", erzählte Henry. Der Priester nickte wissend.

„Valerie ist das erste Mädchen, das sowohl von dir als auch von William gebissen wurde. Als sich das Gift beider Blutlinien vereinte, wurde der Fluch gebrochen. Dadurch seid ihr nicht mehr unverletzbar. Die Sonne wird euch verbrennen und das Silber vergiften, wie bei allen anderen Vampiren und Dolls.", berichtete Vater Philipp. Es entstand eine kurze Pause.

„Ich weiß, dass meine Frau euch dieses Leben eingebrockt hat und ich möchte etwas widergutmachen.

William hat die Dorfbewohner gegen euch aufgehetzt. Er hat ihnen seine Version der Wahrheit über die Dolls erzählt. Sie kommen morgen Nacht, um alles niederzubrennen.", verriet er.

William summte vergnügt vor sich hin, während er einige seiner Aufzeichnungen verbrannte. Er hatte gewonnen. Der wütende Mob war unterwegs in Richtung Wintersend Manor und würde jeden Vampir und jeden Menschen niedermetzeln, der ihnen dort begegnete. Wenn sein Anwesen erst einmal von der Wintersend Brut bereinigt wäre, würde er endlich sein Erbe bekommen. Lord William Meridum, Herr über Meridum Manor. Er betrachtete die uralte Verwünschung.

„Durch das eigene Blut.", murmelte er.

„Soll er doch an seinem eigenen Blut ersticken.", knurrte er und warf das Papier in das Kaminfeuer. Nie wieder würde er sich um diese Verse scheren.

„Ihr habt Valerie umgebracht.", erklang es von der Tür. James stand dort, sein Gesicht verquollen und vor Kummer verzerrt.

„Ja, schuldig. Aber es musste sein.", gab William zu.

„Habt Ihr die Verwünschung gelesen?", fragte James.

„Ja, natürlich. Erst dachte ich Henry müsse sich selbst umbringen. Als er das nicht tat, habe ich ein wenig nachgeholfen und die Dorfbewohner geschickt, seinem Leben ein Ende zu bereiten.", erklärte er sichtlich gelangweilt von der Unterhaltung.

„Er ist nicht tot. Valerie auch nicht. Sie ist nun ein Vampir. Ihr seid schuldig, Ihr habt sie zu einer Puppe in Eurem Spiel gemacht, William.", erwiderte er.

„Kannst du den ersten Satz wiederholen?", fragte William unglaubwürdig. Der Mob hätte längst kurzen Prozess mit ihm machen müssen.

„Er ist nicht tot. Er ist zusammen mit seinen Dolls nach London aufgebrochen. Die Bediensteten sind entlassen worden und auf dem Weg zu ihren Familien oder in andere Herrenhäuser. Der Mob wird nur ein verwaistes Herrenhaus vorfinden, sonst nichts.", erklärte James. Er hatte beim Erstellen des Fluchtplans geholfen.

„Das ist unmöglich.", schrie William aufgebracht.

„Du. Woher weißt du das?", fuhr er James an.

„Vater Philipp hat es mir erzählt. Ebenso die Bedeutung der Verwünschung. Wisst Ihr, wofür das eigene Blut noch stehen kann?", fragte er. William sah ihn verwirrt an.

„Was soll die Frage. Nein.", gab er zurück.

„Für Nachkommen desselben Blutes. Ihr habt einen Nachkommen, den Ihr mit Clementine Dusange gezeugt und dann verstoßen habt.", erinnerte James.

William suchte nervös die Ecken des Raumes nach seinem Dolch ab.

„Sucht Ihr diesen Dolch, William? Ihr kennt mich nun schon so viele Jahre, aber Euch kam nie die Idee mich einmal nach meinem Namen zu fragen.", fuhr James fort und zückte die Waffe mit der silbernen Klinge aus seinem Gürtel.

„Hör zu, James.", bat William, doch James schüttelte den Kopf.

„Nein. Ich habe Euch zu lange zugehört und Eure Rachefeldzüge beobachtet. Ihr wolltet Macht und wolltet sie keinesfalls teilen.", beharrte James er hob den Dolch an.

„Mein Name ist James Dusange. Ihr wart mein Vater, doch habt mich verstoßen und verlacht. Ihr habt Valerie manipuliert, versetzt und sie zu einem Vampir gemacht. Ihr habt gemordet und die Sterblichen verlacht. Doch ein Sterblicher wird Eure Existenz nun für alle Zeit beenden." Er warf den Dolch und verließ die Apotheke. Er hörte die Schreie von William, bis sie verklungen waren und blickte in die aufgehende Sonne.

In seinen Gedanken durchlebte er noch einmal die letzten Minuten auf Wintersend Manor. Während alle durcheinander liefen und in aller Eile die wichtigsten Dinge zusammenpackten, hatten Henry und

Valerie sich Zeit für ihn genommen und ihn verabschiedet. Henry hatte sich für seine Dienste bedankt und Valerie ihn ein letztes Mal umarmt. Sie würde mit Henry gehen. Als er Wintersend Manor verließ hörte er Henry zu ihr sagen: „Wenn all das hier vorbei ist, dann werde ich dir alles über Vampire und ihre Fähigkeiten beibringen, Lady Wintersend. Doch nun brauchen wir ein wenig Zeit und Glück, damit wir alle hier verschwinden können."

Zeit hatten sie nun bis in alle Ewigkeit.

„Ich wünsche Euch, dass ihr genauso viel Glück haben werdet und wir uns eines Tages in friedlicher Absicht wiedersehen.", rief James in den Wind. Dann ging er zurück in die Apotheke, zog den Dolch aus William's Leiche und wischte das Blut ab. Vater Philipp hatte ihm von weiteren Vampirstämmen erzählt, die überall auf der Welt verteilt lebten. Er steckte die Wache zurück in seinen Gürtel und band sich einen Rosenkranz um. Nun hatte er seine Bestimmung gefunden.

# Epilog

Liebe Elisabeth,

ich sende dir die besten Grüße aus London!

Es ist wahr! Ich schreibe dir diese Zeilen per E-Mail. Da Valerie diese komplexe PC-Maschine bereits seit längerem problemlos bedienen kann, sah ich mich gezwungen, diese Fähigkeit ebenfalls zu erlernen.

Doch ich schreibe dir nicht nur, um dich über die Fortschritte meiner PC-Kenntnisse zu informieren. Mein Anliegen ist sehr viel ernsterer Natur.

Bei dem Studium einiger neuer Romane – wusstest du, dass man diese auch über diese PC-Maschine bestellen kann – ist mir eine erschreckende Tendenz aufgefallen: Vampire sind in der Literatur wieder sehr beliebt. Leider wird unsere Spezies bei weitem nicht mehr so furchteinflößend dargestellt, wie es unser guter Freund Mr. Stoker getan hat.

Vielmehr werden wir aktuell als die Guten dargestellt, können bei Tag in der prallen Sonne wandeln, ohne Schmerzen zu erdulden, ernähren und nicht von Blut oder glitzern sogar! Es gibt tatsächlich Touren in denen Touristen berühmte Vampirstätten besuchen, die in Romanen oder Filmen erwähnt werden.

Diese Tendenz hat Valerie und mich veranlasst, Brockenhurst zum ersten Mal seit dem Brand zu betreten. Du wirst erleichtert sein zu erfahren, dass keinerlei Spuren unserer Existenz zu finden sind. „The Devil's Dwelling" oder Mr. Miller's Bäckerei existieren nicht mehr. Wo einst mein geliebtes Wintersend Manor stand, wurde ein Golfplatz errichtet. Lediglich die Kirche hat, mal wieder, überlebt. Allerdings hat sich Vater Philipp einer anderen Beschäftigung gewidmet und die Gemeinde wird nun von einem Menschen geleitet.

Vor seiner Abreise hat uns Vater Philipp netterweise noch einen guten Dienst erwiesen und sämtliche Schriftstücke über William und mich vernichtet. Somit ist auch im Kirchenarchiv jeder Beweis über unser Leben in Brockenhurst ausgelöscht.

Dennoch kann ich spüren, dass – bedingt durch die neue Entwicklung in den Medien – eine Art nervöser Spannung in unserer Gesellschaft entstanden ist. Einige Vampire wollen an die Öffentlichkeit treten und sich der Welt offenbaren. Andere wiederum wollen im Verborgenen bleiben und versuchen mit allen Mitteln die Offenbarung zu vereiteln. Diese Gruppierung schreckt sogar vor der Ermordung anderer, unschuldiger Vampire nicht zurück.

Ich fürchte, dass es bald zu einem neuen Krieg kommen könnte, wenn man die Spannungen zwischen den Blutlinien nicht beseitigen kann. Hoffen wir, dass die Ältesten den Krieg noch abzuwenden vermögen.

Ich werde wieder schreiben, sobald ich Neuigkeiten von den Ältesten habe.

Bis dahin verbleibe ich mit den besten Grüßen — natürlich auch im Namen von Valerie:

Henry

P.S.: Valerie sagt, dass du demnächst eine Modekollektion auf den Markt bringen wirst. Wir wünschen dir viel Erfolg als Modedesignerin!

# Danksagung

Zu allererst möchte ich natürlich allen Leuten danken, die das Buch und sogar die Danksagung durchgelesen haben.

Dann danke ich allen, die mich während des Schreibens unterstützt haben, sei es durch Schokolade, aufmunternde Worte, Schokolade, Verbesserungsvorschläge, Schokolade oder Kuchen.

Weiterer Dank geht an:

- meine Familie, allen voran Mama und Oma Ingrid, die immer an das Buch geglaubt haben

- Allen, die an dem Buch in irgendeiner Weise beteiligt waren, sei es als Vorlage für einen Charakter, Ideenlieferant oder Gestalter.

- die Besten alias Throbi, Sophie, Britta, Katja (und unserem Schreibtischwurfball) und Nici

- meine lieben Arbeitskollegen (und auch wenn Christiane darauf bestanden hat, dass einige namentlich genannt werden sollen, verzichte ich mal darauf)

# Die Autorin

Stephanie Bischoff wurde 1989 in Werne geboren und wuchs in Bergkamen auf. Nach ihrem Abitur im Städtischen Gymnasium und einem Jahr bei DHL begann sie eine Ausbildung als Fachangestellten für Medien- und Informationsdienste in der Fachrichtung Bibliothek. Während ihrer Ausbildung begann sie an dem Konzept für die Reihe „Kreaturen der Finsternis" zu arbeiten, dessen Anfang der Roman „Dolls" markiert. Insgesamt sollen die Kreaturen der Finsternis vier Bände umfassen, Band 2 ist bereits in Planung.